U0609795

天狼星的亮度

的亮度

天津出版传媒集团
百花文艺出版社

李汉荣　著

图书在版编目（CIP）数据

天狼星的亮度 / 李汉荣著. -- 天津：百花文艺出
版社，2023.9
　ISBN 978-7-5306-8514-3

　Ⅰ. ①天… Ⅱ. ①李… Ⅲ. ①散文集–中国–当代
Ⅳ. ①I267

中国国家版本馆 CIP 数据核字(2023)第 139223 号

天狼星的亮度
TIANLANGXING DE LIANGDU
李汉荣 著

出 版 人：薛印胜
选题策划：汪惠仁　张　森　　**封面制作：**蔡露滋
责任编辑：沙　爽
出版发行：百花文艺出版社
地址：天津市和平区西康路 35 号　　**邮编：**300051
电话传真：+86-22-23332651（发行部）
　　　　　　+86-22-23332656（总编室）
　　　　　　+86-22-23332478（邮购部）
网址：http://www.baihuawenyi.com
印刷：山东临沂新华印刷物流集团有限责任公司
开本：787 毫米×1092 毫米　　1/32
字数：183 千字
印张：10.25
版次：2023 年 9 月第 1 版
印次：2023 年 9 月第 1 次印刷
定价：68.00元

如有印装质量问题,请与山东临沂新华印刷物流集团有限责任
公司联系调换
地址:山东省临沂市高新技术产业开发区新华路 1 号
电话:(0539)2925886　邮编:276017

版权所有　　侵权必究

目 录

[三]路遇

[四]李商隐听雨

[五]假若伤口会说话

[六]我的业余研究

[七]关于裤子

[八]医院手记

[九]一群蚂蚁来到我父亲的坟上

[十]天狼星的亮度

[十一]婴儿颂

〔十二〕童年的星空

被遗忘的情书

天狼星的亮度

李汉荣作品

百花中国
自然写作

在一片绿叶上度过一生

中午做饭，洗小青菜时，看见菜叶上有一粒绿点在微微移动，是的，不是一个，是一粒，一粒绿点。书虫那样大小，好像比书虫更小一些。要是我的眼睛近视再严重一点儿，我就不会看到它。看不见它，它存在也就等于不存在，那我就只管对着自来水龙头冲洗菜叶，它也就随着水流被冲进了下水道。多少弱小生灵，不都是这样消失的吗？

我看到了它，我立即关了水龙头，捧起菜叶凝视它。一粒绿点，看不清五官形貌，不知道雌雄，它很小很小，但不管怎样小，它也是生命。我同样也是生命。而生命是应该被怜惜和尊重的。

一粒绿点，和菜叶一样的绿色，这片菜叶就是它的家，它吃住都在这里，它吃喝的是什么呢？它这么小，小得令人同情，估计它一日的口粮，就是菜叶的几滴汁液吧？几滴绿汁，不够润湿我的舌尖，却是它一天的口粮，甚至就是它一生的口粮——也许，它的一生，也就几天，或者几小时吧。

大有大的难，小有小的好。上苍让它做一粒虫儿，安排给它一片绿叶，也是般配，也是慈悲。上苍对一粒虫儿，满含慈悲。

这片菜叶，是它的餐厅、卧室、禅堂和书房。

我们这些人，在世间活下去，要受尽万般苦，才渡过一世劫，这粒小小虫儿，在一片绿叶上度过单纯的一生，未必不是福气。

我捧起菜叶，赶紧下了楼，将这粒安静的虫儿，放在小区的花园里，祈愿天意怜生灵，虫儿得善终。

多年前读过《弘一大师传》，书中记载，大师生前每到一处传法讲道，落座之前，他总要把凳子和蒲团反复抖几次，才缓缓坐下，他怕坐具上有小生灵，他不忍心伤害了它们。

古人说："欲见圣人气象，须于自己胸中洁净时观之。"

古语说得很好。我想补充一句：欲知圣人之心，须于自己胸中慈悲时观之。

此时，我心柔软而慈悲，至少在此时，我已接近圣人。

清晨六点，鸡鸣

清晨，六点左右吧，我听见了几声鸡鸣，翻个身，我彻底醒了。醒了，那就起床吧，我提醒并劝说自己：不要赖床，不能赖床，不许赖床！不能像往日那样，醒了还赖在床上不起来。

我曾听一位朋友说，他也喜欢待在夜色里，夜色是一种保护色，躺在黑夜的怀抱里，有一种安全感。我也有这个倾向，或者说是毛病吧，有时醒来不愿意起床，并非想偷懒，就是想在夜的怀抱里多待一会儿。不知何故，我有时就有点害怕白昼，害怕生活——说到底是有点害怕充满竞争和烦恼、充满不确定性的生活。躺在夜色里，躺在被窝里，就好像躺在一种暂时的确定性里，夜色、床、被窝、静谧的氛围，似乎构成了一种可以依靠的确定性——虽然它是暂时的确定性，它的所谓确定性的后面，埋伏着更大的不确定性。

我当然知道，夜色、床和被窝制造的那点确定性是根本不可靠的。但是,我有时就想赖一会儿床,赖一会儿被窝。好像躺回到童年的襁褓里,就与人间保持了距离,人间尚远,人间暂时与我无关。

又是几声鸡鸣。我知道鸡鸣声来自何处。不远处伞铺街的街道边,有一个家禽店,我到那里去过。那些鸡,又在关押它们的笼子里度过了一夜。它们开始歌唱早晨,早晨降临了,人间开始沸腾,它们却开始了消失。当然,我不该对此展开过多的想象和描述,以免造成心里的不适甚至难过,我的早晨,不应该从不愉快的体验开始。我不能这样想,更不能这样说:早晨,是从鸡们的牺牲或被宰杀开始的;虽然,确实如此,但是,雄鸡们对着旭日的歌唱也是真切的,哪怕听起来很是悲怆。

是的, 雄鸡已几次呼叫我起床了。一群也许已经没有了明天, 很可能已经没有了下一刻的生灵, 却在连声呼叫我赶快起床,呼叫我珍惜每一天的日出!

我走下床,走向生活。

整整一天,我心里都隐约响着那几声鸡鸣。

我在心里感激它,同情它,缅怀它……

一颗牙开始摇晃

多年前就掉过一颗牙,我没有种牙,也没有镶个假牙。民间有言:金牙银牙,不如爹妈给的土牙。掉下的那颗牙,我放在抽屉里保存到现在,就像珍藏了一件自己的私人文物。

想象那颗牙吧，它替我咀嚼了多少艰辛的岁月，啃下了多少难啃的生活的细节，咬合了多少难以忍受难以下咽的日子。它不幸壮烈牺牲了，倒在了我那还属于壮年的牙床上，倒在了酸甜苦辣咸轮番交替的生活战场上。

看起来，它只是一颗骨头，一种坚硬的钙质，它其实是我们身体里无私的志士，忘我的仁者——它认真咀嚼的食物，都是献给身体这座庙宇的供品，却很少用于自己，即使那被它吸收的极有限的部分，也不是为了自己，而是为了让自己更好地为身体这座神庙服役。

其实，我们身体里的所有血肉，所有脏腑，所有骨头，所有元素，它们存在着运作着，却都不是为了自己，而是为着一个整体——为着统摄它们的那个大的生命共同体，那个由它们共同构成的身体的庙宇——我认为从自然中走出来的生命，都是天然地自带价值观的，其实，没有彻底自私的生命，因为自然界没有自私的原子和元素，生命由原子构成，原子服役于整体，支持着整体并构造了整体。

因此，我的牙齿并不值得特别褒奖和赞美。世间所有形形色色的牙齿，都在无私地支撑着那庇护着它，也被它庇护着的身体的庙宇。

所以我舍不得，也不忍心扔掉那颗牙齿，我不能扔掉自己生命中的一部分和一段经历。

每一次将它捧在手上，就想起它咀嚼过的那些日子，禁不住就对自己,也对牙齿们说:后面,还会有坚硬的日子和艰难的生活,我的牙齿们,你们可要继续支持我、帮助我啊。

此刻,牙床上又有一颗牙齿松动了,开始了轻微的摇晃。

我想,那不是它的意志动摇了,不是对依然艰难、依然坚硬——也许永远艰难,也永远坚硬的日子,有了投降或逃跑的想法——我们的骨头和牙齿,继承了数十亿年历练的坚韧品格,不到万不得已,它绝不会倒在它忠诚坚守的岗位。

那么,我是老了吗?我的牙齿也听到我身体里深秋的消息了吗?

也许,我需要补钙了,我的骨头,我的牙齿,都需要补充点什么了。

我对生活的坚持和信仰,也需要补充点什么了。

毕竟,前面还有好长一段日子要过,需要我继续坚持和咀嚼。

哪怕再怎么难以咀嚼的生活,你也必须自己去咀嚼,别人的牙齿,是无法代劳的。

坚持吧,我亲爱的牙齿,艰辛的牙齿。

坚持吧,与我一同享受着也忍受着的牙齿。

谢谢你们,与我甘苦与共的牙齿……

鸡蛋的回忆

鸡蛋炒西红柿,下面条——对我这个不善做饭的人,几乎就是保留食谱。

上次妹妹从乡下送来的二十多个土鸡蛋,冰箱里放着,断断续续吃了好久,还有一些。我取出一个,显然比别的蛋要大一点,妹妹说她家养了好几只母鸡,这只蛋,是个子大一些的母鸡的产品吗?当然,我好几年没去妹妹家了,也不知她家的鸡长什么样子,就只有凭空想象。我有点好奇,就端详这蛋,蛋上沾着一点血丝,看见血丝,我心里颤了一下。小时候,我在乡里老家是跟着母亲养过鸡的,公鸡啼鸣,公鸡打架,公鸡为母鸡站岗,母鸡下蛋咯咯叫,母鸡带着一群小鸡辅导它们怎样用双足刨土,怎样捉虫子——这些有趣的乡村场景和温情的鸡们的故事,我是很熟悉的。

久居城市,有时想老家了,就在记忆里回放当年那些情境,就看见那只红公鸡跳上柿子树下的稻草垛,高高地仰着头狂热歌唱,连续唱了好几首太阳赞美诗,间歇一会儿,又开始第二轮激情洋溢的歌唱。那样的激情,那样的热烈,那样的恳切,那样的掏心掏肺,在我看来,雄鸡不是用所谓的声带、肺活量和演唱技巧来歌唱的,而是用自己生命里的全部激情来歌唱的。那种非要把太阳从天上请到人间,否则就对不起人间——那样一种虔诚、认真的样子,真是太感人了。

记忆里经常回放的是母鸡下蛋,母鸡带几只小鸡——带着它的孩子,学习刨土、捉虫子的场景。有一次,我家那只灰母鸡正带着小鸡们在院子里玩耍,忽然天上扑下来一只鹰,鸡们喳喳叫,鹰的翅膀卷起一阵猛烈气流,在旁边菜地种菜的父亲见状,立即举起手中的锄头奔跑过来,那鹰忽地飞了。却只见母鸡,不见小鸡,再一看,那瑟瑟发抖匍匐在地的母鸡的翅膀下面,藏着五只小鸡。人常说母爱无私,我对此深信无疑,人的母性,生灵的母性,万物的母性,都来自大自然的"天无私覆,地无私载,日月无私照,四时无私行"的伟大母性。母性乃是爱、道德、奉献、忍耐、温情的源泉,生命因其庇护和养育而生生不息。

母鸡下蛋的情景,至今历历在目。有一次,我家那只白母鸡下蛋,在垫着稻草和谷壳的竹筐子窝里,整整蹲了两个多小时,我放学回家(那时我上小学二年级)想看母鸡刚下的蛋是什么样子,还想把蛋捧手里试试有多暖和。我妈却不让我走近母鸡下蛋的窝,不让我打扰母鸡,我妈说,这只母鸡是第一次下蛋,很不容易,就是经常下蛋的鸡,有时也很疼很难受的,这第一次下蛋的鸡,啥都没学过,老天爷却为它布置了下蛋的作业,这作业可不好做,就像妈妈们第一次生孩子,很痛、很难受的。娃娃你年纪小,许多事都还不懂,但要知道做妈妈的难,做个人,做只鸡,都不容易,有时候很难,很难,太难了。娃娃,听妈的,我们帮不了人家,那就别打扰人家。过了许久,蛋终于生出来了,那母鸡疯了似的走出草窝,跑到院坝里咯咯咯咯叫个不停,叫声非常激动和剧烈,叫了几分钟才停下来。那激动的叫声,好像是在自己欢呼自己,自己祝贺自己,也好像为自己感到惊奇和惊讶:这东西是什么呢?这东西是从我的身体里出来的吗?我身体里怎么会有这样稀奇的宝贝呢?

现在回想,那第一次下蛋的母鸡,最初的分娩是很艰难的,甚至是疼痛的,好不容易完成了分娩,它惊讶地看见了自己作品的样子,它由一个天真小鸡——由一个天真小姑娘,变成了一个会下蛋的母亲,而且有了自己作为母亲的处女作,于是,它惊讶,它狂喜,它为自己欢呼和祝福。

当时,母亲把蛋从窝里捧出来,掂了掂分量,看了看颜色,说,娃娃,你看蛋上面的这些血丝,鸡那样大声叫,是高兴,也是它疼啊。母亲把蛋放在我手里让我捧着,让我看,我看见了几条红红的血丝,我感到了鸡蛋热乎乎的温度。

此刻,我,一个年过花甲的人,捧着一个蛋壳上带着血丝的鸡蛋,想起了几十年前老家那只母鸡,想起了那个带着血丝的热乎乎的鸡蛋,想起了母亲的话。

吃饭,我吃的是营养,也是记忆。

对一位陌生长者的歉意

水果摊上,长得像樱桃的水果有好几种,既有本地小樱桃,也有车厘子——引进的欧洲大樱桃。车厘子有红的,有紫的,我拿不定主意该买哪种,就自言自语说了声:不知道哪个好吃?一位刚买完水果正准备骑自行车离开的长者,从车上跳下来,对我说:红的车厘子口感要甜些,紫颜色的不那么甜,其实营养都差不多,我倒是建议,我们这年纪,不必吃太甜的,买紫色的那种就行了。我随口说了声谢谢,就在摊位上扯下一个塑料袋,买了一斤紫色车厘子。付了款,离开时,忽然想起自己刚才那声"谢谢",显得太轻慢、太敷衍了,有那样谢人的吗?这是你应该有的品行和处世待人的方式吗?你的一句自言自语,谁听到了都完全可以对你不理不睬,但是,那位长者,却特意从自行车上跳下来,那么诚恳地帮你出主意,也许前后用了三分钟时间吧?这三分钟,是人家从自己生命的总时长里提取出的三分钟,人家把这三分钟拿出来,没做别的,只为你操心,这不是"利己"的三分钟,而是"利他"的三分钟,是温暖、仁义、厚道的三分钟。一个人把他生命中的三分钟拿出来,与你的生命连接,这三分钟里,情义在他与你之间流动和传递,偶然邂逅的陌生人,在这三分钟里,因为友好和情义的加入,而变得珍贵和难忘。贵人未必是带给你大名大利大福大贵的人,生活中遇到的有情有义的细节,有情有义的人,都是你生命中的贵人。你享用了这珍贵的三分钟,却轻慢了这三分钟,你敷衍了这不该敷衍的温暖有情的三分钟。你轻慢了这情义的瞬间,你也轻慢了你自己的本心。你真是不应该啊。但是,那位长者已经骑自行车离开了,我站在伞铺街的十字路口,我望东望西望南望北,在车流人潮里,不知道那位长者到底去了哪里,很可能,我再也见不到他了,即使见到了,我也不认识,因为当时就没有认真注视那诚恳温和的眼睛和神情。

　　我心惆怅,徘徊街头,若有所失。今生有太多遗憾,而就在刚才,我敷衍了那珍贵的三分钟,我欠那位仁义长者一个诚恳谢意。在我生命的账簿上，又增添了一个负数……

可爱的生灵

亲爱的邻居，当你看见我手里捧着纸，纸里好像卷着个什么东西，急匆匆从楼上乘电梯走下来，有时候徒步走下来——亲爱的邻居，你千万不要以为我在做什么不好的事情。

我手中卷着的纸里，并没有藏着什么危害公共安全和公序良俗的物件，有时候避开众人不坐电梯而是徒步下楼，那也不是要做什么见不得人的勾当。而是因为电梯运行高峰期，电梯里人多，我只好徒步下楼，一方面是怕拥挤中挤坏了我手里的东西，一方面是想躲开大家的关注以免让我陷入不好解释的尴尬窘境。

我老实向诸位交代，事情是这样的：进入春季以后，我家的阳台上和书房里，时不时总有一些访客走进来，有时是飞进来，给我带来意外的惊喜，有时则带来心疼和怜悯，有时呢，还留下遗憾和惋惜。

有时是蜜蜂突然来访，有一次来了两只蜜蜂，显然它们来自郊外的原野，来自失散的蜂群，一阵不负责任的粗暴的风，把它们抛掷于城市水泥森林的上空，它们恐惧着踉跄着挣扎着，到达我家阳台时，已精疲力尽，瘫在水泥窗台上有气无力地轻轻颤动。而我与大家一样，住在悬空的钢筋水泥之家里，实在没有花粉或露水接待和救济它们，我从厨房里找到半罐蜂蜜，取出一勺放在蜜蜂面前,希望它喝一点,活过来之后再飞向远处,找到春天的原野,找到自己思念的女王。可是,它却不吃不喝,连看都不看一眼,好像蜜蜂只品尝自己酿的蜜,若非自己酿造,别人施舍的,哪怕再甜也是苦的。我怕它如此固执下去,会倒毙于我家阳台(以前有好几只蜜蜂就死于我的阳台),而当时我正在构思一首关于春天的诗。一只或数只迷路的蜜蜂,在我家阳台寻找庇护,它们停靠在我的诗的思绪里艰难喘息,如果它们倒毙在一首诗面前,也就是春天的使者搁浅在一首诗里,春天的精灵死于一首诗里,这只能证明我写的不是诗,而是诗的悼词,我构思的所谓诗,只是一则宣告诗已死去的讣闻。为了维护诗的那点古老的温情,也为了拯救这迷途的春天的精灵,我赶紧用柔软的卫生纸将还在微颤的蜜蜂轻轻捧起来,快速走下楼,放进小区的花园里,放在一棵正在开花的桃树上。我希望这灼灼桃花拂亮它的眼睛,重启它飞翔的能力,我祈祷它能飞出荒凉的城市,找到春天的原野和同伴,找到自己眷恋的女王。

有时是一只或数只瓢虫飞进来,说来有点奇怪,它们进了书房,就好像不打算走了,要住下来陪伴我,就像小时候,那时我还是一个乡村少年,它们一次次来到我走的田埂上,有时落在我的衣服上。记得有一次我在李家营的油菜田里剜猪草,一只瓢虫落在我的肩上,充当了春天的徽章——若干年后才知道,这只七星瓢虫,在我少年的肩上提前为我佩戴了七星将军的徽章,虽然后来我辜负了它的励志教育,但是作为看重情义的一介草民,我不会忘记一只可爱的瓢虫，在那年春天对一个乡村少年半是玩笑半是激励的慷慨任命，它任命我为田野里找猪草的七星将军！有时候它们就钻进我的书包，陪我一起走进教室，突然飞出来落在同桌女同学的课本上，引起她的一阵紧张和惊叫，进而引起满教室同学们的慌乱、好奇和笑声。哈哈，一想到这些我就开心地笑了，童年的故事多么可爱有趣啊。此时此刻我又遇见它了，还是多年前的那只瓢虫，还是记忆里那可爱的样子。看来这只瓢虫来找我是有着历史渊源和生命缘分的。我的生命里注定会有与瓢虫比邻而居、比肩而行的浪漫时光。可是，我的书房除了几架书，没有绿色植物，因为我经常要到外地去住一段时间，家里无人，绿植盆栽是无法存活的。它们飞进来了且住了下来，仅靠这些书是无法给它们提供什么营养和露水的，虽然书都是仁慈厚道的书，尤其是那佛经，那《昆虫记》，那曹雪芹讲的悲凉感人的往事，那阿尔贝特·施韦泽敬畏的生命伦理，哪一本书不是慈悲良善的心学和深情博爱的哲学？可是，书无法帮助瓢虫走出困境，除非它们变成书虫。我知道我的书架上每一本书里都隐居着几只或多只书虫，它们生老病死都在书里，虽然它们并不理解书，但它们的存在却丰富了书的含义，它们的存在为它们并不理解的书插入了晦涩的旁注和含蓄的隐喻。我觉得书虫是天真而神奇的生命，比我们这些写书、读书的人还要深奥难解。它们在书香里度过了一生，然后就埋在书香里，这是多么富于诗意和书卷气的生灵。然而，可爱的瓢虫无法变成书虫，虽然它已停靠在书的旁边。书无法拯救一只瓢虫，即使一本表达博爱和慈悲的书，也无法抚爱和拯救一只陷入困境的生灵。但是，一个被书滋养和拯救的人，难道就不能拯救他生命旅途上遇见的生灵吗？

我急忙卷起卫生纸，小心捧起瓢虫，徒步从八楼走下来——从海拔八楼比较荒凉的高度，走到略有地气、略有露水、略有草木的小区院子里，我终于找到了一块草坪，然后，我展开纸，凝视那精致的七颗闪光的星星(若干年前，我在故乡田野里找猪草，它曾授予我七星将军的军衔，它亲自做了我肩上的七星徽章)，我轻轻放下胆怯地藏在我手心里的瓢虫，然后，我向它深深鞠了一躬，默默与它话别:亲爱的朋友，再见啦，祝你平安……

为自己燃一炷香

一

没有把自己当神、当佛拜的意思。

燃一炷香，插进小瓶子里，放在墙角或某个不显眼的地方，屋里就幽香暗生了。

我只觉得气息很好闻，有一种缥缈出世的感觉。

二

渐渐就有了庙的感觉。想起一次次进庙拜佛，佛是泥塑金身的那种，僧是半为修行、半为谋生的百姓，听其讲道，要么太虚，虚得可疑;要么太实，实得可怜，把生命觉悟的大道讲成发财升官的实用手段、投机小道甚至歪道。

但还是一次次进庙。似乎不是为拜佛和寻僧,而仅仅是为闻一闻庙里那种香火的味道。

那种在尘世里又高出尘世的感觉。

三

幽香盈室,轻烟缭绕。我的小屋真变成了庙。

烟雾轻笼中,书架上的书更安静了,圣贤智者们寂坐于时间深处,把无穷的语言化为沉默。

桌子上展开的纸,长时间不落一字。

寂静延伸着空白。我的心一片空阔。

四

此时,开门见山,皆是灵山,那远近错列的翠峰青峦,哪一座不是经亿万年苦苦修炼而入定的高僧大佛?

那条大河,用上古的涛声与沿途的事物说话,听久了,我会觉得河是代表许多生命发出的一声叹息。

透过轻烟看门外掠过的鸟的影子,都像是在自己心海里飞翔的精卫。

五

在香火、轻烟里,在"庙"里,似乎渐渐有了"出家人"的感觉。

我把门前的几株槐树、杉树都看作"菩提树"。

在菩提树下坐着或站着,我要求自己的每一念都是善的,都是清洁的,都与我想要接近的真理有关。

其实,"出家人"只是离了小家,真正的出家人是为了找到众生的家门、真理的家门、慈悲的家门、觉悟的家门、智慧的家门、宁静的家门。

六

入而后出,出而又入——然后以出世的精神做入世的事业,以智慧、慈悲的光芒照亮世间的事物。以正念、善念所做的一切事,大事小事琐碎事,都是佛事;一个善良的人在旷野里,用牛粪、羊粪、马粪、驴粪点燃的火光,都是佛光,为迷途的夜行人照亮了回家的路径。

七

香燃着,我却伏案睡着了。

那个上午,一觉醒来,我自己点燃的那根香还在燃着,它的旁边,一根新燃的香吐着檀香味的轻雾。

是谁,在我睡着了的时候,为我燃香?他是把我当作"睡佛"来拜了?

一个人睡着了不做噩梦,醒来时不动恶念——思无邪,行有德,他就接近于佛了吗?

这也许仅仅是对一个好人的最基本的要求。要在各个方面都好,在情感、品格、行为、言语,甚至在潜意识深处,都进入至善的境界,才是佛境啊。

是谁,在我睡着了的时候,为我悄悄燃香?

八

感谢那位为我燃香的人。

他是在为我的灵魂添香祈祷。

这也许是他的幽默:让我一觉醒来,恍然不知自己是仙是凡是人是佛。

这也许是他对我的启示:其实佛界与凡界只在一念之间,此岸与彼岸只有一梦之隔。

这也许是他对我的叮咛:心魂里时时有清香萦绕,你就是凡尘中的仙,众生里的佛,淤泥里的莲花,秽土中的幽草。

九

幽香盈室。但我不能自囚于"禅房"。禅房是我整理人生经验的地方,但人生的大经验当在广袤的天地间获得。

我不能满足于自我燃香,自己把自己供养起来,那顶多只是一个安静的"小我";烛照世间的无明,同情众生的悲苦,锻造晶莹的灵魂,忘我,才是佛。

十

那个为我悄悄燃香的人,其实是在为我上课:佛啊,醒来吧,去修行、去关怀、去倾听、去证悟、去汇入无数的香客:孤独的香客、迷途的香客、受苦的香客、贫穷的香客、流浪的香客、叩问的香客……

十一

轻烟飘出门,融进大野,融进苍茫。

一缕出世的烟,融入世界的雾中。

一炷香燃完了。我的心,在寂静空明的意境里,行走得很远,很远。

我慢慢把心收回来,心携带着更多的光回到心上,心海里一片月光。

我随着轻烟走出门,走向生活,走向众生,走向沧海,走向更辽阔的生命……

被遗忘的情书

记得是几十年前的某一天早晨就寄出了这封信。

在后来的几十年里,我好像隐隐约约一直在等待回音。

今天,我从一本旧书里,不小心抖出了它,才知道我当时并没有寄出这封信。

它被夹在过去读过的一本经典里,此时,当我抖落它时,听见抖落了一串心跳。

我反复阅读它,透过一行行褪色的字迹,我看见少年单纯羞涩的脸,我看见星光穿过夜幕,填满他清澈、深情的眼睛。

我一次次被他纯真的激情感动,以至于竟然深深爱上了这位少年——一颗积满尘埃的渐渐老去的心,爱着当年那颗纯真透明的心。

我再一次与一生里最好的感情重逢了。

事情虽已过去多年,此时重读当年忘记寄出的情书,我仍然要为那位少女遗憾:在那年春天,她可能收到许多随风飘来的好看的羽毛,但她没有收到最深情的心跳。

所以我要向多年前的那个我表示真诚的问候,我要向那位纯真少年致敬。

诸位,这实在不是我的矫情自恋和自作多情,这实在是我在代表岁月,向一个纯真少年的心灵——向那颗还没有被污染的心灵致敬。

一群傻瓜在菜地里

地瓜、黄瓜、丝瓜、葫芦、南瓜、金瓜、苦瓜、香瓜、冬瓜……

一群傻瓜全都在菜园里傻睡。

呼噜噜,呼噜噜,微风里还打着鼾。

路过的鸟儿还传播几句它们偷听到的梦话。

全是傻瓜们说的傻乎乎的傻话。

地瓜没进过城,没见过世面,没受过励志教育。

除了憨,它没别的见识和想法。

被我那也没见过世面的爹爹埋没在土里。

埋没了就埋没了。土里暖和,土里有营养。

果然,这没见过世面的傻子,却长成了敦实汉子,地道的瓜。

一排排黄瓜手扶着藤蔓做引体向上体操。

比赛的结果皆大欢喜:每一根黄瓜都获得绿色光荣称号。

丝瓜走到哪儿都喜欢做卷螺丝的游戏。

恨不得在妹妹的窗口也卷几个螺丝,把春天固定在那儿。

也把自己固定在那儿。

亲眼看妹妹怎样一笔一画把自己写进一篇作文。

谁说葫芦喜欢收藏酒? 没这回事。父亲说葫芦喜欢收藏露水。

葫芦对人很客气。那天不小心碰了母亲的头。葫芦一个劲儿道歉,低下头颤抖着对妈妈说对不起。

我妈摸了摸它害羞的头,说,傻孩子,没事的。

快静下来,可别把头摇晕了,把后面的节令摇乱了。

没人知道南瓜花耷拉在地上在想什么。但是爹知道它的心事。

爹把路边串门的南瓜蔓领回地里, 就像老师修改了我作文的思路。

那花儿立即结出一个嫩瓜，为善解瓜意的爹爹点了一个大赞。

金瓜从不拜金，也不拜银。谁起了这俗气的名字？

不过，金瓜不管雅俗，不懂金银，即使你叫它俗瓜愣瓜闷瓜也行。

到时候它老老实实捧出来的总是纯正的金瓜。

苦瓜是土地的苦孩子，土地的艰辛和悲苦，它心知肚明。

它尽最大努力把土地之苦藏进自己心里。

能让土地老娘喘一口气，它情愿生生世世都做苦瓜。

苦瓜旁边的香瓜有点不好意思了。谢谢苦瓜大哥。

你把苦水喝了，甘露都留给我这做弟弟的。

土地老娘啊，我身上的香、心里的甜，都是你积的德。

都是苦瓜大哥咽着苦水成全了我，你是佛，他是菩萨。

冬瓜，大家都看到冬瓜了，顺着农历的线索摸索着走啊走。

不知听到土地一句什么悄悄话，扑通一下，就蹲在那儿不走了。

哪儿都不去了，天堂都不去了。

半夜里月亮走下来把它当枕头枕着睡了一觉。

醒来发现自己也长胖了一圈。嗬，这傻瓜有傻福。

什么福？无非是让自己天天变傻，越来越傻。

直到变得和土地一样傻，能傻在一起的，才是一家。

傻傻的土地养出一群傻傻的大傻瓜，满身满心都是傻傻的感情。

都是傻傻的思念，都是傻傻的不掺任何杂质的纯朴营养和单纯想法。

傻土地什么都见过，见过尖锐的刀锋、厉害的轮子、伤心的毒药。

见过精明的算计、残酷的榨取、贪婪的脑瓜。

傻土地都快被贪婪的脑瓜榨干啦。

好在天上有傻太阳傻月亮傻星星傻银河。

照着傻傻的土地老妈，老妈怀里还抱着希望的种子。

抱着一群憨厚的孝子，一群憨厚的傻瓜。

要不是怀里还有这样的傻瓜，土地老妈真的受不了啦……

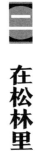

在松林里

李汉荣作品

天狼星的亮度

百花中国
自然写作

感激那棵小松树

因为昨夜下过雨,山路有些滑,通向水库的路,有点陡峭。爬坡时,脚下一滑,打了个趔趄,我急忙弯腰,右手抓住一棵小松树,想稳住身子。身子是稳住了,那棵小松树却被连根拔了起来。

我手握着那棵松树,边走路边看它,它比我的小手指还要细一些,它是个娃娃松,也可以说是个婴儿松。松树寿命可达千年之久,如若它长在那里,不说活千年,至少活几十年吧,可是它遇到了我,恰恰又是在雨后的清晨遇到了我,雨水成全它的命,我却断了它的命,我竟是它的噩梦和厄运吗?

松叶上还沾着露水,像是它的眼泪,一棵娃娃松,娃娃哭了,无助的伤心的娃娃。我,一个快六十岁的老人,向一个娃娃求助,娃娃慷慨地帮助了我,我却毁掉了这娃娃,这是我,一个长者该做的事吗? 我心里有愧,觉得对不起这娃娃。

做了对不起人的事,或做了对不起生灵的事,或做了对不起某个事物的事,不论人说不说什么,生灵说不说什么,事物说不说什么,你只要做了对不起他们的事,你就会觉得良心不安,你也会觉得天地神灵都不安。说到底,对不起的,首先是自己的那颗心。

娃娃松不会怪罪我,因为我不是故意的,娃娃松会原谅我,但是我不原谅自己。山上有的是松树,世上有的是松树,但是,因了我,世上少了棵娃娃松,这个世界就不完整,我的心就不完整,我的心里就少了一棵松树,我的心里就多了一份愧疚。

我急忙折回来时的山路,找到了娃娃松生长的地方,我用一枚石片刨挖了一个树坑,将娃娃松栽到里面,小心培土,又用矿泉水瓶子在路边水洼里舀了水,在根部轻轻浇灌。

做完这一切,我站在小松树旁边,抚了抚它的嫩叶,我轻声地一字一句地说:谢谢你,娃娃松,好娃娃,我感激你,一个小娃娃帮助了一个陌生老汉。你虽小,却有天地之大德;我虽老,却少人间之义气。娃娃,你不仅帮助了我,也教育了我。你告诉我:天地化育了我,我应该赞天地之化育。

走了好远,我回头,看见娃娃松在微风里轻摇着小手臂,我也向它招手:再见啦,好娃娃,以后我还会来看你的……

在松林里

哲人说:大自然是可见的精神,精神是不可见的大自然。

此刻,我的面前,就是一片可见的精神—— 一片看起来几乎是无边的松林。

我走进松林,走进一片可见的精神。

高低错落,清爽洁净,葱郁的树冠,温情地向天空伸展;微风起时,苍翠的枝叶纷纷举起手臂,向一种不断向自己靠近的辽阔胸襟打着迎接的手势。

即使终生固守于寸土一隅,枝叶总是指向遥远的苍穹,沉默的树,看似无心,其实都有一颗向往无限的心。

它们的根,是匍匐在地下的闪电,安静地摸索着,打听着,打听时光的深度和去向。

松树是清洁的树,它的心是清洁的,身体是清洁的,气息是清洁的,它氤氲的氛围是清洁的。心必干净,身才端正,神才安详。我觉得,世间万千事物,只有松树的风骨仪态,配得上这四个字来形容:风神俊秀。在我眼里,每一棵松树都有君子风貌。

松树是友好的树,看它一身的"装备",松针、松花、松塔、松果、松油,都是柔和之物,没有伤害之刃。对天、对地、对人、对生灵,唯存善意,不揣机心。它身上唯一的"利器"——松针,却柔如母亲的发丝,擎在空中,梳理月光,弹拨轻风;铺在地上,如棉如毯,坐其上可静思禅悟,卧其上可梦游广宇。

松树是清香的树,说清香,不确切,应该是"幽香"。我在松树下,深呼吸,用心,用触感和通感,久久沉浸、体会,是的,松树是幽香的树,不是香喷喷的那种浅薄的香,不是宣讲式的强势侵入式的那种香,是沉潜的,低调弥漫的,悄然渗出的,是你屏声静气慢慢体会到的那种安静的幽香。它身体的每一个经纬,它心魂的每一次吐纳,都搜集着提炼着天地间的醇正元气和精微灵气。我认为宇宙是一个其大无边的巨灵,每一个具体生命都是一个呼应宇宙巨灵的微灵,松树与我们一样也是一个微灵。我们找不到松树身上的哪个部位是其灵台所在,是因为松树本身就是完整的一个灵台,它的身就是它的灵,它的灵就是它的身,它的身体就是它的灵台。它是精神化的物质,也是物质化的精神。它用整个生命做灵台,呼应宇宙巨灵,提炼生命幽香。

此刻我靠在松树身上,我自惭形秽,自惭心秽,自惭灵秽。我的身、心、灵,何曾释放过清香或幽香? 我扪心自问,在天地这个巨灵面前,你的身、心、灵,何曾虔诚提炼过生命的内在清香和精神幽香? 除了放出那连自己都不愿接纳的庸俗之气污浊之气腥秽之气暴戾之气,你可曾为这个人间、为这个宇宙,提炼和输送过生命的清香和精神的幽香? 你啊你,愧做一个人,愧对一棵树。我生天地间,天地化育我,若不为天地提供清香,不为历史提炼幽香,我实在不如一棵树,不如一株草。

心里想到深处,也就触到痛处,悟到人若不是一种美德和至善的存在,就枉为人子,愧对天地。

此时,我站在松树面前,深深鞠躬:树如此洁,我如此浊;树如此香,我如此秽;身不洁兮,乃藏大欲;心无香兮,乃有大垢。天地之灵兮,岂可不洁,岂可无香? 其身不洁,其心无香,算什么天地之灵? 我当潜心修行,身正若树,心洁若露。我发愿,我要努力让自己的生命,生出一点精神的幽香。

在每一棵松树面前,我都想站一会儿,与它们说说心里话,我感觉它们是我历世历代的真身,不小心走失了,它们站在这里等我。

在山路上,与蚂蚁谈心

坐路边,喝几口瓶装矿泉水,吃一点儿出发时从城里带来的核桃馍,这是我的午餐。

我算是一个环保主义者，也是佛学修行者——不是出家僧人，是带发修行。同时，我对阿尔贝特·施韦泽倡导和践行的敬畏生命伦理学，深怀敬重并高度认同。在我的情感和精神词典里，这些都是关键词："慈悲为怀""众生平等""无缘大慈，同体大悲""惜物护生""人行善，福虽未至，祸已远离；人作恶，祸虽未至，福已远离""积德虽无人见，行善自有天知"。而施韦泽先生的教诲，也深铭我心，成为我与别的生命相处的伦理学和行为方式："把爱的原则扩展到一切动物。""敬畏生命的伦理否认高级和低级的、富有价值和缺少价值的生命之间的区分。""敬畏生命的人，只是出于不可避免的必然性才伤害和毁灭生命，但从来不会由于疏忽或故意去伤害和毁灭生命。""如果你在任何地方减缓了人或其他生物的痛苦和恐惧，那么你做的即使较少，也是很多。""只有减少了别的生命的苦难，我们的这趟生命之旅才会少一些悲苦，多一点儿慰藉。"……

我每一次在野外旅游或行走，吃东西时总要取出一些撒在路坎上、野地上、溪流里或林子里，因为我知道，在这个貌似繁华实则日益匮乏的世界上，不知有多少生灵，总是处在饥饿的困境之中。

此刻，我先吃了几口，馍渣零星掉在地上，我又掰了几片撒在四周。一会儿，就看见几只蚂蚁过来了。它们先是触碰了馍渣，嗅了嗅，大概在辨别其口感和安全性吧。其中有一只急忙转过身，兴冲冲地跑着，我似乎看到它眉飞色舞的神色和表情了。我知道它是去告诉它的同伴,告诉它的部落:粮食来了,粮食来了,祝福吧,我们的女王无恙,我们的部落昌盛。

蚂蚁们的运粮队伍开过来了,几百只蚂蚁都过来了。

我的一个小小举动,我手中有意或无意掉落的一点儿食物,却启动了一个动物王国的国家行为,我在不经意间,有可能拯救一个因饥荒而濒临崩溃的生命王国。

蚂蚁们当然是看不到我的,从古至今,没有一只蚂蚁见过人类,它们永远看不见人类。它们太小太小了,它们不知道世上有什么人类,但它们却一直陪伴着人类,我们也一直陪伴着蚂蚁。

它们可能见过人类的脚印、鞋子和痰迹,但它们永远不知道这是谁的脚印,谁的鞋子,谁的痰迹。

我们到世上来,好像是很幸运的,因为我们见过万物,见过蚂蚁;但是,反过来说,万物的不幸,包括蚂蚁的不幸,却是因为遇到了我们。若是没有我们,蚂蚁和万物的生存境遇也许会好许多。

我们无数次有意或无意践踏和伤害了万物,包括蚂蚁。

当然不可一概而论。佛以及施韦泽等众多的圣者、仁者和善良的人们,也一直在同情、呵护着众生。

而据昆虫学家研究,蚂蚁是地球上迄今为止最成功的物种之一,其成功程度超过了人类,它们有着稳定的社会制度、行为模式和道德伦理。它们的种群遍布地球的绝大多数陆地,在人类之外,蚂蚁也以它们古老的方式默默守护着万物共同的家园。

地球绕着太阳的引力场旋转，同时绕着银河系的银核在更大的宇宙空间里旋转，也就是说，我们的地球时刻都在星际间洪荒之力的推动下，向宇宙的深空做着永不疲倦的远航。这些小小的蚂蚁，与我们乘坐同一个地球——乘坐同一艘宇宙飞船，也在无边的宇宙穿越和远航。它们是沉默的英雄宇航员。

蚂蚁王国的社会制度是彻底的公有制，蚂蚁过的是原始共产主义生活。除了作为国家象征的蚁后，也即女王，受到蚂蚁们的保护和喂养，所有蚂蚁的社会地位一律平等，只是各有严密分工，它们毫无私欲私心，都能诚恳地为国家的繁荣尽职尽责，每一只蚂蚁都能平等地分享到属于自己的那一份福利。在蚂蚁社会里，没有特权阶层，没有贪污盗窃，没有买官卖官，没有坑蒙拐骗，没有打砸抢，没有黄赌毒。社会资源由全体蚂蚁共同拥有和经营，其内部的食物供给、社会福利、安全事务和道德伦理，均由全体蚂蚁成员默契运作，共治共享。

这些小不点儿，这些忙碌着的黑色颗粒，我们以为它们什么都不懂，其实我们错了，它们怀揣着对古老共和制的忠诚梦想，它们虔诚地（是真正的虔诚）维护着社稷的平安、富足和正义。它们一直生活在亿万年前的原始的土地上和原始的梦境里，它们是精致的梦的颗粒，它们不会从梦中醒来，它们就是大地上奔跑的一种神奇的梦。

现在，让我为蚂蚁献上一首诗吧：

我一次次停下脚步

为蚂蚁让路

这短暂的停顿

使狂暴的时间发生温柔转折

折进我的内心

我一次次俯下身子

向蚂蚁致意

整个天空也随着我俯下身来

注视蚂蚁们,那肃穆如

古代圣徒的表情

节欲,忘我,忍耐,缄默,奉献,忠诚

围绕一个神圣的中心

日夜奔赴、祈祷和劳作

把自己短促的一生

献给寂寞而崇高的女神

在这个失去信仰的大地上

唯有蚂蚁

过着虔诚的圣徒生活

蚂蚁从不悲伤
它们就是一滴滴悲伤的泪水

而再悲伤的泪水
它表达悲伤
却不懂悲伤

不懂悲伤的泪水
漫过大地
使大地充满悲伤

在土地的莽原上
到处是蚂蚁的工作室
它们沉浸在辛苦劳作里
仿佛要建设一个永恒的圣殿

一茬一茬,人类忙着改朝换代
忙着贪污盗窃和彼此伤害
忙着在道德的废墟上寻找道德

一茬一茬,蚂蚁继承了先祖遗训
仰头是祈祷,低头是劳作

说实话，我的心里，有时候会生出浓厚的虚无主义情绪，觉得万物悲苦，生命艰辛，而一切的挣扎和劳碌，到头来却终归徒劳，只留下白茫茫一片大地真干净。

而忠于大地、热爱生活的蚂蚁们，一次次校正着我的虚无主义倾向，从某种意义上说，蚂蚁是我的精神牧师，是我的心理疏导者，道德示范者，热爱生活的劝说者。

蚂蚁们热情奔走在古老土地上，它们是热爱生活的现实主义者，同时也实现了属于它们这个族群的最好的理想主义方案。

看着忙碌奔走、认真生活的蚂蚁们，我惊讶着，好奇着，心里升起对它们的怜惜和尊敬。

在这个宗教式微、信仰坍塌、道德沦丧、人心迷茫的地球上，只有它们，这些小不点儿，这些颗粒状的微小生灵，还坚持着古老的道德、纯洁的伦理和勤勉的生活方式，还过着有信仰的生活。

山野孤坟

满山松柏，满目葱翠，时有鸟声和云影，飘过头顶。

风行林中，琴吟箫鸣，如奏古乐；我行风中，神清气爽，如在仙境。

山路拐弯处，有一沟壑，似通幽处，我折进去，行约五十步，见斜坡上有一孤坟，岩石泥土堆成，没有墓碑，石头已开始风化朽裂,坟体已呈塌陷状。

心里一阵微颤:一个微如蝼蚁的逝者,一个正在塌陷的坟。

他(她)曾经活过,后来死了,那稍稍高出地面的墓土,是他来过尘世的唯一证据。如今坟已坍塌,他将无影无踪。

他是谁? 是男是女? 是善终是病逝是夭折? 为何独葬于此?

诚然,人固有一死,茫茫人潮,滚滚滔滔,不停流逝,终将汇入死之荒海。

但是,人心里,都有一个与生俱来的梦想:能安居于一个人人平等友爱的温暖家园。

然而,温情伦理学无法修改"弱肉强食,适者生存"之社会生物学现实,人无法逃离食物链的锁链。

不说人之生态,只说人之死状吧——有的人死了,据说是个官人,是个富人,是个名人,他的坟,就比别人的坟,要贵些,要大些,要高些。

贵些、大些、高些——这就是他生前的价值(价格),死后的荣耀。

很贱、很小、很低——那么,躺在孤坟里的这个人,他生前肯定不是官人,也非富人,很可能是草民,是穷人。

草草活过,草草死去,草草埋掉,草草遗忘——确是一根草,不如一根草。

清明节刚过不久,坟前竟不见一丝香火,显然,他已被人世彻底忘了。

他经历了怎样的生老病死祸福荣辱?他受过什么苦?他遭过什么罪?我一无所知。

我只看见这是一座坟,坟里埋着一个人。

兴许是天意吧,天意让我路过这里,让我在此转弯折入,让我看到一座孤坟,让我看到一个孤魂。

曾经的生,已经死了;曾经的死,仍在死着。

他来过,他活过,不管他是谁,他来世上,就是我们的兄弟姐妹。

天意让我来这里,有何深意?

古人说,天意从来高难问。

其实天意何须问,天意是说:人世匆匆来与去,最终,我们注定都是孤魂。

我折几根柏树枝,放于孤坟前。

我鞠躬,默悼苦难的孤魂。

望一眼满山松柏、满天星斗,心里似有慰藉:

其实孤魂不孤,你与我,来与去,都在这宇宙古庙里,共看青灯……

路过菩提寺

俗话说,进庙就烧香,见佛就磕头。

我从庙前过,没进去,因为我知道,如今,不少所谓的佛、道圣地,进门就立着一个或数个"功德箱",等你捐款送钱,否则佛不保佑,道不显灵。那守庙的所谓僧人、住持、方丈,见你进庙不给钱,脸色立马就难看起来,连正眼都懒得瞧你,有时也有口里念念有词的,那可不是在口念佛号修身养性,而是在骂你不识时务,俗眼看佛低。

花钱买平安,花钱买加持,花钱买福报,就像向贪官行贿买升迁机会——这片土地上的佛,竟然已进化得酷似衙门里的官吏,且是给钱才办事的那种贪官俗吏。

精神的信仰变成了金钱拜物教,心灵的净土变成藏污纳垢的秽土。

慈悲为怀普度众生的佛啊,莫非也度不过汹汹欲海,最终溺水而亡,往生净土了吗?

遂口占一偈,以记此行。偈曰:

有庙无僧,有僧无道;庙是空庙,僧是假僧。

口占毕,觉得言不及义,遂试改慧能偈语,以表寸心之痛:

菩提本无树,明镜亦非台。本来无一物,处处染尘埃。

按说,佛教对人的身、心、意、思、言、行诸方面均有细致的关照和省悟,有数千年一脉相承的精神传统和修行方法,应该对化解现代人的精神困境和价值迷失、升华其生命觉悟和人格境界有所作为。然而却毫无作为,这片土地上罕有大德高僧问世。可见经多年的金钱洗脑、斗争鼓动及势利主义的腐蚀,这片土地已灵性遮蔽,道心泯灭,荒草疯长而嘉木稀缺。

神清气爽与词的死亡

山路两边,是大片树林,有青冈树、松树、柏树、杨树等,松树居多。清风徐来,草木清香悠悠漫过,令人神清气爽。

我心里刚冒出"神清气爽"这个词,又忽然意识到这是一个经常被随意滥用的词,进而想到许许多多词语,被任意乱用、滥用而造成词的内涵和韵味被严重污染、磨损,词的状物写景、表情达意之功能已然丧失,甚至令一些珍惜母语的严肃人士痛感自己已经找不到可以使用的干净、本真的词来说话和写作了,因为太多的词被过度滥用甚至惨遭亵玩,公共词典里已找不到保持着"语言贞操"的好词了。

我认为如"神清气爽"等许多好词,都是很珍贵、美好的词,是不能随便乱用的,除非你真的神清气爽,才能说自己神清气爽。不然就是言不及义,言过其实,言不由衷,文过饰非。试问,你在轮胎翻滚的公路上,在人头攒动的大街上,在尘土飞扬的工地上,在与自然隔绝的车厢上,在资本控制的流水线上,在尔虞我诈的赌场上,在明争暗斗的权力场上……你会有神清气爽的感受吗?我想是不会有的。试举一例,我有一次坐车去外地旅行,一路上饱受噪音、废气、闷热的夹攻和折磨,我有晕车的感觉,甚至想在中途提前下车,隔座却有人说一日千里神清气爽云云,我不知道那神清气爽的感觉从何而来,莫非是他在说反话吗?

此刻我走在山中林荫路上,神清气爽,我用这个词应该是恰到好处的。我感觉我胸腔里的肺叶都快乐地笑出声了,当然肺叶们是很有修养的,它们有着多少亿年的修行和涵养之功,它们含而不露,乐而不狂,它们是不会笑出声来的,但是我感觉我的肺叶此时很幸福,它们安静地在我的胸腔里微笑着,愉快而轻松地为我的身体工作着,与辽阔的大自然和广袤的大气层进行着微妙的吐纳和惬意的互动,它们让我的血脉和气息与天地气场保持着深切的共鸣和往来。庄子曰:独与天地精神往来。我想我们亲爱的肺叶,首先加入了与天地精神往来的基础工作:呼吸,然后再由我们的心智,我们的情感,我们的感觉都加入了与天地精神往来的更为高深宏阔的沉浸、感悟和思想,去更深刻地体会和理解——人与天地万物存在的终极根源和意味。

由"神清气爽"这个词的被乱用,我想到,如今,我们用滥了、用残了、用废了多少好词呢? 很多很多,多到无数。比如:爱、梦、爽、幸福、成就、存在感、自豪、骄傲、惬意、感动、感慨、感恩、岁月静好、至暗时刻、奉献、佛系、治愈,等等,多少好词被广告、网络、微信、微博、抖音,被种种社交媒体,矫情地、夸饰地、轻薄地、炫耀造作地、自恋自夸地、自我膨胀地、乱贴标签式地、哄抬物价式地、搔首弄姿式地、作秀表演式地、卖弄风骚式地……任意驱遣,任意组合,任意摆布,任意玩弄。词,就这样被无节制地大肆滥用乱用挪用,多少好端端的词被用残了,用废了,变成了毫无内涵、毫无指涉、毫无象征、毫无意趣、毫无韵味的空洞废词、残疾烂词、僵尸朽词。就像货币在流通过程中被无限滥用而贬值,除了流通过程中货币身上沾染了越来越多的病菌和脏污,其自身的交换价值却因不断贬值而日益打折,终于快成为一堆废纸了。我们正是通过对词的滥用和乱用,而污染了词,贬损了词,榨干了词,使词的内涵和意味渐被掏空,使词的表现力、感染力、命名力、象征力彻底归零,从而丧失了词对人的心境、情境、意境、处境、困境和语境的描述能力、命名能力、隐喻能力和揭示能力,从而使名词失去命名能力,使动词失去行动(感动、触动、激动)能力,使介词失去介入叙述的能力,使形容词失去描述情境、吐纳胸臆的呈现能力。古人说:状难写之景,如在目前;含不尽之意,见于言外。强调上乘文字应具有"言外之意,篇外之趣,韵外之旨",强调语言的含蓄之美和暗示之功,强调遣词造句必出于真情、实感、深思和妙悟,强调以一当十、以十当百的厚重而节制的精准表达。古人说:修辞立其诚,是说遣词造句不是随意的语言杂耍和行为化妆,而是通过有意味的言说,为我们的心灵,为我们的生命体验,为我们面对天地人生的那份诚、那份敬、那份深情、那份感触、那份思悟,留下禁得起时间侵蚀的心灵记录和生命见证。反观我们今天对语言的极度不尊重不爱惜,随意摆布语言、糟蹋语言、污染语言、侮辱语言、毁灭语言,我们真应该惭愧得无地自容。

词是无辜的,遇到我们这种极度不尊重语言的人,词是不幸的。我们让曾经高贵、含蓄、隽永、雅致、冲淡、凝重、洗练、简洁、质朴、平和、清洁、内敛、温润、灵秀、空灵、蕴藉的词,从远古一路走来的出自先人至深性灵情怀的绝妙好词,不止一百万次一千万次一万亿次做了我们轻薄表达、轻薄表演、轻薄卖弄、轻薄胡言乱语的廉价炮灰，词被我们随便抓来当舆论炮灰、商业炮灰、权力炮灰、金钱炮灰、贪欲炮灰、虚荣炮灰、名利炮灰，当口头炮灰、笔头炮灰和键盘炮灰，古往今来多少好词，终于一批批一群群一摞摞阵亡了，语言的沙漠里，堆满了词的尸体……

路过废弃的飞机场

据说是在二十世纪四十年代初修建的这个飞机场。当时正值抗日战争时期，日军偷袭太平洋珍珠港美军基地，重创美国海军，造成重大伤亡，美国宣布对日作战。

其时中国远征军正在缅甸一带与日军激战，美国组建了空军"飞虎队"，飞虎队第341轰炸大队第490轰炸中队到汉中执行任务，一架架运输机，满载武器和补给，就是从这个飞机场起飞，飞越崇山峻岭，特别是要飞越世界屋脊喜马拉雅山，飞过云缠雾绕的"驼峰"，抵达缅甸战场，支援中国远征军。

书上说，当年飞虎队飞越喜马拉雅山"驼峰"时，云雾翻滚，视线模糊，加上大气环流形成的巨大涡流，不少飞机与高山撞击坠毁，飞行员也不幸罹难。书中说"驼峰"一带的山上，当年坠毁的飞机碎片，以及遇难的数百位飞行员的遗体残骸，仍留在白雪皑皑的雪峰上，白雪保存了历史的细节，也永恒地祭奠那悲壮的时刻。

2005年夏天，我曾乘飞机去西藏旅游，那天天气晴朗，当飞机飞越喜马拉雅山时,我俯在舷窗前,眼睛一直向下面的雪峰群山眺望,旁边的女乘客问我,眼睛不眨在看什么呢? 云是一样的云,雾是一样的雾,看过去都一样嘛。我说,我想看见不一样的东西,我想看见历史的反光和生命的反光。

此时,下午一时二十三分,我从飞机场路过,四周高楼林立,机场附近的大片蔬菜地已整体撂荒,留作建设用地,空旷的机场杂草丛生,时有野兔出没;前些年有驾校租了场地,当年的飞机跑道上,一时间跑着各种小轿车,演习着市场驰骋的速度和人生奔跑的技术,以及规避事故的方法和抵达幸福的路径。后来驾校搬走,机场重归空旷,杂草迎风茂长,我从"跑道"路过时,有三五只狗,也在远处无聊闲逛。

我蓦然一阵心惊,想起八十多年前这里飞机起落的繁忙景象,想起近二十年前我在喜马拉雅山上空,想看见历史的反光和生命的反光,于是,我停下脚步,我深深地弯下腰,我凝视地面并久久聆听:

我站立的地方,也许正是当年飞机的起落之地,我想听见,那曾猛烈触动大地心房和历史神经的生命颤音,是否还在土地的记忆里回旋震荡,并隐隐传递?

孤独鸟

在林子里静坐,一鸟儿在头顶枝头鸣叫,其声柔和,也透着一点儿急切,语气里似有露珠滴落。那含着露水的声音,仿佛在叫着我的乳名,令我颇感亲切。

当我走出林子时,那鸟儿追过来为我送行,走远了,它还在林边的树梢上叫着我的名字,它是想让我留下来,做它的朋友和芳邻吧?我感到了这只鸟儿的孤独和它对我的友好了。

也许,它是我前世走失的亲人,或是我来生的朋友,此生却注定无缘相遇?它是想在今世接续那中断的缘分,或是提前预约那珍贵的情义?它在鸟群里一直找不到知己,它孤独寂寞。它的知己在人间,而人只知道它是林子里的鸟,却忘记了它是我们前世走失了的亲人,来生见不到的朋友。生而为鸟,它却思念着人;它思念着人,人却以为它只是一只鸟——这孤独的鸟儿,它这一生会是多么的孤独!

作为人,我无法久居林中化身为鸟,做它的鸟兄弟或鸟姐妹;我也不能将它带出林子,养在笼中,我怎忍心把我前世的亲人来生的朋友,关进笼中?唉,都说做人难,做啥不难?做鸟做虫做牛做马做猪做羊做鸡做狗做兔……你想想看,你试试看,哪个不难?你做一条鱼试试,做一条蛇试试,做一只狗试试,做一只老虎试试,做一只麻雀试试,都难啊!天意难测,天命难违,天要你做啥你就得做啥,做啥都难,但是你还不得不做,还要认认真真地做。

林子里,林子外,我这么思想着,将心比心着,进退两难着。我是为一只孤独的鸟操心难过吗?或是为孤独的人操心难过吧?

我说不清。万事劳其形,百忧扰其心。我本是一介草民,却揣着一颗无限心,总是为天地万物闲操心。

　　我想,走出林子很可能就再也见不到这孤独的鸟儿了。最后,我在心里为这孤独纯真的鸟儿,命名了一个丝毫不能减轻它之孤独的孤独的名字:孤独鸟。

深潭

　　因年代久远而无法讲述自己的经历。从一开始就认识的那些星子,到现在仍是至交,每到晴好的夜晚,就齐聚水底,摆开天上的棋盘,与时间对弈。偶尔有流星飞来点评,使棋局出现片刻纷乱,很快恢复了湛澈,返回公元前的寂静迷阵。

　　因冥想太深而无法表白自己的思想。地层深处的焦灼、沸腾和苦痛,已止息于连它自己都回想不起来的某些回旋和转折,沉淀在深壑里的透明情感,映照天空的深蓝——仿佛除了这深蓝,自己并没有别的起源。

　　因长期缄默而没有形成自己的语法。也许有无尽的话要说,一直在准备要宣布一个令人震惊的绝对真理,有时,飞溅而下的雨滴,开导着漩涡里深埋的话题,似乎它一旦脱口而出,沉沦的倒影和下落不明的石头,全都会应着那回声立即上岸。

　　可是,我在岸上等了很久很久,它终于开口了,却是几句我根本无法理解的嗫嚅……

一字不识而多诗意

明朝文学家陈继儒说:"人有一字不识而多诗意,一偈不参而多禅意,一勺不濡而多酒意,一石不晓而多画意,淡宕故也。"

对此我也有些体会。一些识字不多甚至不识字的所谓"粗人",他们的性情和谈吐间,常常流露出可爱的真趣和诗意,是那些咬文嚼字的先生雅士所不及的。特别是一些大山深处的老农,看似木讷,实际是外憨内秀,内心清澈空灵,对生存和自然有着质朴通达的感悟,有时一句土得掉渣的口语,就说出了生存的真相,透彻而幽默,达到了哲学的深度,又不像哲学家们那样太一本正经,更不像一些狭隘文人把话说得过于激烈偏执,反而遮蔽了生存的真相。他们的表达十分感性、率真,说具体的事物,其寓意又大于所说的具体事物,而有了普遍的象征,不是修辞的象征,是直觉的深刻自然地带出了更多的指涉和意味。

二十世纪八十年代我在秦岭深处遇到几位民间哲人和诗人,与他们相处留下的印象至今历历在目,后来我也在大城市的学府、研究院里见过几位颇有影响的哲学家,我不是不佩服他们的学识和心智水准,但我至今仍然感到秦岭深处那几位农夫哲人是我心目中的哲学家。有一位王姓老农,他沉默寡言,农事之外,最喜欢望天观星,厚重的大山和深邃的夜空,涵养了他的天性和悟性,听他几句平常的话语,恍若听老子讲道,听庄子谈玄,我发现他有着很大的心灵的时空,有着浓厚辽阔的宇宙意识,而他放牛种地又颇为勤劳,对"太虚幻境"的洞察并没有使他陷入生命的虚无,只是使他通透而达观,夜晚仰望无穷的星河,放飞思绪于天地之外,而白天耕种时仍珍惜着手中小小的种子,珍惜着身边的鸡狗牛鸟,他真正做到了"以出世的精神做入世的事业"。七十岁的时候,他为自己做了棺材,选了墓地,并睡进棺木里试了试"死去的感觉",其提前选好的墓地位于悬崖附近,坐南朝北,他说死后仍然要朝着北斗,魂飞苍冥也要永远看着故土。有一次我们到他所在的村上清理村干部的财务,看有没有贪污和挪用,晚上在他家吃饭,有几只老鼠从门前跑过,我要去追赶,他停下筷子,笑着说了一句,算了,让它去找夜饭吧,我们山里,山高地广,除了养人,也养老鼠,养的东西可多着呢。有一次他对我们说,你们是些文人,需要有时候离开那些书本,多采一些山里的野气,我这样的粗人,需要钻进书本里,采一些文气,可惜我老汉来不及了。我说,我们这点儿文气是你的野气蒸发出来的那么一点点零头,太小了,你才是个通着天心地气的大文人呢。

这位老农,这位民间哲人、诗人,他的胸怀、气度,他的直觉、悟性,他的通达的人生态度,他的带着哲思诗意的朴素谈吐,真令我胸臆豁然,开怀而开阔。

很自然地想到自己,想到一些雅士先生,书读百卷却缺少慧悟,下笔千言却了无诗意,教导别人时满口警句,落实到自己却是心胸狭窄,挣不脱名缰利锁。何以故?陈继儒解释那些"一字不识而多诗意,一偈不参而多禅意,一勺不濡而多酒意,一石不晓而多画意"的民间高人、真人,是因为"淡宕"的缘故,即他们心胸澄明、宽广、淡泊、开朗,清澈的性灵如没有被污染的澄澈秋水,能映照出万物的倒影和真理的投影,所以他们是离存在本源最近的人,也是保持着最多悟性和诗意的人。而那些雅士先生却常常被太多的知识遮蔽了灵性、天真和天趣,太多的理念掩埋了悟性,太多的清醒驱逐了醉意,太多的实用理性压抑了只有直觉才能抵达的诗意境界。文化可以是通向真理的天梯,也可能是背离真理的滑梯;理性可以给混沌的意识整理出逻辑秩序,而过量的理性特别是实用理性也可能构成心理障碍和感觉结石,它阻止人的心灵向无限领域和超越境界的自由飞升和深度沉浸,而把人锁定在狭窄的功利池塘和有限的实用空间。只有敞开生命的天窗,心灵才能与诗意体验会合,与价值世界相通……

俯身,掬一捧土

俯身,跪下,磕三个头,怀着感激的心,伸出双手,一捧潮润的土,就掬在手中了。

千年万载的时光和记忆,都在我手上。

嗅一嗅,再嗅一嗅,我嗅见一种苦香,从泥土深处、历史深处,不停向我袭来。

凝视它,我感到亲切,又觉得惊恐:多少植物、动物、人物的颗粒,浓缩成这一捧土,我竟觉得我此时是捧着一座生命的公墓。

是的,我那一代代先人都曾挖掘、抚摸这泥土,最后又都返回泥土。此刻,我的手里捧着的,可有我祖先的骨殖、呼吸和体温?

那一茬茬庄稼,那一丛丛野花,那一只只蜂蝶,那一队队虫子,那一群群鸟……它们都曾恰到好处地被泥土隆重推出又被泥土妥善收藏,它们生动地表达了泥土的欲望,泥土则尽可能按照它们的意志扶植了它们。当钟声响起,返回的时间到了,在泥土的眠床里,它们安睡下来,沿梦境的另一个方向,它们越来越深地退回到过去,退回到开始的时刻。

此时,我看见唐朝的水稻、汉朝的高粱在我手中隐隐起伏,我看见公元前的蝴蝶们就要越过时间的阡陌向我飞来,我听见从孔夫子头顶飞过的布谷鸟在我手中鸣叫。

我看见农夫的蓑衣背负着天空和雨水,倒退着向我靠近,划过他们头顶的闪电被他们及时栽植在水田里,我看见一缕微光在我指间闪烁,我一点儿也不怀疑:九百五十年前那个夏天,祖先们冒雨插秧的那个黄昏,此时正在我手中的泥土里闪回、重现。

那些在月夜里捉迷藏的孩子,我看见了你们溅起的尘埃和笑声,你们在时间后面更深地隐藏起来,却不小心被我捉住了,我的手里,此时响彻五百年前调皮的喊声和欢快的足音。

那些在田埂上采野花的女儿,慢些走、慢些采啊,你们怕花儿会提前凋零吗?我看见那个更小的女儿,只有五岁或三岁的小女子,她不小心被脚下的车前草绊倒了,她哭了,四周的植物们

047

都慌乱了，她小小的脚印就被泥土悄悄藏起来了——这该是汉朝的某个早晨发生的事情，我手中的这捧土里，一定珍藏着两千年前的那个小脚印。

而你，曾经在泥土上张牙舞爪的官吏，曾经在原野上挥刀舞剑的武夫，那时，你们不屑于察看泥土的表情，你们喜欢仰视的眼睛已习惯了忽略低处，而正是低处的事物托举着你们，被托举着却踩躏那托举者，被养育着却辜负那养育者，于是你们在泥土上制造伤口制造阴影。此时，我闻见我手中芳香的土腥里混合着别的味道，别的气息。我原谅了你们，在我之前，泥土早已原谅了你们。在这小小的一捧土里，有帝王的颗粒富翁的颗粒百姓的颗粒乞丐的颗粒牛马的颗粒鹰的颗粒乌鸦的颗粒燕子的颗粒麻雀的颗粒……我小小的手掌上聚集着世世代代土地的儿孙。泥土是如此善于用加法，却更善于用减法。泥土是如此幽默，多么悲凉而通达的幽默啊，泥土嘲讽了许多，最后归于简单的自嘲：一切曾经出现的，都在表达我的思想；而我没有思想，我造出一切，让它们替我思想。

这时候，我忽然发现我手中捧着的，是压缩了的宇宙。全部时间、全部空间、全部命运的秘密都在其中。远古的海洋、恐龙的嚎叫、秦始皇的车辙、我祖父头顶的白发、我母亲眼里的泪水，以及太阳黑斑、银河系潮汐、数万年前的那场陨石雨、三十年前飘过原野上空的那片鹭鸟的羽毛，等等，都在这小小的一捧土里。

我是如此虔敬地凝望着、倾听着我手中的神……

路遇

天狼星的亮度

李汉荣作品

百花 中国
自然 写作

路过池塘

池塘里的水,被连日的烈日暴晒而渐渐蒸发,终于完全干涸了,池底,千百只刚刚成形的小青蛙,几乎全都晒成枯焦的干尸。而稻田就在塘坎不远,未来的歌手们纷纷死去,季节并无歉意,土地也不悼念,我想,路过的人们对此会有何感觉? 除了关心自己财富的增长和利益的动静,生灵的苦难和自然的疼痛,人们都普遍无感。哪怕蛙声彻底消失,只要无损自家钱财,绝大多数人的听觉就不会感到有什么亏欠。

只有我,一个被田野蛙声从小到大喂养了几十年的人,感到一阵阵心疼,但是,我无法去帮助它们做点儿什么,使它们免于死亡。我只是在路过池塘的时候, 看见有几只小青蛙好像还活着,在轻轻蠕动,我赶紧用一片树叶,小心地将它们一个个捧起来,放进了塘坎附近有水的稻田里。也许盛夏七月的夜晚,路过这里的某个人,会听到一阵蛙声突然响起,突然让他的思绪变得温润起来,然后转个弯,转入对某个愉快往事的回想。

我还想,到了夏天,最好是在一个晴好的月夜,我一定要来这里走一走,在田埂上站一站,如果我能听到蛙歌,我的心会特别愉快, 假若辛弃疾先生的诗魂漫游到这里, 他也许会另有佳作,在构思新词之前,他一定会吟咏旧作:稻花香里说丰年,听取蛙声一片。

那时,我的心会十分欣慰,因了我的一个微不足道的柔软动作,险些失传的山水明月,险些失传的田园诗意,而得以延续几缕清韵,几声回响……

路过某羊肉馆

据说,此羊肉馆的涮羊肉,味鲜,肉嫩,绝无半点儿腥膻。

有人告诉我其中玄机:一群群草原上的羊,还未出生之前,就已被远方各城市的某品牌羊肉馆大批量预订,为了避免羊肉的腥膻味,为了人们舌尖上的口感、美味和幸福,必须对刚出生不久的公羊们进行格式化统一阉割处理,使之成为"太监羊",成为无性的生命。

经过资本、金钱和技术的充分处理,在一个剔除了性别的世界上,它们的眼睛里始终不会有温情流露或激情洋溢,它们的血肉除了为利润的增长而增长,不会有多余、可疑情感的外溢和侵入,从而保证了肉质的资本属性和市场品格。

经过统一阉割之后,它们在资本设定的流程里,仓促地度过了平静、无性、无膻的一生,然后,它们那纯真的肉,乘坐飞机,空运到各地,抵达炉火熊熊的火锅,抵达格式化的、幸福的肠胃,然后抵达并汇入下水道汹涌的消费的洪流,然后汇入颓废的大海——那不再向陆地传递任何价值启示和精神召唤的虚无的大海——大海啊大海,现代的大海只盛产虚无。

羊们被摘除了的性欲和性感,则转化成人类的口感、性感和幸福感。

此刻,天上有飞机飞过,我抬起头瞥了一眼,也许这架飞机上就满载着那无性、无膻的纯真羊肉,机翼拉出的漂亮航迹,把资本运行的路径,装饰得何等迷人——而此刻,某些浅薄的所谓诗人,则望着那流畅、豪华的云霓大抒其情,赞美这幸福的云彩,殊不知,他所赞美的只是资本的逻辑和生灵的痛苦。

我再次无聊地抬起头,仰观宇宙之大,俯察城市之盛,觉得除了消费、消灭、消化和消遣,这地球,其实已空无一物……

江边遇鳖

散步汉江边,远远看见紧挨水面的江堤上,有物移动。走近,见一大鳖,正在往上爬,一步步接近有阳光的地方。

我就在江堤上静静地坐下来,我恭敬地与一只鳖遥遥相对,我珍惜与它邂逅的机会。这年头,能见到一鳖,尤其不是在超市里、不是在水产市场上、不是在火锅店里,而是在野外江湖见到一只没有被市场标价和买卖的自然的鳖、自由的鳖、自在的鳖,是何等的不易? 各大国总统首脑我天天见,躲都躲不掉,他们总是在网络上电视里招摇晃荡,在各种峰会、谈判桌上指手画脚,特别是当我心情抑郁时不幸遇见他们, 他们丝毫不能减轻和化解我的抑郁,只会加重我的抑郁,我想他们也在加剧着这个世界的抑郁。这年头,想遇到一个能减轻你抑郁和痛苦的人和事,太难了,你挤在焦虑和抑郁的人群里,你的焦虑和抑郁只会被发酵和放大,所以,人应该适当地走到人群之外,在空旷的地方与天地神灵做一次心灵的恳谈,做一次清扫灵府、置换心境的生命的深呼吸,这是对自己濒于倒闭的精神世界的及时救援,是对陷于困境中的人生的一种修整、调适和重启。虽然你所面对的困境和问题,并非立即就能解决,但是,在空旷的地方,你与天地神灵商量,也与自己的本心商量,你总会心有所悟,病有所医,锁有所开。你在空旷中,让生命打了个转身,你的心境就会与转身之前不一样。哲人说:转过身来,就是无限。是的,转个身,你会看见别的方向,别的维度,别的可能性,别的地平线。就拿我来说吧,此刻,我转了个身,我看见了一只鳖,一只自然、自由、自在的鳖,它慢慢地爬上岸,慢慢地靠近阳光,慢慢地打开自己随身携带的古老经书和修行秘籍,它在晾晒自己的智慧盔甲。它的动作很慢很慢,它不知道也不理睬现代世界和人类早已被疯狂的高速绑架了,它要是知道了这个情况,它会认为这是病,这是很严重的病,它会认为世界已是一个癫痫患者云集的病房。是的,它的诊断没错,人类在高速中疯狂折腾,把自己折腾成病,也把万物折腾成病。可是,宇宙还是古时候那样慢慢的,日月星辰还是古时候那样慢慢的,灯芯草狗尾巴草还是古时候那样慢慢的,所以它拒绝加入折腾的狂潮,它坚持慢,慢是它的哲学和养生学。

此刻,我面对着它的慢,欣赏着它的慢,慢慢地,我的心跳、血脉也慢下来了,整个身心状态都放松下来了,心宽展了,心空旷了,有了与自然同在、与宇宙同在的无欲无我的解放和通脱——我想,这是在哲学课堂和宗教庙堂里也未必能感受到的心灵开悟境界。这自在之鳖,此刻就是我的哲学教授和健康护理师,它在义务为我讲课和布道,它讲的主题是:关于慢的哲学以及只有慢下来,万物才能得以休养生息,生命才能减缓痛苦和焦虑。

我恭敬地面对着一只鳖,一方面是想听它讲课和布道,这种一对一、面对面的辅导和修行,一辈子也难得遇到一次,试想,一个上千万人口的大城市, 恐怕很难见到一只自然之鳖、自在之鳖、自由之鳖吧? 所以我对此分外珍惜,一点儿也不夸张地说,我能遇见一只自然之鳖自由之鳖,这是自然的恩宠,天意的眷顾。

另一方面是我想给这只自然之鳖——给我有幸邂逅的哲学老师和健康护理师站岗放哨,上苍垂怜我,派它来到我的面前为我授课,我有义务为它站岗放哨,因为我知道人们对自然之物基本都没有了惜物之心和怜悯之情, 只要遇见了就肯定要把它占有了,要把它吃掉或用它换钱,如今的人对万物的态度就是争争争,抢抢抢,占占占,吃吃吃,卖卖卖,否则他就觉得见便宜不占的人是傻子。“我乃天地所化育,我当赞天地之化育”——这是已经失传的古人圣德,而如今人心却贪婪至此,冷漠至此,薄情寡义至此,亦复何如?

这时,我看见两个扛着钓竿的钓者从东边江堤走过来了,我的哲学老师却浑然不觉自己的险境,它还在默默地享用着阳光浴,默默地为我上课。于是,我从江堤上拾起几粒沙子,轻轻撒下,示意它:危险,天敌来啦,立即撤离人境,远离人类,隐于自然江湖,去吧,去吧。

大智若愚的鳖,很有灵性,它懂我的意思,立即撤离,下到江水里了。

我似乎救了一只鳖,帮了鳖的忙吗?

不,我把话说颠倒了。应该是:鳖帮了我的忙,鳖让我在你争我夺、失魂落魄的人生奔忙之路上转了个身,对焦虑烦躁的红尘人境终于有了片刻的逃离,它给我讲了一堂慢的哲学,慢的心学,慢的养生学,它让我在盲目狂奔的路途上,有了一个走神的时刻,在这个时刻,我体会到慢的空旷,慢的价值,慢的美好。

而它的存在,也使得这个失去自然、失去自由、失去自在、失去慢的韵味和意境的世界——这个魂不守舍的世界,保留了一点儿自然、自由和自在,保留了一点儿古老的慢的余韵和美德。

两个钓者从我面前走过去了,他们不知道我与一只鳖邂逅的故事。

鳖已安全撤离,远离了人类,回归古老江湖。

我幸运,我遇见了一只自然之鳖、自由之鳖、自在之鳖。

我荣幸地为它站岗放哨。

这就是我今天上午的一点儿功德。

一对夫妻在地里种苞谷

坡地上那对夫妻有四十余岁吧,丈夫在前用锄头挖个小坑,妻子紧随其后从篮子里取出种子点进坑里,"夫唱妇随",当然,他们是静默的,静默地唱着一首正在失传的古老的农耕歌谣。

我站在山路上,静静地看了他们许久,我想起我的父母以及乡亲们当年播种的情景,他们种玉米,种大豆,种丝瓜,种葫芦……多数时候都是父亲们在前挖坑,母亲们在后点种,偶尔才会有位置互换。

这个播种的情景,在东方大地上也许延续了万年之久吧?

有学者说,中国,是万年农业古国。

父亲们挖坑,母亲们点种,然后再壅土、浇水,这是力气活儿,也是技术活儿,更是细心活儿、心性活儿,要按照不同庄稼的行距、株距以及种子着地的深浅,要考虑禾苗生长期的通风、透气和光照情况,来布点、挖土和壅土,母亲们则根据祖传的规矩和数据,在种坑里放进合适数量的种粒。

传统农人都有一套代代传承的土壤学、耕作学、播种学、气候学、种子学和肥料学,他们是土生土长的土地护理师和田园美学家。

我的父母生前都是庄稼人,多年前我曾问过父亲,为什么总是由母亲在后面点种,难道母亲真没有力气拿起锄头挖土?父亲回答:女的力气是小一些,重一些的体力活儿当然男的应该多做。父亲说还有一个原因,男的粗心,女的细心,女的点种不会点错数目,种子多了不好,少了不行,刚好才好,你妈每次点种,都能做到不多不少,刚好。

二十世纪九十年代初,那时我三十岁左右,许多与我父亲年龄相近的传统农人还在世,我就听过一位比我父亲年龄大的乡亲给我讲播种的学问,他说的有点神秘,可谓之播种的心理学、天人感应的哲学和心物一体的心学,也可以说,是播种的玄学。

那位乡亲说,男为乾,属天,主阳,女为坤,属地,主阴。男的既然属天主阳,他挖土,就像一次小小的开天辟地,男的开了天地,后面生长的事情,就要女的去经管。所以男在前,女在后。女的点种时,她叫醒了怀里和兜里沉睡的种子,她邀请了种子,又在手里摩挲着种子,她就把身上和心里的母性、感情、期待、灵气和温润气息传给了种子,种子进入土地,就与土地合脉同气,就应着地气和阳光生长和成熟。

这播种的玄学,里面沉淀着古老的阴阳哲学和天人互动的神秘心学。

所以有学者说:传统的中国农人,深谙"赞天地之化育"的大地伦理和古老信仰,他们都是凭生命的直觉以及与天地万物亲密接触的经验,而悟得了天地大德和化育之道,他们是土地培养出来的智者和圣贤,他们是与天地精神往来的哲学家,是诗化大地的乡土诗人,是美化四季的田园美学家。

而坡地上正在播种的那一对夫妇,是我好多年来唯一见过的一次古老农耕文化的场景重现。

我在想,此时此刻,这片大地,这个地球,还有几个人能看到这安静、动人的农耕诗意呢?

在这个被机械、资本、商业主宰的世界上,传承数千载的土地的哲学和播种的心学,已然成为绝学。

我始终没有打扰他们,我的处世原则是:热闹不去参与,安静不宜惊动,尤其是那种与天地精神往来的深度沉浸和安静劳作,更不应打扰并导致其中断,最合适的做法是保持适度距离,安静凝望,恭敬冥思,并在心里真诚为之祝福。

临走时,隔着一段距离和黄昏薄雾,我向那一对勤劳可敬的夫妇,默默鞠了一躬,祝颂天遂人意,人好年丰。

鸟与狗的游戏

从废弃的飞机场路过,看见三只流浪狗也在闲逛,其中一只狗显得特别兴奋,奔跑着忽又停下来,汪汪叫几声,很生气的样子,接着又跑起来,好像在追什么,要报复谁。我停下来观察,才发现原委:有一只小鸟——好像是野画眉,正在与这只狗做游戏,逗它玩。

画眉从空中俯冲下来,落在狗面前,叽叽叽连声叫着,好像在说,快过来,快过来! 那狗扑过去,画眉却猛然飞起,升空,狗把头仰着,无可奈何地对天空汪汪汪骂几句,停下,转身欲走,那画眉又从空中飞下,落在狗前面不远处,叽叽叽,叽叽叽,莫生气,莫生气,那狗气得又追赶,画眉又飞起,升空。如此,五六遍。

鸟与狗的游戏玩了许久,我看了许久。我没有插话,没有参与,也无法参与。我觉得是鸟在捉弄狗,狗也感到自己被鸟耍了,就生气,很愤怒。

我的观感是:鸟浪漫、空灵,有美感和幽默感,有生活情趣;

狗长期沉溺于吃喝、谄媚和性，庸俗而势利，对不指向实用功利的纯审美活动毫无兴趣，不理解也不参与略带艺术性的游戏，而且极端缺乏幽默感。

鸟聪明、有灵性，又会飞，既在地上玩，也在天上玩，玩风，玩雨，玩云，在"东边日出西边雨"的良辰美景，鸟还玩过天国的豪华玩具——玩彩虹。多年前，我曾见过一群鸟，在彩虹里飞来飞去，好像在为天国的盛大节日点赞、剪彩。

喜欢文学和哲学的人，经常讨论人的诗性、人的超越性、人高洁的神性。我们希望通过真诚的道德修炼和精神修为，在世出世，处凡超凡，让人生之旅成为一种走向神圣和纯粹的朝圣过程，即——我们生而为人，却努力像神那样去思想和追寻。

其实，受制于历史时空和生物性锁链，人很难达到这个境界。

倒是鸟，达到了人无法抵达的境界。

鸟不用追求什么超越性、诗性和神性，鸟，自带超越性、诗性和神性。

鸟过的，就是神的生活。

鸟在地上觉得乏味了，有点儿抑郁了，就飞上天空，剪云，裁雾，沐雨，追日，拜月，数星——这些都是鸟喜欢做的古老游戏，一边在高高的天上做游戏，一边俯瞰那个叫人间的地方，却什么也看不到，只看见一片尘埃，除了尘埃，还是尘埃。

鸟见过大世面，鸟不会迷信什么神魔妖怪，鸟不会谄媚和崇拜任何帝王将相富豪权贵，鸟不承认宇宙间会有这些奇形怪状的东西。在鸟的眼里，人们崇拜的那些东西，都是垃圾，都是尘埃。

在天上一次次俯瞰尘世，鸟见过大世面，鸟有一颗天高地远的心，哪怕只是一只小小鸟，也有一颗无限心。我不知道鸟对人有什么观感和评价，但是可以肯定，鸟根本就瞧不起庸俗势利的狗。狗，除了见过另外的狗，见过争抢骨头的狗的战争，见过靠摇尾乞怜讨来的残汤剩饭，见过势利的主人，还见过什么世面吗？狗见过什么高尚美好的事物吗？

当然，这不能全怪狗。天意让狗匍匐在地，狗只能认真做一只狗。

有灵性的鸟懂得这个道理，知道做鸟不易，做人艰辛，做狗更难。但每当鸟又到天上飞翔遨游一番，被"八方浩然气，万里快哉风"的辽阔气象震惊得如醉如痴，它的胸襟和心灵也被引领和扩展到无限高远的境界。可是，当鸟返回地面一看，狗却还是那"不知天高不知地厚只知哪里有块肉骨头"的混吃等死的样子。鸟就觉得匍匐在地摇尾乞怜的狗终究还是太猥琐太庸俗，境界太低了。于是它决定给狗们做点儿启蒙教育，让狗们看看天空和无限，想想今生和遥远，超越一点儿，空灵一点儿，浪漫一点儿，至少，有趣一点儿，如此修行，此生堪慰。

可是，狗蒙昧已久，其愚在心，其俗在骨，其贪在髓。对这样的狗，开智不易，启蒙太难。

天真的鸟,就决定先与狗做做略带艺术感的游戏,逗它玩,引导它懂得一点儿趣味和幽默,然后,再继续唤醒和培养狗的灵性与智慧。

于是,就有了废弃机场上鸟与狗的游戏画面。

须知世上苦人多

路两旁的行道树忍受着尘埃废气的污染和丑化,固执而严肃地葱绿起来了。

远山把一抹抹青黛,渲染给古老的苍穹。

该绿的地方,都绿了。

忽然记起两句诗:顿觉眼前春意满,须知世上苦人多。

是的,顿觉眼前春意满;然而,须知世上苦人多。

在西环路十字路口,我看见一位年轻母亲骑着电动车过来。红灯亮了,车停下,我才看见车后座上坐着一个六七岁的小女孩,她背着双肩书包,右肩上还另外斜挎着一个装着画板画笔的印有某艺术培训中心标志的小书包。她双手搂着妈妈的腰,紧贴着妈妈的后背,睡着了。她显然太累了——我望着母女俩,心里猜想着女孩的情况——她刚上小学不久,父母又为她报了培训班,今天是周末,本想好好休息,但作业还没做完,又要去练习绘画。连续的睡眠不足,女孩实在太累了,可是别的孩子也是这样的,自己不能输在起跑线上。就这样,大家都被一种通用的枷锁给绑架了,生存成为一场苦役、煎熬和没完没了的挣扎。

就在妈妈骤然停车时，小女孩打了一个激灵，但她并没有抬头、睁眼，而是耸了一下身子，更紧地贴向妈妈的后背。我注意到她的双肩书包上，印有小白兔的装饰画，猜想女孩是属兔的吧，在女孩上小学的那天，父母为她买了这个快乐小兔子的书包，希望她有活泼、快乐的童年和学习生活。可是，兔子快乐吗？女孩快乐吗？童年快乐吗？兔子在山野里总是被什么东西追赶和惊吓，兔子终生都惊慌地狂奔在亡命的路上。孩子们呢？孩子们又是被什么追赶着，被什么惊吓着？而父母们呢？他们又是被什么追赶着，被什么惊吓着，被什么侵扰着？我注意到这位年轻母亲的目光和神色，是的，看得出来，她是有点儿憔悴、忧郁和焦虑，她那年轻的尚且秀气的脸上，不见有热情、希望、优雅、贤淑、安详、从容等等属于母亲的应有气息鲜明地由内向外漫溢，哪怕只是一部分漫溢也好啊，可是几乎都没有。我看到她年轻的脸上，写满了对生活的不安、恐惧、烦躁和焦虑。

绿灯亮了，车轮开始奔腾，年轻母亲的电动车和紧贴着母亲后背打盹儿的小女孩，还有她肩上的书包以及书包上快乐的小白兔，以及那画板和画笔，以及她那在颠簸的车上因极度疲倦打盹儿的样子，连同那年轻母亲焦虑的神色——这一切，很快汇入奔腾的车流人潮，湮没于沉闷的日子或喧嚣的日子里了。

但是，我总是放不下那个瞬间，心里总是担心和害怕：十字路口，红灯亮了，年轻的母亲骤然停车时，小女孩打了一个激灵，但她并没有抬头、睁眼，而是耸了一下身子，更紧地贴向妈妈的后背,她在颠簸的车上继续颠簸着打盹儿。

我希望,女孩紧贴着妈妈,而她的妈妈是坚强和温暖的,是可以依靠的。

那么,那年轻的妈妈,她又紧贴着什么呢?又有什么是她可以依靠的呢?

我想,任何人活在世间,都多少需要依靠点儿什么。

人无法依靠虚无去战胜虚无,人无法依靠不公去改变不公,人无法依靠充满不确定性的命运去超越命运。

人无法背负着恐惧和焦虑的重压,去渡过人生的沧海。

我希望,妈妈们能渐渐靠近希望,渐渐贴紧希望,进而将自己变成希望。

生活果能如此,我那放不下的心,也许,慢慢就会放下来。

我想把我的心,放在我的心上。

可是,我的心,仍是一颗总是放不下、总是悬空着的心。

一粒三亿年前的沙子钻进鞋里

从梁山湾路过,右脚底生疼,似有细物移动,跺一下脚,细物挪移,痛点也挪移。遂弯腰,脱下右脚的鞋抖几下,却不见有细物掉落。

于是坐地上,脱了鞋子,捧起脚查看,见一粒沙,沾于脚底,似欲嵌入皮肉,成为脚的细微部分,助我走路,与我同行。

忽想起此梁山,苍矣古矣!经常有山民放牛或种地时,拾到

"梁山石燕"，即远古海燕之化石。

考古学家和地质学家说，三亿多年前，这里是一片大海(那时，整个上古亚洲都是一片大海)，而石燕，就是古海的化石证据。

多少亿年前，大海茫茫，鲸鲨潜泳，鱼鳖穿行，燕鸥腾翔，波渺渺，云淡淡，大海蓝着远古的蓝，大海蓝着无边无际的蓝。

那时还是洪荒时代，根本还没有人的蛛丝马迹，很可能，后来才构成人的太初元素，当时正在被深海里游泳的鱼虾们随意吞吐着。

噫吁嚱，久乎远矣，那时的大海没人看，那时的大海很蓝，蓝给大海自己看，蓝给苍穹看，蓝给时光看。

风翻阅着大海的书卷，批注着盐的史诗，不停更换着雷电和彩虹的书签。

哗啦啦，哗啦啦，哗啦啦，大海的蔚蓝史诗，倏忽翻过去亿万卷。

沧海退去，青山耸峙，云烟升起。沉默着的一只只石燕，这历史的目击者，开始讲述深奥的地质学。

此刻，我从时光的皱褶里走过，我从大海的上一次退却和下一次返回之间的短暂间隙里，匆匆走过。

缄默的石燕——这历史的目击者，对我的瞬时插入无动于衷，拒绝记载和讲述。

我如一阵风，忽焉来去，刹那生灭。

忽然,那一粒沙,那一粒三亿年前的古海沙,遇到我了。

它钻进我的鞋子,抚摸并问候我辛苦的脚。

是的,三亿多年了,它一直等在路上。

它目送一切杂杂而来,又杂远去。

此刻,我手捧三亿年前的古海。

我"观古今于须臾,抚四海于一瞬"。

一粒沙,带着我的心,飞抵时光的尽头。

路上的蜗牛

它扛着春耕的犁铧,表情严肃,脚步稳重,向原野的方向赶去。

我看见它时,它好像也看见了我,它抬头打量我,对一个在春天里两手空空无所事事的家伙,表示不解。

它轻轻斜了一下触角,但没有顶撞我的意思;又放平肩上的犁铧,对我点点头,然后继续赶路。

它对一个已经无地可耕的农人后裔,表示了同情。

但是,它忽然转过身,改变了行进的方向。可能,它凭直觉感到我走过的地方已经寸土不剩、滴露不生,那里,已没有了它所眷恋的泥土和草木。

而我去的地方是停车场、娱乐场、网吧、酒吧、股市和超市,那里,也不是它去的地方,除非它行不再从事古老的土地耕作和绿色采摘,而是从事商业、娱乐业和博彩业,比如炒股、炒房、杂耍、摔跤、跳舞、表演、打麻将。

然而,这些它都不会,除了土地耕作和绿色采摘,它对奇形怪状的现代行业一窍不通,它对自己不得不置身其中的现代地球,严重水土不服。

向前,无地可耕;向后,无露可尝;向左,无草可栖;向右,无土可居。

一只孤独的蜗牛,彷徨于无可去处。

它从远古一路兴冲冲走来,此刻,它跌入困境,它无比恐惧和孤独。

面对僵硬、燥热、干枯的现代地球,它严重水土不服。

它眩晕恶心,它焦虑抑郁,它手足无措,它进退失据。

它举起古老的触角,它要与置它于困境的命运搏斗。

而当它把柔软的触角伸出来时,别说搏斗,连它自己都感到那只是无可奈何的示弱和认输。

泥土和草木培养的自然婴儿啊,它没有任何恶意和暴力倾向,连它身上自带的武器,也都只是温润柔软的装饰。

与一头牛相遇

我要去城里购买一双皮鞋,在城郊十字路口,我与你相遇。一位老农牵着你,用一根绳子,系着你的前世今生。

你的口里还在反刍着,反刍着郊外残剩的农业。偶尔你向城市抬起头,目光立即被拔地而起的密集高楼狠狠撞击,你急忙收回目光,你似乎明白了,这巍峨的城堡,这突然出现的悬崖峭壁,断不是你喜欢攀爬的故乡三月的青山。

与你擦身而过时,我停下来,我看见你也停下来,你注视着我,而我的影子映在你的瞳仁里,这就是说,我在你的眼睛深处注视着我、反观着我。

然后你向西大街走去,那里的屠宰场昼夜作业,商业雇佣的死神,永不休假。

当我来到东城皮革超市,我一阵心惊,刚才那双温良的眼睛(它的瞳仁里收藏着我的影子),也许已经熄灭了。

现在,一头牛已来到我的脚下,它没有抗议。只是,低下头来,我却从锃亮的鞋面,看见你悲凉的目光……

目睹一个牛犊的降生

一落地,就痉挛着开始走路,你那细嫩的蹄子上,还滴着母亲的血。

你为什么如此急于上路?你是否已经提前知道了,命运为你制定的仓促日程?

是的,皮革公司已预订了,你尚未发育的皮;罐头老板已预订了,你尚未长出的肉;而你的每一个内脏,商业都提前预付了定金。

唉,降生于死亡的订单,你一落地,就开始了倒计时;一落地,你就痉挛着举起蹄子开始走路,是为了让母亲看见,你已经开始了逃离?

你与生俱来的行走能力,莫非母亲在怀孕期间就提前给了你叮咛和督促?哦,死亡的胎教,是如此残酷而仁慈。

草滩上,血水和着露水,你在母亲的温情注视里,蹒跚行走。

而我,站在不远处,亲眼目睹了你的降生,你一降生,就迅速上路。

但是,我无法为你祝福。

街角小店那只猫

我几乎每天都从这个街角小店前路过,每次都能看见它,此刻,我又看见它了。

暗黄色的,中等胖瘦,有六岁或七岁了吧——四五年前,那时,它还是一只少年猫,我就见过它机灵、活泼、好动、好奇的样子,不过,所有的少年猫都是这个样子。我只能用这种废话说出记忆中一只少年猫的公共形象。除了太多的通用废话,我们说不出我们独特的看、独特的听、独特的思,因为我们没有独特的心和独特的思想,所以我们没有独特的看、听、思,我们太平庸,太庸常,太格式化,所以我们所见略同,所听略同,所思略同,所言略同。我们看不见事物后面的真相。我们从这个世界这个街角这只猫面前走了一千遍(肯定不止),也只等于走了一遍,其余只不过重复了九百九十九遍。我们见过那只猫有一千遍,其实只见过一次,其实一次都没见过,我们只见过猫的表象,那只真正的猫,我们一次也没真正见过。

我注意到套在它脖子上的那根灰白色铁链,四五年前第一次见它时,它脖子上就套着这根铁链,是的,眼前的这根铁链,还是多年前的那一根。那块固定铁链的石头,是它的家,它的码头,它的高山和故土,它的宇宙。它一会儿蹲在石头上打盹儿,一会儿跳下石头围着石头转圈,有时仰起头看街边梧桐树上跳跃、鸣叫的麻雀,有时就蹲在瓷碗前就餐,有时候就蘸着口水用腿爪仔细洗脸——它保持着与生俱来的洁癖,这无关虚荣和礼节,而是出于它古老兽性中深藏的神性,它对食物、对环境、对自身仪表,有一种清洁的渴求,也可以视为一种道德上的洁癖。干净的猫,与肮脏的世界不兼容,但猫无法在世界之外重建一个世界,所以它只能自己监管自己,自己教育自己:你必须时时洗涤沾在你身上的世界的脏污,你必须保持干净,在脏污的世界做一只干净的猫。

上述的日常行为,都是它在铁链的控制下进行的,铁链的长度,规定了它日常生活的半径,规定了它生命的半径,规定了它精神世界的半径——当然,我不知道猫的心,不知道猫的意识和潜意识,虽然它只有六七岁,但它是有着数亿年演化历史的古老物种的后裔,它的意识和潜意识里,横卧着多少亿年的情欲、梦境、思念和冲动。一只六七岁的猫心里,奔腾着数亿年的激情和欲望!它被囚禁在这里,它的命运就是那根铁链,那根铁链的长度就是它生活的半径,就是它生命的半径,也是它一生的半径。

一只猫的心里,藏着多少委屈,多少不甘,多少悲苦,多少抑郁,多少愤怒——但养猫人对此浑然不觉,他以为猫会感谢他,感谢喂它残汤剩羹,感谢拴在脖子上的那根铁链,给了它安全和苟且存活的铁链。

一只猫,一只被囚禁的袖珍老虎,一个深陷于命运困境的古老梦魇。

一只猫的困境,是囚徒的困境。

从它,我看见了生命和万物的缩影。

从它,我看见了我的影子……

路遇一只蝴蝶

当我从它身边路过时,它很快转过身来,热情地围绕着我,旋转了至少三圈。

我停下来,静静地站立,希望它停在我的肩上或手上,我愿意成为它歇息的驿站。

我这么想着,就急忙掏出手机,准备抢拍我与它合影的照片和视频。

也许它会成为一只网红蝴蝶,它斑斓的身影,将飞遍全网。

这里的春天也将获得无数打赏和点赞。

可是,它却失望地转身,头也不回地飞走了。

它拒绝拍照,它拒绝上网,它拒绝当网红,它拒绝与我合影留念。

也许,就在接触我时,它才发现,我不是它记忆里属于春天的事物。

我忽然醒悟:我,只是从春天路过,却并没有为春天增添任何有价值的内容,比如一缕芬芳、几滴露珠、一点儿清洁的气息,更没有像我父亲生前那样,出门总是扛一把锄头,揣一袋种子,按节气的线索,深情而熟练地为春天整理出清晰的思路,也顺便为问路的蝴蝶或蜜蜂,指引飞行的路线。

我无所事事地从春天走过,举着手机,不停地咔嚓咔嚓咔嚓咔嚓,好像一个无聊的枪手,对着似是而非的幻象的标靶,连续瞄准连续扫射,然后,收获空空如也的存在感和自欺欺人的美感。

总之,我没有给春天增加半点儿春意,春天却因为我的无所事事,也有了无所事事的空虚和无聊。

对春意特别敏感特别钟情的蝴蝶,当它零距离接触我的时候,它才发现:这个从春天路过的家伙,他的身上,竟没有丝毫春意,没有丁点儿可爱的气息。

蝴蝶认为,这个人的到来,只是让春天的叙述出现停顿,只是让它的探春路线出现了迷失和混乱。

而且,由于这个游手好闲家伙的半路阻隔,蝴蝶严谨的春日行程被推迟了:因了我,春天的部分叙事错了,土地的部分节奏错乱了,我耽误了一种植物与另一种植物相约的时间,我耽误了一朵花与另一朵花相逢的机缘。也许,因为我不合时宜的出现和阻隔,一种即将出现的奇异花卉,很遗憾地将永不会出现——我的出现和阻隔,导致了蝴蝶在春天关键环节的遗憾缺席。这就是说:因为我的出现,许多美好的事物或许将不再出现。

也许情况并不那么严重,因为我本身也不那么重要。那就给我留点儿自尊和面子,客气一点儿说吧——由于我的出现和阻隔,这个春天,至少有两种花蕾推迟了花期,至少有三只采访的蜜蜂和两只探春的蝴蝶,因花期被推迟,它们对春天的探访,连续扑空。

蝴蝶转身,头也不回地飞走了,望着它斑斓的背影,我感到很惭愧:在它的印象里,我该是怎样乏味、怎样空洞、怎样贫困的一种东西呀。

四

李商隐听雨

天狼星的亮度

李汉荣作品

百花中国
自然写作

时光倒流

宇宙学家认为:光速(光每秒钟飞行三十万公里)是宇宙间最高的速度,也可以说宇宙就是一种光速现象,我们看见的一切,都是物质以光速发出的光谱和影像。

而当速度超过光速,时间就会倒流,宇宙开始退行,退行的宇宙将逆向呈现它形成的过程。

假设一个人乘上一艘超光速飞船,他就飞向了"过去",他看见的都是过去的场景,我们在历史书上、在关于宇宙演化的天文书上读到的壮烈情景,都会被他一一看到——当然是快速一瞥,来不及凝视或辨认,光速嘛。

如果时光倒流,你将看到:太阳从西边升起,地球向远古倒转,所有河流都倒流着返回源头。你将陆续看见你的青年、少年、儿时,你将看见你早已逝去的祖父、祖母、曾祖父、太祖父,你将看见你的所有祖先,你将看见民国、清朝、明朝、元朝、宋朝、唐朝、汉朝……你将看见曾经的盛世和乱世、喜剧和闹剧,它们都将倒着上演。

你看见李白不停地从一首首诗里退出,退到另一首诗,直到退出纸退出唐朝,退到没有李白的地方,退到一大片月光里;你将看见孔夫子,你将看见他忽然变成孩子,变成婴儿,他竟不认识《论语》里的任何一个字,你将看见他返回到母亲的身体,你将看到养育了圣人的那位平凡而年轻的古代母亲;你将看见,战国密集的箭们纷纷返回弓上,冰冷的剑们纷纷返回鞘里;你将看见治水的大禹逆水而行,水越来越小大禹越来越小,你目送他返回河的源头,部落的源头;你将看见女娲(假如真有女娲),她不用补天,坍塌的星斗自动上升到史前完好的苍穹;你将看见我们最远的始祖——那第一批脱掉尾巴走出森林的原始人类,眼睁睁长出尾巴返回森林爬上树冠,你大呼猴子猴子——其实你是见到了我们真正的祖先……

你将看见地球,侏罗纪的地球,泥盆纪的地球,震旦纪的地球,你将看见胚胎状的地球——一团沸腾翻滚的气泡和岩浆,你简直无法相信,昆虫、恐龙、飞鸟、人类、文明、历史、美女、暴君、天才、白痴、罪恶、爱情……竟是从这一锅原始胡辣汤里烹调出来的。

你看见浩瀚天河的源头,你隐隐看见在空间的尽头,时间的上游,一双神圣的眼睛开始哭泣——你猜想他一定是为爱情而哭吧,他泪雨滂沱,他哭个没完,天河就从他哭红的眼睛里发源;你看见月亮其实是宇宙巨人抛出的一只独眼,安放在地球附近,窥视繁衍于其上的某种生物,洞察其恶,烛照其善,光大其美,化育其心;你看见北斗星座刚刚成型,你差一点儿就成了它的第八颗星,可眨眼间七兄弟分手,朝七个方向、七个深渊飞去……

你看见的船都向港湾返回,并陆续上岸,变成木头,变成青翠的树;你看见的战争都在向战前撤退,战死的将士全部复活,手中的刀枪自动变成矿石,赤手空拳的男儿们都返回和平的故乡；你看见的罪恶都退向罪恶发生之前，因此你看不见罪恶；你看见的善意都还原到善意之根，因此你看不见善意。过程回到原点，一切都没有结果，原因是唯一的结果，而原因已归于渺渺鸿蒙。因此，你作为驾驶超光速飞船的超人，比起我们常人，你其实一无所见，你只看见了无穷无尽的量子和量子纠缠，你只看见了时间、空间和万物的本体——那隐藏在幻象后面的最高的空无，最高的虚构，那包容着无穷的动，自身却一动不动的永恒寂静。

你看见的诗都还原成简单的字，诗人重新读不懂自己的诗，诗和曾经写诗的人，都回到诗的本源，回到事物简单的真相；你看见婚姻返回到爱情，爱情返回到最初的心跳，所有的情书都从结尾回到开头，因此，你很荣幸地看到有史以来所有情书的草稿，又很不幸地，看到情书起草前那无穷的白纸，那么苍白，像极了那被爱情折磨得死去活来的古今中外无数张苍白的脸……

你就这么飞着，倒退着，退回到空间的原点，退回到时间的源头，退回到霍金那最初的宇宙大爆炸，退回到那一声轰隆隆的巨响里，退回到巨响发生之前的空无和静默。

你终于失踪了，轰隆隆一声巨响之后，一切，都无影无踪。宇宙，去向不明；你，去向不明……

旧照片

照片上那个小孩比我儿子还小还嫩。仔细一看，那正是我，小时候的我。

人就是这样一点点自己变成自己的父亲、祖父。而早年的自己，就如儿子、孙子一样，站在远方的尘埃里。

倘若使一个魔法，让照片上的那个小孩走出来，走到我面前，他还认识我、他敢认识我吗？

他会不会惊叹：这个人怎么这样老？这样老的人是怎么活过来的？

如果我坦率地把自己的灵魂也掏出来让他看，他会看见什么呢？

他会不会恐惧：这个人的灵魂里怎么有那么多灰尘、杂物、钉子？

我告诉他：这不是灰尘，是谋略；不是杂物，是经验；不是钉子，是智慧。

他是否会更加纳闷：你的灵魂，就是用这些东西组装起来的吗？

最后，我告诉他：我就是长大了的你，你就是、就是小时候的我。

他眼睛睁得很大，他否认。他说他不认识我，他害怕我。

怎么，这么混浊、可怕的人竟是……？

一转身，他又返回照片里去了。

他不认识我。他不愿认领我。

他站在暗淡的岁月深处，打量我，像打量一个怪物。

我望着照片上那双纯真无邪的眼睛，连我也怀疑起自己来：

没错,那个纯洁的孩子就是曾经的我,而现在的我呢,究竟是谁?

帽子轶事

戴上它,它立刻使我稍稍高出我自己,让看见我的人,以为我突然长高了。

它让迎面走来的孩子,看见我,以为看见了百年前的圣人。

它遮盖了我因为落发而荒芜了的头顶,它制造了庄严的假象,使我看上去有几分长者风度。

它掩饰了我的眼神,使我的迷惘却像是含蓄;使我的贪婪却像是深情;使我的慌乱却像是害羞;使我的颓废却像是谦逊。

它限制了我的仰望,我无法仰望到爱因斯坦的浩瀚星空。我看见的总是被帽檐省略后的市场附近残剩的几粒星星。

……那天下午,我又戴着帽子出门了,却遇见了大风,风哈哈笑着,一把摘走我的帽子,风旋转着它,戏弄着它,抛掷着它。

最后,风把那帽子抛向郊外田野,将它郑重地,挂在一头正在春耕拉犁的牛的犄角上,表示对这头牛的尊敬和慰问……

闪电

闪电是宇宙的灵感。

闪电是宇宙苦闷的象征,就像文学是人生苦闷的象征。

大地的引力无法拉直弯曲的闪电。

闪电无法修改。

闪电是露天生长的天才。它给天空提供的总是惊世骇俗的思路,它让陈旧的大地读到创世的语言,它让那些鼠目寸光的眼睛看到:有一种心胸和目光,可以穿越尘埃抵达无限。

闪电是孤独的天才,没有一片云能收留它。

闪电是狂草大师,是写意画家,是意象派诗人,它恣意挥霍自己无尽的才华,它并不炫耀也不保留自己的作品。它向我们呈现的是:精神把物质提炼成纯粹艺术的过程。

闪电是真诚而严峻的,它用凌厉手语拍打每一个窗口,它用火眼金睛直视每一个灵魂,问你敢不敢捧出心来,回答上苍的提问。

闪电也是谦卑的,在水井,在池塘,在小小水洼里,它把怀抱的光芒投进那些孤寂的灵魂。

闪电也是专注的,它会耐心地刻画一座废墟,让我们看见大理石柱子上隐秘的手纹。

闪电绝不媚俗,毫无奴性,没有哪一个帝王能收买它的光芒,它不会爬上宫墙题写阿谀的题词,它不会把自己打磨成项链挂在权力的脖子上。

在漆黑的夜晚,它一次次从天上降下来,抚摸荒野的孤坟。

在漆黑的云层,我一次次看见闪电那洁白的骨头。

闪电是天地间透明纯真的精神。

闪电好像在启示:一种真正的诗人的灵魂、艺术家的灵魂……

读秒

在这飞快的一秒里，最智慧的智者也想不清任何一个简单的问题，天才诗人也无法捉住灵感的一鳞半爪；爱得最强烈的人最多只能完成两次心跳，再多一次就有心脏爆裂的危险；指挥战争的将领，他的眼睛顶多只能从军用地图上的一个地名移到另一个地名，来不及细看，这一秒已经结束；琴师的手指刚好拨动一个琴键，琴音传出已是下一秒之后；闪电在乌云上抓紧速写和狂草，唯有它是行为艺术的大师，一挥而就，绝不修改，转眼间一把毁掉，不留底稿，它有足够的才华，在每一秒里，即兴创造，又即兴毁灭，然而它并不能在这一秒里，清晰地照见黑夜深处那双眼睛里的忧郁；写字的仅能写出一个笔画，除了"一"或"1"，任何一个被书写的字在这一秒里都是残缺的；任何一个等待回音的耳朵，在这一秒里都是寂寞的，那完整的话语都奔跑在半路上；任何一双眼睛，无论眺望或凝视，都并不能看见什么，目光从眼睛里出发，事物从自身出发，它们彼此看见的都是对方匆忙起身的样子，真相在这一秒里是模糊的；展开的书展开的文字，展开的只是一页页朦胧，即使最神圣的经典，在这一秒里都深陷于不被理解的遗憾之中，它丰富的意义在此时呈现的竟是无意义的空白……

鸟在风中转身，刚转完三分之一，风向在下一秒变了；小偷将作案工具伸进陌生的锁子快速转动了不到半圈，在这一秒里，警察尚未接到报案,危险正在降临,但被盗的人家是安全的;巨额贿赂预计下一秒到账,在这一秒里,据说贪官的两袖里装满了浩荡清风;小姐的裙子尚未完全脱落,在这一秒的迟疑里,青春和贞操拒绝向万能的金钱交出自己,赶在下一秒到来之前,人类的母性总算呈现了不容亵玩的高贵神性;被解剖的鱼,尚在呼吸,注定死去的它在这一秒里还保持着对河流的记忆;被屠杀的狗睁开眼睛,看了拿刀那人一眼,在它忠实的一生里,这一秒最荒凉,但它来不及说什么了;一个越境叛逃者的一只腿尚未跨出他祖国的边界,此时,他仍是他国家的公民;一个善良的人,在这一秒里,做不完一件简单的好事,他正在做的那个动作还处在未完成状态,甚至看不清善恶,他的手伸向那棵松树,本来是要扶住树枝上倾斜的鸟窝,松树却看见了伤害的意图;你想在峡谷里听见自己制造的回声,但在这一秒里,回声还没有找到返回的路径,你只能等待,你等待一秒,生命就出现一秒的荒凉……

大海,集中起它的全部波浪和工艺,在这一秒里,也无力制造一个小小贝壳;月光落在书页上,我想珍藏它,把这一秒的月光夹进书里,当我合上书,合书的动作用去一秒,夹进书里的只能是下一秒的月光;即使万能的上帝,在一秒里,他竟不能读懂神学(关于上帝的学说)的任何含义,也即是说上帝竟然不理解上帝自己,上帝不知道上帝是谁,上帝不谙神学,这一秒里的上帝,完全是白痴……

一秒里,只有秒完成了自己,在一秒里,它正好走完一秒。

一秒，人，生命，万物，都站立在最细小、最尖利的时间的针尖上，转不了身，直不起腰，伸不开手。

一秒里，我看见万物的窘态和困境：彷徨凄凉，碌碌无为，形销骨立，孤独无助……

对自恋者的轻度嘲讽

自恋，好像是人性中的一种自然现象。我觉得我自己有时候也有点儿自恋。

但是，人性中的自然现象，也即本能，都是好东西吗？贪，也是人的本能之一，也是人性中的自然现象，那么，贪，好吗？

本能，或者叫人性中的自然现象，乃是人身上的动物性。人该怎样面对它们呢？

我以为，人，不仅仅是一种社会化动物，尤其还是一种精神化动物，人对自身的本能——即人身上的自然现象，需要对之进行适度扬弃、节制和升华，使之成为人性中被某种精神性照亮的自然性部分，它保持着自然属性，又被人的精神性所观照、审视和理解，成为人性中被精神悦纳的基础部分；修行者则要通过虔诚的精神修炼，剔除和净化其动物性部分，使人趋向高贵和纯粹，从而大大降低动物性在生命中的占比和份额，乃至完全戒除其在生命中的存量，而将其升华为高贵的心智和创造的才情——这个当然不容易做到，做到的就成了至善至圣的圣哲。

不久前我又重读了一遍《康德传》，其罕见的自律、品德和智慧,令我深深尊敬和折服。康德一辈子独身,读书、沉思、写作,就是他的全部生活。有学者说,康德就是哲学,哲学就是康德,他的一生是哲学化的一生,也即精神化的一生,是肉身完全被精神照亮的一生,是为人类精神服役的一生。也就是肉身完全精神化、道德化了,肉身心灵化了,他好像遗忘了肉身,肉身只是作为精神的载体和容器,精神性则成了他的全部和主体,他的整个身、心、灵,完全变成一种精神的存在,一种呼吸着、运思着的精神的光芒。

也只有这样的康德,才能说出这样思接天人、感通无限的箴言:

有两种东西,我对它们的思考越是深沉和持久,它们在我心灵中唤起的惊奇和敬畏就会越历久弥新,一个是我们头上浩瀚的星空,另一个就是我们心中的道德律。

对这两者,我不可当作隐蔽在黑暗中或是夸大其词的东西到我的视野之外去寻求和猜测;我看到它们在我眼前,并把它们直接与我的实存的意识联结起来。前者从我在外部感官世界中所占据的位置开始,并把我身处其中的联结扩展到世界之上的世界、星系组成的星系这样的恢宏无涯,此外还扩展到它们的循环运动及其开始和延续的无穷时间。后者从我的不可见的自我、我的人格开始并把我呈现在这样一个世界中,这个世界具有真实的无限性,但只有对于知性才可以察觉到,并且我认识到我与这个世界(但与此同时也就与所有那些可见世界)不是像在前者那里处于只是偶然的联结中,而是处于普遍必然的联结中。前面那个无数世界堆积的景象仿佛取消了我作为一个动物性被造物的重要性,这种被造物在它(我们不知道怎样)被赋予了一个短时间的生命力之后,又不得不把它曾由以形成的那种物质还回给这个(只是宇宙中的一个点的)星球。反之,后面这一景象则把我作为一个理智者的价值通过我的人格无限地提升了,在这种人格中道德律向我展示了一种不依赖于动物性,甚至不依赖于整个感性世界的生活,这些至少都是可以从我凭借这个法则而存有的合目的性使命中得到核准的,这种使命不受此生的条件和界限的局限,而是趋向无限的。

这仿佛是一个纯灵者神游于广博无涯星空中的心灵独白。

我完全相信,康德已经达到这样的生命境界——他的生命被永恒精神和宇宙意识提炼熔铸成了一束道德之光,精神之光。

再读康德,深深尊敬和折服的同时,我也冷峻地反观自己。虽然我也在修行,无论阅读和写作,无论沉入人间烟火,无论劳作、行走和静坐,我总是把这一切作为修行的过程。我是认真修行着,然而至今严格审视自己,感到自己的德行仍然多有瑕疵,习气并未戒断,贪念也未戒断,人算是好人,但依然是俗人。

　　为此,我为我自己并未根除的自恋症(包括尚未戒除的贪念等动物性),写了一首诗,是嘲讽,也是对自己的劝说、开导和督促,以期继续潜心修行,或可明心见性,渐入澄澈。诗曰:

　　　　一个人再自恋,也无法
　　　　捧起自己身后的白骨
　　　　夸耀它的洁白和纯粹
　　　　并作为文物收藏起来
　　　　或义务捐献给
　　　　三千年后的考古学家

　　　　一个人走得再远,也无法
　　　　走过去参观自己的墓地
　　　　亲手为自己栽一棵柏树
　　　　并修改用词不当的碑文
　　　　与墓穴里辛苦考察的蚂蚁
　　　　打一个招呼,问一声早安

　　　　一个人貌似很不平凡,其实
　　　　却很平凡;他无法
　　　　自己搬运和处理自己的遗体

无法抖落越积越厚的夜色

无法把今夜的月光捧回到

往年的窗台；他无法在百年之后听到

专门读给他的最真挚、伤感的悼词……

眼泪

我不可能比一朵雪花更知道天上的情况，那里肯定异常寒冷。透明的事物，常常由严寒提炼和结晶；而在燥热的池塘里，除了滋生蚊蝇繁衍蛆虫，再好的事物放进去，都会腐烂掉的。

把一滴悲伤的泪水，提炼成一朵晶莹的白雪，这个工程必须在天上才能完成。高洁的产品，原材料竟出自尘世间某一双真挚的、深陷于往事的泪眼。

我们一次次惊喜地仰望虹，为那缤纷、唯美、豪华的浪漫主义杰作而陶醉和感叹，却不知道，我们的某一次哭泣，某一场泪雨，此刻就在虹里颤动、闪耀。上苍其实一直不停地收集尘世的事物，甚至我们卑微的忧伤和哭泣，也被上苍妥善保存和提炼。连我们曾经的痛苦和悲怆，也变成虹的一部分，慰藉着我们的痛苦和悲怆。

笑过之后，收回笑意，脸仍然回到皱纹紧锁的表情；哭过之后,擦了眼泪,却发现心海里有盐形成,有贝壳出现。由此我想,大海,是世界的一场永恒哭泣。可否这样说,正是眼泪的深度,决定着世界和心灵的深度。当人类只知道面对金钱和权力狂欢,而不再懂得为美好事物的陨落而流泪,人类将变成最浅薄的物种。

当一个人为高贵事物的不幸陨落而痛心流泪的时候,是他最深刻的时候。没有一艘船,能驶出一滴眼泪的深海。

李商隐听雨

一滴雨走过的路,必须由诗人李商隐描述,才能把掩埋在气象学里的那颗心,搭救出来。

一滴雨从云端落下,要经历三分钟五十二秒的时间。途中会被风吹斜至少七次,拧断至少三次,再续起来已是疼痛的腰,又被闪电腰斩两次,匆忙愈合后,继续往下界赶。

一只鸟横穿云层,雨停在那翅膀上喘息片刻,鸟拍翅,雨趔趄着跌落,继续往下界赶。

它终于落下来,落在石头上,啊,好疼,它连续跳了三下,孩子们说雨在跳舞。

李商隐一言不发,他看见,碎了多少次又活过来的那颗心,这一次,彻底碎了。

在雨季,李商隐不说话,他一边听雨,一边写了几首无题,就放下笔,不写了。

一眼望去,漫天都是雨,都是伤心的哭泣。

李商隐自言自语:诗人之笔,横竖也写不出天地之心亿万分之一啊。

谁知道天上藏着多少无题……

词语们在忙什么

一些动词在伤害一些名词,另一些动词从闲置的词库里跑过来围观和安慰受伤的名词。形容词们围绕权力、金钱、情色和各种社会风景,不厌其烦地奉献色相和媚眼。然后,又遭到贬义词的挖苦和讥笑,嘲弄这见风使舵的形容词们。介词们乐于介入黑夜的叙述,且总能得到鼠窃狗盗者们的一致响应,偶尔介入白雪的行为主义艺术,多半以蒸发告终。大量连词的运用,使得相关的事物和不相关的事物重重叠叠联结成黑洞;见多了狼、豹子、狮子、兔子、梅花鹿和山羊们的故事,连词觉得自己不能对此熟视无睹,于是它又频频出现,它试图将那些惨烈的故事与未来或黎明或希望连接起来,使之具有超越和安魂的意味,但总是显得十分勉强,说到底是因为它不知道丛林的底细,也许是它太知道丛林的底细,丛林里牙齿的秩序是很难与丛林之外的彼岸连接起来的,这已经一再被文字之外的真相所证实,何况,它所连接的希望或黎明的叙事,已经持续连接了多年,却总是连接了死亡和虚无,这等于让受苦者再度受苦,让牺牲者再度牺牲,让绝望者再度绝望,让受骗者再度受骗。这就是大量使用连词之后感叹词反复出现的原因,而感叹的结果,是带来更多的感叹,这使得感叹词根本得不到休息,总是感叹复感叹,最后,感叹词连为自己感叹的力气都没有了,于是叙述陷入停顿和沉默。转折词的出现,使一时陷入尴尬的叙述似乎有了峰回路转的可能,但是,转来转去,却(又是一转)转进五里雾中甚至五万里雾中,什么都看不见了,终于明白转折词只是个词而已,它转来转去只是围绕自己空转而已。还得靠实词们来动真的,的确,实词们绝不玩虚的,个个都是真刀真枪,瞄准并扑向那真金白银名车豪宅。其实虚词也没有一个是虚的,它们在逻辑之外虚晃一枪之后,然后纷纷打入物质的库房,赚取了庞大的数量词之后,它们重新返回虚词的位置,与实词连接成动宾词组、主谓词组、联合词组……从容地叙述它们刚刚发明(其实流行已久)的所谓因果律和所谓逻辑链……

狂妄者

他躲在门缝后面用皮尺丈量银河的心胸。

他经过严密思辨,得出"上苍注视世界的牧场是为了采购羊肉"的商业结论。

他否认美德的存在,认为美德只是来不及定价的一种小众商品。

他不承认有正直的人格,认为电线杆正直只是为了私自用电方便。

他鄙视善良的羊,他崇拜狼的牙齿和解剖的技术。

他嫉妒彩虹,认为彩虹只有挂在他的窗口才是恰当的美学。

他诽谤别人的才华,认为植物开花那是植物的淫荡行为。

他梦见那个有才华的人突然死了,死于对他的巨大才华的恐惧。

他发现自己还在加速向巨人的高度生长,半夜里他又长高了一大截,腿和脚都伸出被子之外达一米左右,说明他正迅速成为摩天巨人。他否认是他自己错误地把被子横着盖在了腰部以上。

他不认为白雪象征着什么,白雪并不是纯洁,而是受不了寒冷的折磨,是苍白的脸色。

他不认为蔚蓝的晴空在召唤心灵,他认为蔚蓝是缺氧和窒息,是无法呼吸。

他拒绝认同山是崇高的存在,他认为石头堆积起一些高峰,是为了诱惑疯子从那儿跳崖自尽。

他嘲讽不识时务的瀑布,嘲讽它只会把自己囚禁在悬崖上,除了流下无用的泪水和无用的激情,别的却一无所有。还不如待在池塘里养很肥的鱼,卖很多的钱。

他准备把词典里的所有贬义词,送给那个在昨天的会场上没有主动向他鞠躬、媚笑和请教的人。

他准备把词典里的所有褒义词,都包养起来,然后,让它们在自己撰写的自传里,详尽地描述和塑造自己伟大卓越的人生,包括辉煌的今生、不凡的前生和荣耀的来生。

他终于睡着了。他咬牙切齿地磨牙，在黑夜的磨刀石上，他磨着仇恨的牙齿。

他在噩梦里翻身。他那无情无义、自高自大、狂妄狂暴的闪着冷光的眸子，把床前路过的猫，吓得发抖，连打了几个寒战……

人过四十

人过四十，心渐渐平和了，看人看事也宽容了。当然或许这也是人渐渐老化的征兆吧。即使真是有些老了，也是无可抱怨和恐慌的。天让人这样，人不能不这样，其实是天送给人的礼物，如同把童真送给少年，把热情送给青年，老天送给中年人的礼物是平和宽容。回过头来想自己当年的为人，有时热烈得近于滚烫，烫了自己也伤了别人；有时又突然颓唐、冰凉，冻了自己也寒了别人。再读读当年写下的文字，确实有太多的激情太多的幻想，太多的爱要向人诉说和交付，太多的情焰煮沸了身体和想象。那真是精力和情感过分余裕的年纪。但若是细读那些当年非常满意的文字，会发现情绪的泡沫太多，思想的河流很浅，许多自以为是的文字离真正的文学有很大的距离，不过是情绪的泥石流泛滥冲凿的沟渠，不过是浅薄的激情着上了语言的时装，文字后面并没有多少有价值的蕴藏，更谈不上深沉的感悟和审美的神韵。而有些文字，通篇似乎弥漫着一种气势，有点真理在握、舍我其谁的意思。其实你知道什么真理，你连常识都掌握得不多，你连你自己都掌握不了，真理是要在谦卑心的引导下去缓缓接近和默默倾听的，你架的势太大、用力太猛，你会吓跑真理的。哪有端起英雄的架势去追问和宣讲真理的？真正有智慧的人是安静的、内敛的、仁慈的，也是谦卑的。真理是无限的夜空，追求真理的人就像那个静静地仰望和沉思着的孩子，哪有张牙舞爪、逞强耍狠的狂人恶人会接近真理？笑话！

这样回头看，就看见了自己的许多毛病，性情上的，心态上的，为文方面的，为人方面的，毛病真不少啊。不过也没有什么不好意思的，自责和难受更无必要。谁小时候不是光着身子在地上乱爬，后来穿上衣服了，裤子有好几年还一直是开裆的。这没有什么可耻，倒有几分可爱，无知、天真的可爱。穿上该穿的衣服，干干净净做人，认认真真读书，老老实实做事，你就像个大人了，慢慢地就有了点儿修养，有了点儿智慧，有了点儿感悟，有了点儿器量，有了点儿格局，也有了一点点"道"。

回头看的结果是，知道自己不行，一辈子都要好好当学生；当苍天厚地的学生，当自然万物的学生，当先贤的学生，当生活的学生，当真理的学生，当"佛"的学生，甚至在一只麻雀面前都不能有半点儿骄傲，麻雀能飞，你能飞吗？永远不充当什么英雄，不端起英雄的架势吓人，其实你连自己都吓唬不了，你不过是在薄薄的纸上驱遣摆布了几个文字，别人不读你的文字照样活得很好，一点儿也没有损失什么。不要嚣张，不要逞能，不要显摆，安静些，像一片土，安静地守在原野上长草开花；像一眼泉，安静地接通地层深处的水脉;像一个字,安静地藏进一本书里进行叙述、注释和暗示。把自己放在低处,与多数事物在一起生长和呼吸,体会恩泽也承担痛苦,分享清新也忍受污秽,在冬天,就把内心的水分提炼成白雪,洒向高山大野,让孩子们看见被净化了的世界是多么美好。

我再次叮咛自己:多做善事,不存恶念;与人不争,与物不竞;远离小人,尊敬君子;吃饭养身,读书养心;经常到大海边深山里走走看看,掬碧波而荡胸,抚白云以洗心;经常仰望星空而魂飞广宇,思接永恒与无限。每晚临睡前做深呼吸,闭目冥思,澄怀息念,将自己还原为露珠清气微尘原子,化入空茫,夜夜都有深沉的睡眠⋯⋯

致意

一

人过了五十岁之后,看人看事物的眼光,明显有了变化。孔子曰:五十而知天命。信然。

比如,我年轻时,看见灰尘,觉得灰尘就是灰尘,不会想到别的。

如今,看见灰尘,有时就一阵心惊:要不了多少年,我也会变成灰尘。与我同时活着的人们,也将陆续变成灰尘。

二

　　有时长途跋涉，到了目的地，就习惯性地拍打衣服上的灰尘，心里就禁不住产生联想:这灰尘，曾是谁的身体的一部分?那人，说不定是古人或今人，总之，他已经变成了灰尘。多少年了，他一直在地上匍匐，有时在水里流动，有时在风中飘零，现在，他遇见了我，我接待了他——他落在了我身上，我与他，竟然有着一种冥冥中注定要邂逅的缘分。

　　于是，我拍打灰尘的手，就有了些许的迟疑和不忍，我不忍拂去这千载一遇的相逢，因为，灰尘的前生——那位曾经的古人，也许是一位高洁而深情的人，是我们这凉薄且混浊年代里已经基本灭绝了的芝兰香草般的君子美人——他曾经是一个多好的人啊，此刻，他随着一阵风找到了我，可惜，这是多么遗憾的相逢呀——他走早了，我却来晚了。在一阵迟疑之后，我还是伸出手，一阵轻轻的拍打，就把一段稀世奇缘拂去了。

　　时光悠悠无穷尽，好时光是那么稀少，而我们总是一再错过，我们错过了古今多少好时光?当我们想起时，或者当我们遇见时，你或我，却早已成尘。

三

　　据人口学家估计，若从公元前十九万年为分界点算起，从那时至今，在十九万二千年的时间里，地球上曾经生活过的人约有一千零九十亿。

读到这个数字的时候,我悚然一惊,双脚立即停住,心跳加速。这惊人的一千零九十亿,他们都是我的同类、我的先辈啊!他们都去了哪里?无疑,他们早已成尘。

其时,我正在深秋的山野行走,但见山脉绵延,原野空阔,鸟影起落。记起某个经典里的一句话:你来于泥土,你必将归于泥土。

没错,泥土是时间的工作室,是造化的作坊,是万物的前生与后世。

泥土是过去的一切,也是未来的全部。

泥土是梦的堆积、魂的交叠,泥土里全是生命的灰尘。

无论在任何时候、任何场景,当我放开眼,抬起脚,伸出手,我触碰的,总是灰尘灰尘灰尘灰尘,然而,我也知道,这无尽的灰尘,都是曾经的生命生命生命生命。

百年或千年之后,以及以后的以后,当你行走于原野,当你轻轻抬脚或挥手,那随风而起的灰尘里,就有我细微的身影和声音,向你致意和问候……

光年:对生命与命运的另一种描述

宇宙是光的交织和传播,万物是光呈现的影像,生命是光的产生和湮灭的叙事。简而言之,宇宙、万物和生命,乃是一种光学现象。科学是对光的描述,天文学是对光的猜想,哲学是对光的沉思,神学是对光的祈祷,文学是对光的感念,美学是对光的礼赞，心学是对光如何沉淀成生命内部的良知良能并如何熔铸灵魂的静观、内视和冥思。

——题记

我们的命运，正在以光速穿越宇宙的幻海。光速不停地让我们远离自己，每时每刻，我们都在飞速跃迁到遥远而陌生的空间——当我写下这段话的时候，此刻的我与刚刚写出这段话第一个字的那个自己，已相距一分钟光年。

我拉着外婆的蓝布衣襟到阳山菜地里采摘豌豆角的情境离我约 60 光年，我小时候放过的那头牛离我约 58 光年，我坐过的那个小学一年级课桌离我约 50 光年——以上这些影像，外星人通过天文望远镜都能一一看到。

秦始皇离我约 2400 光年，而居住在南环状星云里正在研究宇宙历程和命运奥秘的天文学家，用超级天文望远镜反复扫描广袤的宇宙，当他们看到地球的时候，秦始皇腰里的宝剑仍闪着寒光，焚书坑儒的火光还未熄灭，万里长城的工程还未竣工，奴隶们的血泪仍在浇筑一个庞大设施，也在浇筑着他们视线里的那片痛苦的星云——由于南环状星云距离地球约 2000 光年，所以，当地球的影像被那里的天文学家看见的时候，他们就看到了秦朝。

清朝离我约 130 光年，它的最后一个皇帝已死去多年，但是，在距离地球约 120 光年的"亚海王星"上的天文学家，他用天文望远镜捕捉远空投来的图像，他惊讶地看见一群人正在向皇帝下跪磕头的场景。

恐龙与我相距约 6000 万光年，它早已灭绝了，然而在距离地球约 7000 万光年的某个矩形星系的天文台上，那里的天文学家看见一群群猛兽，正在扫荡一个狂暴的星球，在厄运降临之前，这些怪兽至少还要在地球横行 1000 万光年。

屈原离我约 2000 光年，而他望向银河的那缕目光，仍在穿越银河的深渊险浪；李白的酒坛离我约 1500 光年，他喝过的酒，经过时光的反复蒸发，一部分已飘逸到大气层之外，被路过的彗星截获到黑洞附近，所以地球上的真酒已经所剩不多；北斗星离我约 100 光年，它的上面堆叠着无数迷茫的目光，因此我在黑夜里仰望它并咨询黎明何时降临，却看见它的目光里沉积着很多迷茫。

银河系围绕银河中心(银心)旋转一圈需要 2 亿年。也就是说，一银河年相当于 2 亿个地球年。由于时空尺度太大，银河系的史记，只能采用粗线条和大约的数字来撰写。比如，当银河又一次绕银心自转一圈之后，也就是银河又过了一年之后，银河系的史官不无感伤地回忆刚刚过去的事情，他喃喃地说:恐龙才活了一岁多一点儿就完蛋了（其实恐龙称霸地球约 1.5 亿个地球年)，李汉荣活了不到 0.00000000000000000000000000000000000000000000000000001 秒(其实此人活了小一百个地球年)就消失了。

我的母亲在 10 年前的深冬去世。此刻,在宇宙的尺度上,我的母亲离我已有 10 光年了。她手指上的那枚顶针——她戴了一生的那枚"戒指",在离我 10 光年之外的遥远深空,时时向我发送温柔的脉冲信号,每当我仰望星空,我就看到星际间出现隐隐约约的红移幻象——我由此感到正如天文学家观测到的那样:宇宙的叙述仍在加速,空间仍在扩展,时间仍在延伸——这悲壮的宇宙史诗,仍是一部未完成的草稿,我的母亲正在以光速无限地向无限靠近,并将抵达永恒……

假若伤口会说话

天狼星的亮度

李汉荣作品

百花 中国
自然 写作

烟头

街上，我看见一位年龄在六十岁左右的老人，走着走着，突然向街边的路面俯下身——他迅疾的姿态与他的年龄不相称，他会有什么奇异的发现呢？所以我特别注意了他。

但是，很快我觉得对不起这位老人。我不该看见他，看见了，更不该这么特别注意地去看他。

他以迅疾的速度拾起一只还在冒烟的烟头，直起身，很快放进嘴里吸了起来。我看见他的左手里还捏着一只烟头。

我明白了老人为何那么迅疾地俯向一只烟头，它还在燃着，放进嘴里就能吸。他身上已没有了能够点燃烟头的火种，一个打火机或一盒火柴他都没有。这只冒烟的烟头，就是出现在今天早上的希望：他可以用它点燃一点儿什么了，他可以吸烟了。

兴许老人发现我在注意他，在他直起身来的刹那，他更迅疾地将烟头放进嘴里，做出他本来就在吸烟的样子——而不是吸这拾来的烟头。但是，由于他速度太急了点儿，他将这个烟头倒放进嘴里了。

老人本来是要品咂点儿他熟悉的味道，此刻他的嘴里定然全是苦涩，而且被那看似希望的东西灼疼了。

更重要的是，他仅有的，也是他极力保持的自尊，因我对他投去的注意的目光，而失落了。

老人努力用从容的步子走过去，还很有滋味地吸了几口——在离我有五六步的地方，才将烟头吐掉。

其实我已很快意识到，我不该用特别注意的目光看他，所以我立即收回了目光。但老人以为我会一直注意他，甚至研究他，就坚持含着那倒放的烟头，并且认真吸着，直到他以为我看不见他的时候。

我身上是有一个打火机的，也有抽剩的半盒烟，也有一点儿钱，但是我无法给他——他努力保持着的自尊，已经无声地拒绝了施舍的意图，他不愿意在别人的眼里是一个穷人的形象，更不愿意是比穷人更穷的人。

在他直起身的时候，我对他有过那匆匆一瞥，印象里，他难免憔悴瘦削的面容却是刚毅、矜持的，从他梳得整齐的花白头发和洗得发白却显得干净的陈旧衣服，我猜想他曾经是有过职业的，至少当过工人，而且看得出他喜欢整洁和有风度的生活，内心里始终有很强的尊严感，即使很难保持尊严的时候，他依旧要保持尊严，哪怕把苦涩当烟吸，哪怕把灼烫的东西当希望含在口里。

当一个人对生存的希望已经降到最低，当他只能吸别人吸剩下的烟，过别人过剩下的生活，甚至从他手中升起一点儿烟岚都不可能了，他必须拾起别人留下的烟蒂，才能制造一点儿烟雾。

而他努力保持的尊严，是要把多少委屈、痛苦、失态、焦虑、自卑堆积在内心，才能勉强撑起一把自尊的破伞，而这破伞，其实是遮不住什么的。

所有的繁华，对他都是嘲讽，提醒他：这一切与你无关。

所有的目光，对他都是伤害，询问他：你为什么是穷人？

日子过得困窘而艰难，内心的痛苦更是如影随形，时时灼心。

如果我跟随他，一直走进他的家里，会看到什么情景呢？我当然没有这样做。但是可以想象，词典里最穷的词也不忍心去形容一个老人的穷和辛酸，此时，"一贫如洗"这四个字在抱头痛哭，"家徒四壁"这四个字在默默流泪——我听见我们善良的汉语在掩面而泣。

要让那些个人财富动辄百亿、千亿、万亿的富豪去想象一个穷困老人街头拾烟头的苦境，实在是为难人家了；前面不远，就坐落着几幢豪华别墅，如果要让这位老人去想象豪宅里的生活，同样是为难他了。

我真想拾起一只烟头，把它交给正在五星级宾馆隆重举行的高层论坛上眉飞色舞高谈阔论的伟大官员和著名学者们，请他们研究一支烟的经济学，一只烟头的社会学，一个迅疾向一只冒烟的烟头弯下去的身影以及他后面的政治学、伦理学、历史学、哲学、心理学原理。

向一只烟头弯下腰去，我真的没有这份勇气。

而且把这个烟头递出去，是不会有任何的手愿意接的，那些尊贵的手是不会接受不体面的东西的。围绕一只烟头去展开一种话题或议题，世界上还没有这样廉价的学问，也没有这样谦卑的学者,更没有这样慈悲的经济学。

别的我也不愿想得太多。

但是,好长时间我都在想:我真不该在那时看见他,看见了,更不该那么特别注意地去看他。以至于他想品咂片刻他熟悉味道的愿望都落空了。

而他吸着倒放在嘴里的燃烧的烟头,不知烟里的火星把他的嘴烫着没有?

我知道(因为我偶尔也吸烟),一根烟吸到最后,温度和火力聚集成灼烫的火舌,烧灼的力量是很大的……

假若伤口会说话

剪指甲时,我又看见左手食指上的那条伤痕,我又想起了我的宝元表哥,想起了五十多年前那个酷热下午的情境。

当时我十岁左右吧,在村小念书,那是盛夏暑假,我到黄家塝一带的田野里为家里养的猪找猪草,在水稻田埂上剜些车前草、野芹菜、狗尾巴草等等,这都是猪喜欢吃的食物。不知何故,那天我没带小孩用的猪草小刀,而是带了一把大人收割庄稼时用的镰刀,不小心把手指割破了,一条很深的口子,血流不止。我没想到我小小手指会流出这么多的血,心里很害怕。想起妈妈说过止血的方法:刀割水洗。我就把流血的手伸进稻田边的水沟里摆动、冲洗,血仍在流,我就不停地把手伸进水里冲洗。于今想来当时有点儿傻,我只知道刀割水洗,却不知道用手指压住伤口,通过凝血作用止血。就这样，我童年的血傻乎乎流着，我用水沟里的水傻乎乎地冲洗着，冲洗着童年那个流血的下午，那个恐怖的下午。真的有点儿恐怖，从我手指上流下的血，把沟里的水染红了。

也许天意垂怜，也许童年的血毕竟有限，流血停住了。我这才看见食指上那么深一个口子，那样的苍白，还有点儿肿胀，这流血的童年手指，被水浸泡的手指，一个还没有开始触摸生活的稚嫩手指，却被疼痛过早触摸和伤害了。

酷日当头，天很热，也许还因为流血太多，当时隐隐感到有点儿头晕。我就坐在田埂上，借助秧苗的影子躲避烈日直晒，懵懂中我竟然睡着了。

故乡的田野上，烈日烘烤着一个孤独的少年和他受伤的手指。

这时候，我的宝元表哥（当时二十多岁，不到三十岁，是村小的民办老师），他从田野里走过来了，他看见我了，他是怎么知道我在这里的？至今我都不知道因由。也许他在田野散步，或者他要看看他家自留田里水稻的长势，却看见了水沟里缓缓流淌的殷红的水，那异样的殷红引起他的注意，他顺着水沟行走和察看，终于，他看见了秧苗旁水沟边那个打盹儿的孩子，他看见了那受伤的手指，他看见了那刚刚流过血的童年。

我的宝元哥轻轻拍了拍我的肩膀，轻轻地叫醒我。然后，他轻轻捧起我受伤的手指，说，这么热的天，拿这么锋利的镰刀，流这么多的血,唉,我就不忍心批评你了,你是个好孩子,爱学习,爱劳动,可是,怎么就不懂得保护自己呀。

一边说着,我的宝元哥一边用一只手帮我提着猪草篮,用另一只手拉着我的手走在田埂上,记得他还把他头上戴的草帽摘下来,戴在我头上,他怕我中暑。

宝元哥把我送到了家里,他对我父亲说,叔叔,我做小辈的不该说你的不好,但是今天我要怪你,这么热的天,你不该让小孩一人出去干活,不该让毒太阳暴晒一个小孩子。你看看他手指上的伤口,血都把水沟染红了。多危险啊,叔叔,做大人的以后可要注意保护自己的孩子。

我忘记了父亲当时是怎样回答宝元哥的,但记得他一再感谢我的宝元哥,看着我受伤的手,他的眼睛湿了。

我记得那个盛夏的下午,我记得那被烈日暴晒的童年,我记得那流血的手指,我记得宝元哥拉着我的手送我回家。

此刻,我久久凝视着右手食指上这条淡白的伤痕——是的,时光抹平了历史的许多深沟巨壑,但是,时光却小心地保留了这细微的情节和无声的伤痕——如果伤口会说话,它会说出最深的感情,最深的记忆——那个拉着我的手送我回家的宝元哥,那顶从他头上摘下来戴在我头上的麦秸草帽,那双轻轻捧起我受伤手指的温和的手——

在伤口的诉说里,我的宝元哥,就是从我生命原野上走过的最好的人……

哲人之死以及生命之意义和出路问题

近一个月时间，我重读了几本哲学和信仰方面的书。连续几天，我陷入对生命意义和生命出路的哲学沉思，貌似有点儿悲壮，骨子里也真的有点儿悲壮。我难以自拔，以至于街上走路也无法停止沉思，几次险些撞了别的行人。有一次，差点儿与迎面而来的汽车撞上了，车里司机的几声严厉训斥，使沉思戛然而止，使哲学蒙羞，令康德、叔本华和庄子脸红耳赤。我觉得对不起哲学，司机的粗暴训斥，一时竟取代了哲人的箴言——"走路注意安全""平安是福"，在那一刻竟成了至高无上的生命哲学。

今天清晨，我比闹钟提前醒来，太阳仍在地平线那边与黑夜辩论。我上街，开始散步，太阳驳斥着黑夜的诡辩，也开始在灰蒙蒙的天边散步。我很快陷入了昨天被司机打断了的危险沉思。

忽然，一封短信加剧了我的沉思的悲壮性。短信说，几千里之外的某大学里，那位讲授哲学的朋友跳楼死了，他死于他的哲学，他的哲学未能劝阻他的死亡。而他以他的死和沉默，加深了哲学的悲剧意蕴，他从十九楼的思想海拔，一跃而下，哲学也随着他一跃而下，他死了，而哲学只是一时昏厥，哲学很快苏醒过来，被他的血迹溅湿，哲学在那一刻显得很血腥。但很快血迹蒸发，哲学仍返回书斋，端坐着，或沉默着，思考和言说着存在的价值和生命的真谛。

短信加深了我的沉思，我缅怀那位朋友，我继续沉思。在沉思里试图接近和延续死去朋友的思路,虽然,生前的他比我更专业、更善于思辨、更深邃,如同他突然的死,都是高深的哲学不能解释的,他的死深于他的哲学,而所有的哲学比起深不可测的死亡,都是浅薄的。

但是,我固守着"宁做痛苦的苏格拉底,不做幸福的猪"的信条,我仍然要沉思,在沉思里努力接近和延续朋友生前的思路。那么,生命,它的困境、意义和出路,究竟是什么呢?生命、困境、意义、出路——哲学的关键词,关键词里的哲学,复杂地缠绕着我。

突然,一阵血腥味飘来,我这才发现,我已经从南大街,转到北大街,又转到南大街,转来转去,我转到了这个屠宰场旁边,也就是说,我在早晨的大街上转来转去,在哲学里转来转去,最终却转到了死亡旁边——那一笼子一笼子鸡、鸭、鹅、鸽子、鹌鹑,那一只只羊、兔子……它们在刀旁边,在死亡旁边;然而,它们似乎并不在哲学旁边。

哲学羞愧地、不无难受地低下头。生命、困境、意义、出路——这些关键词显然被什么触痛了。

我同情生命的困境,而它们的困境——?

我沉思生命的意义,而它们的意义——?

我追问生命的出路,而它们的出路——?

价格、利润、口感、营养学和经济学粗暴地概括了它们。

但是,哲学低头沉默,不置一言。

显然，哲学仅仅是人的学问和思辨。

而面对更多的生命苦难和普遍的命运，哲学，则陷入了困境和难以言说的尴尬……

读兰多尔的一段话

"我们绝不能沉迷于对人类的否定的观点，因为我们如果那样做，就会使坏人认为自己并不比别人更坏，而好人则会觉得自己的善行完全是徒劳。"

读到兰多尔的这段话，心里很有触动。网上搜了一下"兰多尔"，没找到对其人的介绍，也没见到他的书，倒是有不少叫"兰多尔"的商业品牌，有的还是金属制品。

我心想，一个能说出这样深刻见解、为世道人心担忧的人，不大可能是一个商品或商人，他应该是一位诗人或哲学家。

我继续网上搜索，终于找到他了：沃尔特·兰多尔（1775年—1864年），英国知名诗人、散文家，他的名字也曾被译为兰多、兰德或蓝德，除非专修西方文学史的人，多数人，即便是从事文学写作的人，也对他所知甚少。知道他的，大概主要是因为读过他的那首著名小诗：

> 我和谁都不争，和谁争都不屑；
>
> 我爱大自然，其次就是艺术；
>
> 我双手烤着生命之火取暖；

火萎了,我也准备走了。

我也是多年前读杨绛的《我们仨》时,在书的扉页上读到杨绛先生的这首译诗,作者是蓝德。我记住了诗人蓝德,因不懂英语,也就不知道蓝德就是兰多尔。

诗人常常有着哲学家的深刻,兰多尔的这段话就体现了一位诗哲对世道人心的关切和忧思,今天读来,我以为也是对我们的提醒和劝告。

如果一群人,许多人,整天热衷于互相转发、传递那些揭露人性丑恶、社会险恶的文章和帖子,见面聊天也就是谈论人多么坏,多么无耻,多么贪婪,多么黑心,多么没良知,时间久了,内心存储的就是这些晦暗、脏污、邪恶、不堪的东西,那会导致什么结果呢? 有句话说:境由心造。也就是说心里有什么,眼里就有什么。心里无光,眼里无光,久而久之,我们会对一个无光且暗的世界,产生一种破罐子破摔的心理,认为世道人心就这个烂样子了,没救了,没法了,算了,随大流混吃等死吧。

如果一个写作者,总是刻意挖掘人性中之阴暗、自私、丑恶,所写人物故事,多是贪婪、阴毒、凶残、下流之人性浊流,没有温暖,只有冷酷;没有挚爱,只有互害;没有高尚,只有卑鄙;没有人性之升华,只有兽性之泛滥。总是写这些东西的人,他会在写作中安顿自己的心灵吗?一个人能把自己的心安放在垃圾堆上和臭水沟里吗？我想，沉迷于这样的写作会损害写作者的身心健康，总是读这样的作品也会损害读者的身心健康，如兰多尔指出的那样，这样的文字读多了，"就会使坏人认为自己并不比别人更坏，而好人则会觉得自己的善行完全是徒劳"，人们会认为比起那些坏人坏事，自己还是高尚的，人们会无限度地降低甚至取消自己的道德底线，无限度地原谅自己的恶和他人的恶以及社会的恶。由这样的心藏大恶的人构成的人间，会是一个好的、值得人珍惜留恋的人间吗？

人性中有真善美之神性部分，也有假恶丑之兽性部分；人性如河水，有清流，也有浊流；文学的功能和责任，是既要揭示人性和社会的复杂性多面性，呈现人性中善恶力量冲突交织构成的历史进程中的社会图景和人性样貌，也要挖掘、表现、褒扬人性中真善美的光辉，从而有助于涵养人性中的善良、慈悲、同情、诚实、正义、良知、崇高、宽厚等美好情操，这样才有助于人性升华、社会进步和人的福祉的提升。文学写作和文化创造如同在人的精神原野上种植草木，芝兰芳草多了，人的心里就多了道德的风景、美学的意境和精神的芬芳，从而人生有爱，人心有光，人间值得；如若满目都是恶荆毒刺，遍地尽皆歪瓜裂枣，观者害怕，行者恐惧，食者中毒，则人心无所适从，人间不值留恋；文学写作和文化创造就是人心的保洁和人性的护理工程，就是激浊扬清，抑恶扬善，让好人心安而继续做好人，让坏人不安而不敢再做坏人。

抑郁中,与友人微聊

"常有悲凉之感,时常陷入抑郁中不能自拔。"

"同感,同感。

"互相纾解,要乐观,要坚持。

"王阳明临殁,学生问他最后遗言,他说:'此心光明,亦复何言。'

"很佩服王阳明,光明磊落,坦坦荡荡,一生怀抱大情怀。"

"我大致读了王阳明先生的《传习录》,及《王阳明传》,他在生死患难时刻,在人生极端困苦的时刻,包括他最喜欢的学生也是他的妹夫病亡之际,他被奸臣陷害,流放到边远蛮荒之地,也发问:'圣人处此,更有何道?'他对天、对己、对人发问,也是向命运发问:假若圣人处在我这样的困境,他会有什么突围的方法?

"我看阳明先生虽是圣人,其实也似乎没有别的良方,也就是凭着良知或信念,坚持着,撑着。"

"对。"

"古人面对混沌宇宙,他们没有我们今天所了解的星球、星系、星云、超新星爆发与黑洞形成、宇宙大爆炸与终结、物种演化与人的潜意识等知识和理念,还天真地停留在'天圆地方''天长地久'的静态宇宙观里,但他们笃信一个'天道',觉得天地间冥冥中有一个不变的'道',所谓'天不变,道亦不变',相信永恒的'道'和'公理'主宰着万物的运行和命数。因此,他们在极端困境里仍怀有希望。

"现代人的迷茫和幻灭则是宇宙性的,现代天文学呈现和揭示了生命在浩瀚宇宙中的孤独处境和无意义真相,人与众生不过是寄生在一块悬空的椭圆形岩石行星上的生命微粒而已,自生自灭,此外别无意思。

　　"古人笃信天道,古人比现代人心境要好一些,面对生存危机和精神困境时,对付的方法还是要多一些,亲情、伦理、哲学、宗教,哪怕有时候是迷信(迷信是一种最古老的认识论),也会管用。现代人面对的,除了死亡是唯一确定的,别的,都是不确定性。没有什么能安妥现代人不安、焦虑、恐惧、虚无的心魂。现代人的心魂是流离失所、魂不守舍、无家可归的。

　　"有人说,心安处,即我乡。有时候,真不知道,哪里是心安处,能放下这颗不安的心。"

　　"但是,既然活着,我们就要坚定地活着,我不轻言乐观地活着,但我主张达观地活着。轻言乐观,但面对真切的悲境和苦况,那所谓的乐观就显得有点轻薄和廉价了。而达观,则令我们尽量通达、豁达地面对悲与苦,渡过荒海劫波,看见彼岸芳草。"

　　"而现代宇宙学揭示了更为浩瀚的宇宙景象,也呈现了更为真切的生命孤独处境,但这并不必然导向生命的虚无和无意义,恰恰启示了生命的珍贵和难得,'比起无限,人就是虚无;比起虚无,人就是无限'。"

　　"我们的方寸之心,能容得下宇宙,也能溶解命运的苦涩。"

　　……………

112

想起母亲那个碗

午饭在家自己做,炒了两个菜,一荤一素,端起碗,又想起母亲生前用过的那个碗。

小时候家贫,记忆里家的印象是:除了水不缺——因为水缸里的水总是满满的,其余的,样样都缺,米缺、盐缺、衣缺、鞋缺、书缺、袜子缺,碗也是缺的,一个有缺口的土瓷碗就用了好几年,留给我有缺口的童年记忆,和该盛东西时却端着空碗的匮乏感。

我母亲把那个碗放在碗柜靠后的角落,在每一次吃饭时总是悄悄地用那个有缺口的碗。一次我问母亲:"妈妈,你怎么不用好碗吃饭?"母亲轻轻一笑,说:"喜欢这个碗。"

后来我才想起,母亲是不想让她的孩子们用这个有缺口的碗。一次我做了实验,发现这个碗只能盛半碗饭。这是多大的缺口啊。那么,母亲每一次都只能吃比我们少一半的饭? 母亲每天都是半饥饿状态? 这是一个多么简单的数学,又包含着多么深沉、令人心酸的情感。我们弟兄几个都上小学了,却没有在这个简单的数学上动心思,我们心安理得地享用着正数,生存的负数都由母亲默默承担。

我们不曾认真地留意母亲捧着破碗的神情, 她是把多少忧患、苦涩、牵挂捧在手中?

一次,我假装不小心将这个有缺口的碗碰碎了,碎片掉在地上,也掉在我的心里。母亲没有责怪我,只是轻轻地说:"可惜了这碗。"

如今想来,那个有缺口的碗是不应该碰碎、扔掉的,应该把它珍藏起来。我想,每一个人每一个家族都应该有自己的历史、文物和秘籍。那个碗是应该被作为我们家的家庭文物保存下来的。留下它,不只是要用它见证过往的生活和命运,也是用它呈现历史深处那点点滴滴不该被遗忘的珍贵细节。即使在贫困的岁月,也有着丰富的人的情感;即使在黢黑的寒夜里,也闪耀着温暖的星宿。当生活吝啬得不肯为母亲烧制一个稍稍完整的碗,母亲就承担那些残缺、匮乏和忧患,让我们在饥饿的河流里,舀取尽可能多的星光和尽可能完整的倒影……

母亲的泪水

我的母亲算不上坚强,但也并不懦弱,她是温柔而隐忍的乡村妇人。

像许多母亲一样,在数十年艰难困苦的生活里,她承受着命运肆意降临的种种苦难的打击。我真的不能想象,母亲单薄的身体和她孤独的心里,究竟密植了多少黄连,淤积了多少苦水。

不满十岁,就离乡背井来到未来的夫家,这期间,一个不谙世事的小女子,怎么和婆婆、公公磨合,怎么和那同样是小孩的未来的丈夫相处?而思乡不能回,思母不得见,在那一个个不眠长夜里,她流下多少眼泪?

后来,公公病逝,留下几十亩田地,家里却没有壮劳力耕种,婆婆因丈夫突然去世悲伤过度，加上孤儿寡母不知该如何生活下去的极度恐惧和焦虑，人一下子疯了。一个疯婆婆，一对在命运面前瑟瑟发抖、不知所措的苦孩子，一个散掉的家——这日子该怎么过下去？我无法想象，我那可怜的母亲，是怎么熬过来的？是的，她熬过来了，但她一步步熬过来的，那不能叫日子，她一步步熬过来的，是深不见底远不见岸的苦海的海水。

后来，儿子夭折，疯婆婆去世，家里几间瓦房、几十亩田地，又遭同族恶人算计，经常在半夜三更，那恶人悄悄窜到窗外，突然将一把把沙粒和碎石子从窗口抛进母亲的睡房里，他用这种阴毒的方式恐吓和折磨母亲，想逼母亲早死，然后霸占母亲的房产和土地——以前，我曾天真地以为，过去的人大多都古道热肠为人忠厚，当母亲讲到那个同族恶人的恶行，校正了我的"史识"，其实，哪个年代都一样，有君子和好人，也有小人和坏人。在那天塌了、地陷了，恶魔又在黑夜里亮出吃人的獠牙的时刻，母亲，海水灌满了你的心，你的心比苦海更苦，苦海里也有生长的鱼，苦海的上空也会飘来白云，母亲，你那悲苦无边的心里，你那被悲苦浸透的眼睛里，那日夜流不尽的，除了悲苦，可曾有半滴清泪？

母亲在世时，给儿女们断断续续说过她的经历，说到伤痛处，她总是流泪，看着那哭红的眼睛，我也跟着流泪，并在心里叹息：我八十多岁的老妈啊，你漫长的人生就是一次苦海跋涉，你的眼睛就是海的出口呀，从你的眼里，流过多少吨海水多少吨盐?

清明回老家祭奠父母,我独自一人上了大地湾墓园,在母亲墓前长跪不起,我想起母亲受苦的一生,想起她那流泪的眼睛,我的眼泪不禁又流下来,滴落进稀疏草丛里。我地下的母亲,我眼里落下的这些盐,您就不要接收了,因为,您那里永不缺盐;我献给您的鲜花,我希望您能收到,我想在梦中,看见您的笑意……

父亲,颠簸在黄昏的路途

行于山路,几小时小解竟达三次,过杨家坡时,又在玉米地里小解一次。知道这是那个叫作前列腺的设备在为难人,没办法,只好顺从,自己嘀咕两声不满,还得找个避人处去"滴答"解决。遂想起父亲生前一件往事。

那年,我们刚搬进新房不久,父亲来城里看我们,还带来新收的一麻袋大米,说我们在城里一年四季都吃商店里卖的陈粮,还都是用了农药化肥的,吃着不香,对身体也有害处。带来的这些新米,是自家地里种的,没上化肥和农药。他让我们尝尝从前粮食的味道。

吃了午饭,说了一会儿话,父亲要走。我劝他住一夜再走,父亲说庄稼地里等着要锄草施肥,家里还养了一头猪、几只鸡鸭,加上我母亲这些天受凉吃药,他要回家料理这些杂事。

父亲执意要走,我给了他一点儿钱和几袋奶粉,送他去车站。临出门时,我忽然记起父亲来时坐车一百多里路,在我家又过了两三个小时,却没见他上个厕所。我说,爹爹,你上个厕所吧,等会儿上了车可就不方便了。父亲却说身上没啥东西,不需要上厕所。我又劝他最好还是上一下厕所,把身子腾干净,坐车路途远,到时憋得难受。父亲望了一眼崭新雪白的新房,说,不上,身上没啥东西。

我从他眼神里看出来,父亲好像是不好意思在我们的新房里上厕所,何况儿媳和孙女都在家,他就更不好意思了。我就说,爹,你就用一下厕所嘛,抽水马桶乡下不常用,你就试一下,看好用不好用。父亲还是执意不上厕所,说身子里没啥东西。

劝着没用,我只好送父亲上路。

从那以后,暮年的父亲就常年被风湿性关节炎和肺气肿折磨,再也没有出过家的门,再也没有来过城里,直到他去世。

这么多年,我一直想着父亲那次来我们家的情景,一直想着他老人家为什么连个厕所都不上。

记得父亲曾对人说过自己这一生窝囊,没出息,生下儿子却没能力帮衬儿子,几个儿子成家修房买房,自己都没操上一点儿心。

也记得父亲生前常说自己在泥土里摸爬了一辈子,是一个土气人,衣服上抖一下都是泥土渣渣。

我感到在他的潜意识里,一直都自卑地以为自己是不文明不干净的人。

父亲那次来我家执意不上厕所,很可能出于两个原因,一是觉得自己不够文明,不配上那文明的厕所;二是觉得自己作为父亲没能为儿子成家、买房出过什么力,所以不好意思在儿子的新房里留下自己任何不好的痕迹。

当时我隐约意识到了这些,但并没有往深里想,更没有考虑到父亲往返数百里来去多半天不上厕所,身体会有什么难受,还以为没什么。

那时我还年轻,对老年人常患的毛病都不清楚,比如憋不住尿等,虽有耳闻,但并未在意。

在我刚过五十岁门槛不久,就感到前列腺有了问题,也才第一次知道自己身体上还有这么一个设备。

尿频、尿不尽、尿等待、尿疼痛、尿滴沥,这些毫无诗意、毫无美感、毫无意境的健康问题,开始为难和折磨我们的身体,每每使我们的所谓身份、尊严、体面难堪而尴尬。

而我才过五十岁,这时候,我才突然想起,父亲来我们家那年,他老人家差几个月就满八十岁了。

这些年,我时常在心里自责:当时为什么不坚持劝说父亲,让他上了厕所再走?

往返数百里,来去多半天,一个八十岁的老人,憋着自己的身体,维护着他儿子和他自己的自尊,这是怎样的隐忍?

我想对父亲说,父亲,你很干净,你比世上任何一个貌似干净的人都更干净;你很文明,如果说礼义廉耻是文明的核心,那么,父亲,你比任何一个表面上似乎很文明的文明人都更文明。

只是,你那么尊敬你心中的文明,以至于不惜为难自己的身体,这就不应该了。其实,父亲,你身体里没有任何不洁的东西,你一世清贫,终生劳苦,除了浑身的泥土气息和草木清香,你不曾多占过地上的一粒稻米和天上的一片云絮,你胃里没有隔夜食物,心里没有非分欲念,比起我们这些被金钱拜物教、权力贪婪症和文化地沟油严重毒害了的人,父亲,你其实是最干净最文明最值得尊敬的人。

可是,父亲已经去远,我把这些话说出来,仅仅是为了自己心安。

这就是说,父亲虽然不在了,我依然在从父亲那里索取,索取着这份心安。

父亲,至今你依然在暗中帮助着儿子。

而在你活着的时候,父亲,那次你来看我们,你往返数百里,来去一整天,你连一次厕所都没上,你不愿在我们的房子里留下任何你认为不好的痕迹。

此刻,我泪流满面不为别的,我只是又想起了,一个八十岁的老人,他往返数百里来去一整天,他进城看自己的儿子,他坐在返回的公交车上,他憋着自己的身体,他颠簸在黄昏的路途。

想念杨老师

今天,收到一位久未见面的姓杨的老同学的微信问候,他发来的不是表情包,不是格式化的甜点套话,而是真诚的牵挂和问候,不甚流畅却朴实诚恳的一段话,让我心里顿生暖意。

心暖了,心就容易产生共情感应,就容易产生语言的"量子纠缠"现象。我确信,人的生命,就是一种能量场,也是一种情感场、精神场、气息场,而承载情感、精神、气息的语言,又构成了由情感、精神、气息赋能和驱动的语言场,这就是语言的"量子纠缠"现象。

老同学姓杨,他的牵挂和问候让我心生暖意,这个暖和的"杨"字,就开启了我心里的"量子纠缠",我想起了我的老家杨家山,想起了老家以南巴山深处的杨庄,小时候我曾到杨庄的山里砍过柴,想起杨庄,我心里颤了一下,我想起了四十多年前我的高中语文老师杨老师,杨老师就是杨庄人。

杨老师是民国年间的大学生,当时五十来岁,微胖,中等个子,常年穿一身蓝色中山装,留着背头,面容慈祥刚毅,很有风度,他是我们75级高中语文课老师。那时我是住校生,一间大宿舍支了两长排木板床,同学们各占一小溜空间,铺上被单,紧挨着睡一长排,下了晚自习,一长排俊丑不一、胖瘦不一的青春的脑壳、青春的脸、青春的苦闷烦恼和青春的激情,就紧挨着拥挤在狭窄的木板上,陪伴我们的是夏天的酷热和蚊虫的叮咬,以及冬夜的寒冷。也有同学尿床,潮湿的被单被青春的身体暖热,那不好闻的气味就缭绕于宿舍,缭绕于我们十七八岁的夜晚。

杨老师到我们宿舍看过几次,他不是专门看某个宿舍,他把住校高中生的宿舍都一一看过了,他不是学校领导,他只是个普通老师,他探望我们的宿舍,是出于一个老师和长者对学生后辈的心疼和关爱。记得他从一间间宿舍走出来,他的脸上掠过一种怜悯和忧愁,那表情里夹杂着无力为这些正值青春年华的孩子提供什么帮助的惭愧和自责。我感到杨老师是一个很善良、很关心学生的好老师。

有一天下了课,杨老师把我叫到他的办公室兼卧室——一间房隔成两半,一半办公,一半休息。杨老师说,李汉荣,现在深冬了,很冷,以后晚自习就到我屋里来学习,然后用热水洗一下脚,再回宿舍睡觉休息,这样脚不冻,睡下暖和些。

这个冬天一直到放寒假前,我几乎每个晚上都是在杨老师办公室里看书做作业,除了功课,杨老师还让我读了他的一些藏书,如《中华活页文选》合订本、《中国古代文学史》等,下晚自习的铃声响了,就用杨老师给我专门提供的搪瓷洗脚盆,盛上热水洗脚,然后暖暖和和回到宿舍睡觉。我记得那搪瓷脸盆是红白相间的颜色,盆底有一大一小两条红色金鱼,它们和我的青春的脚,一同享用着寒冬里的暖流。

到年底我高中毕业了,告别了母校和杨老师,也告别了那温暖的办公室和温暖的洗脚盆,我心里非常感激杨老师对我的特殊关照和那一份珍贵的师生之情,但那个年纪的我很青涩,心里藏着灼热的感情,却不知是由于羞涩或拙于表达,直到离开学校,我竟没向杨老师诚挚地说一声感谢的话。

后来我大学毕业参加工作了，想着带上礼物去看望敬爱的杨老师，一打听，才知道杨老师患高血压病已经逝世多年，去世时才六十几岁。

那荒寒年代里的温暖，来自一位清贫却厚道的老师的仁慈胸怀，对于我来说已近于一份师爱与父爱混合的深深的亲情。我当时因为青涩拘谨而未及言表，如今则因为天人相隔而无从言表。恩师永逝，但那冬日脸盆里的暖流，至今没有降温，那一大一小两条鱼儿，仍在记忆的暖流里洄游……

一双脚的故事

我的爸爸早已失去工作，原来的企业倒闭了，我的爸爸失业了。

那么，你爸爸现在做什么呢？

我爸爸在蹬三轮车。在火车站、汽车站、大街上、小巷里，在有人走路的地方，我爸爸用三轮车拉那些赶路的人。爸爸挣钱，养活家人，供我上学。

小孩笑了。是忧郁的笑。微笑里含着对爸爸的感激和心疼，所以他的脸上有着太幸福的孩子所没有的让人怜惜的表情。

我的爸爸很累，比我在学校做作业、考试累多了。孩子说，晚上，很晚的时候爸爸才回家休息。我和爸爸睡在一个被窝里，他睡一头，我睡一头。爸爸的脚伸过来，挨着我的胸脯，挨着我的手。我用手摸爸爸的脚，我问爸爸："我摸你的脚，你不觉得痒痒吗?我们小孩子就是这样摸痒痒逗乐呢!"爸爸说:"不痒,爸爸的脚很老,皮很厚,所以不痒。"我再一摸,果然爸爸脚上的皮很厚,我知道这是茧,一层一层的茧。爸爸就是用这双脚在风雨里,在坎坷不平的路上,走啊,蹬啊。我想起爸爸在上坡路上弯腰用力蹬车的情景,那天,我在上学的路上看见了我爸爸蹬车的样子,我怕我爸爸蹬不上那段陡路,就悄悄地猫着腰帮爸爸在后面推车,三轮车好不容易上去了,我听见爸爸有气无力地说了一句:"谢谢,好心人。"他不知道这好心人就是他自己的儿子。我始终没有说话,我不愿让爸爸看见我,那样我们都会难受。爸爸以为是路上的陌生人帮他推车,这样就很好,爸爸心里会多一些温暖。他会感到人们是尊敬和同情他这个三轮车车夫的。每一个晚上,我都要把爸爸的脚贴在我的胸前,用手抚摸脚上的茧和骨头,我知道这是世上最辛苦的脚。我抚摸着那脚趾,那挤在一起有些变形的脚趾,我感到它们是那么委屈,那么老实,又那么忠厚。白天,它们紧张地挤在鞋的黑屋子里,支撑着爸爸的身体,同时用全力蹬着车子,蹬着道路。我的学费,我们家简单的生活,都是这双脚蹬出来的啊。我把爸爸的脚搂在胸前,让它听我的心跳。我在心里说:脚,你好辛苦啊。

我知道我爸爸很普通,在有些人眼里他甚至是卑微的。但是,我爱我的爸爸,我心疼我的爸爸,我心疼那双辛苦的脚。这双脚在地上留不下任何脚印,这双脚一直踩在沉重的生活的轮子上。这双脚是干净的,值得尊敬的。你不觉得是这样吗?

是这样的。孩子,这是一双值得尊敬的脚。

就这样,每一夜我都抱着爸爸的脚进入梦乡。我以我的体温抚慰温暖着这双辛苦的脚。在我的胸前,爸爸的脚是那么安静和听话,像很乖、很顺从的小孩子。这时候我就觉得我是这小孩子的爸爸。它受了多少委屈,受过多少苦,它是多么孤独无助的苦孩子啊!我把爸爸的脚——我把这可怜的孩子抱得更紧了。它很快熟睡过去。我禁不住流出了眼泪,对着怀里的脚轻轻说:"爸爸,其实你也是个孤独的孩子啊……"

一个上初中的学生给我讲的关于脚的事情,让我感慨了好长时间。此刻,我低下头注视我的这双躲在皮鞋里的脚,感到了几分惭愧。它看起来很干净,脚指甲修剪得很整齐,也无老茧,也无伤痕,它躲在皮鞋的宫殿里养尊处优。但我感到它很懒,也有些脏。在世间大大小小的路上,它究竟踩踏出几个实在、善良、厚道的脚印? 它是否常在不劳而获、巧取豪夺的邪路上奔走? 甚至踩在别人不幸的伤口上攀缘功名利禄的阶梯?是否在那些虚伪、贪婪、不义、不干净的地方留下它见不得人的可耻脚印?

我从我的脚,看到了许多脚的脏和恶。

是的,那位父亲的脚是辛苦的、委屈的,但在惨淡的命运里,在坎坷的长路上,那双脚仍然有幸福的时刻:当它像孩子一样被另一个孩子抱在怀里,并被那纯真的爱的眼泪濡湿……

我的业余研究

天狼星的亮度

李汉荣作品

百花中国
自然写作

对三十年前一盏八瓦台灯的研究

八瓦,柔和、谦卑。追溯其最初光源,来自于暴烈的太阳。而你,将物理学的阳光,转化、纯化、柔化成如婴儿般羞怯的目光,安静地注视着我,然后,也让我安静地注视别的事物。

激烈的电流,可以变成母性的温润体温和柔软注视。我不得不确信,宇宙身后万物的运作,定然有一个物理学不能完全解释的神圣的装置,以保证爱与同情能够持续辐射和温柔传递。

八瓦,你布置了一种略带幽暗的氛围和背景,节制了我过度的狂热和过于明亮、浮浅、流畅的语言,使我的叙述,深情、伤感、曲折、回旋,又含着某种晦涩——因为存在本身是晦涩的,生命本身也是晦涩的,宇宙压根儿就是晦涩的。置身于浩瀚无边的晦涩里,我们繁复、深邃、无以名状的心,岂是几个明亮的语言标签,和所谓的写作策略,就可以标注和呈现的吗?

你八瓦的目光,默默地注视着我笔下的每一个字,注视着每一个字的每一个偏旁部首是怎么一笔一画地,一滴血一滴泪地,带着许多盐、礁石、碎玉,以及疼痛的珠贝,一笔一画地从心海里游来,然后,带着心跳和喘息,停泊在一页页纸上,停泊在深夜的孤寂海滩上——其实,海难、海啸、海贝、海市蜃楼、沧海桑田、海上日出,等等,就在那一页页纸上不停发生并留下现场,真的不需要我们到万里之外的大海里去找寻。

你八瓦的目光,突然熄灭于三十年前的那个深夜,钨丝,焚毁于你对光的最后一缕苦恋,放弃了对那个孤寂影子的守护和临摹。

我突然发现,我的影子丢失了,我的小屋顿时漆黑下来,久久地,我与黑夜坐在一起,静待天明。

……此时,我重读在你八瓦目光的注视下,默默写出的那些文字,深情、伤感、曲折,有几分晦涩,令人的情思向内心深海沉潜、回溯。

我忽然觉得,对于诗人,八瓦的灯光是适宜的。太亮,则人的喧嚣和自以为是也被放大了,放大了人的所谓存在感,而淹没了存在本身的存在感,也淹没了内心的幽邃和澄明;太暗,则生命的黑夜找不到出口,心灵的声音找不到语法。

你以八瓦的目光,望我,我的形象是谦卑的,因为没有过强的光放大我的愚蠢和狂妄,我适当地呈现着我的存在,但不是过度自恋和自我彰显,而仅仅以我的微末存在,证明还有一个足以无限地包容和溶解我的更大的存在。

在八瓦的灯光里,我推开窗,远眺,我看见浩瀚的银河,也是那么谦逊,它并不光芒闪闪,反而显得有些幽暗,甚至比那些浅薄的娱乐广场还要幽暗得多。而我的地球,我的太阳系,在银河的视野里,连一缕像素都算不上,我又算什么呢? 我是否真的存在,都始终是一个疑问。可是,如此浩瀚无涯的银河,却是那么谦逊地注视我,并且似乎还注视着我对它的微不足道的注视。

此时,我在注视我当年在八瓦台灯下,写下的那些微不足道的文字,银河,他竟然弯着腰俯在我的窗前眨着眼睛,仿佛对我做着深阅读。我亲爱的银河啊,你竟然如此专注地注视,注视我那卑微得几乎根本不存在的文字。

由此我终于懂得了"我们唯一能够获得的智慧是谦卑的智慧"这句话的深意。说这句话的是诗人艾略特,他一定是在八瓦(或者更暗)的灯光下写下了这个句子。写下这个句子的时候,窗外的整个宇宙,都谦卑地俯在窗前注视着这个谦卑的句子。伟大,原来就是知道除了值得尊敬的事物,并没有什么伟大。其实,真正的伟大就是在宇宙和时间面前,在神圣的事物面前,发自肺腑的谦卑。

八瓦,在这样的灯光下,适宜读诗,适宜写诗,适宜读经,适宜修行,适宜沉思,适宜忏悔,适宜静坐,适宜与知己促膝长谈,适宜扪心自问,适宜祈祷,适宜仰望,可以仰望到无限和永恒——此时,推开窗,我望见了浩瀚的银河,也以八瓦的目光,安静地俯在窗外,谦卑地注视着我内心的谦卑……

对一次彻夜失眠的得与失之研究

一整夜的失眠,除了身体的痛苦,造成的精神损失也是很大的。

失眠剥夺了今夜属于我的梦。它关闭了通往梦境的所有路径。它残忍地把我囚禁在荒凉的床上。

本来要造访的那个神秘之地,一直在梦境深处等待我的足迹。但我始终在梦外徘徊。那神秘之地从此失踪,我此生再也找不到它了。

本来要与我相遇的那个人,因我迟迟不出现而转身远去,我用一万年时间也追不上了。

本来要举行的那个聚会,因我的缺席,从此永远取消,那些本来要见面的人,今生再也无缘相逢。

本来要路过的那片森林,我注定要在它的鸟鸣和绿荫里穿行,但是因为我一直滞留在梦外,那片森林从此彻底荒芜,世界也因此失去了很多葱茏情节。

那本来要在我头顶飞过并且把它的影子投在我身上的鸟儿,我永远错过了,世上注定不会有这只鸟了。

本来要翻开的那本书,我是它的唯一忠实读者。但我的手一直没有伸出黑夜的被单,我与那本书始终隔着光年的距离,它因此成为一本永远无人打开和阅读的书。

…………

但是,因了失眠,因了被阻止于多事的梦境之外,我也得以避免了若干灾难和痛苦——

我远离了噩梦中那场可怕的地震和塌方。

那条盘卧在路边的毒蛇始终冬眠在我永不到达的地方。

因为我没有踏上那条险路,拦路的强盗始终没有作案的机会,我因此避免了一次抢劫和惊吓。

因我不在现场,一场注定要发生的车祸被永远规避。

因为我一直搁浅在干涸的床上仰望着干燥的天花板,那汹涌的洪水最终没有发生。

在睡与醒之间，我很痛苦地保持了某种正确性，因此，那个一直藏在梦中一间黑屋里等着我开口说话、准备拿着录音向有关机构检举我的人，他的告密计划就落空了，因为我一直在梦外守口如瓶一言不发。

那张追悼会请柬不可能送到我的手中，因为它只在梦中传递，而我在梦境之外。我的缺席使时光倒流，于是死者恢复心跳和呼吸，继续他从前的生活。

今夜因此无悲无喜，是难熬之夜，也是真正的平安之夜……

对一只逝世的鸟及其往事的研究

路边，我看见一只鸟的遗体，灰白色的，躺卧于僵硬的水泥地板，那么孤寂和悲凉。消瘦的身体，稀疏的羽毛，也许死于饥饿或病痛？而那死不瞑目的眼睛，令我想起它可能是一只母亲鸟，它至死都在牵念着巢中那嗷嗷待哺的孩子。

我身上一颤，难过的情绪漫过心头。

我曾一次次久久仰望的，那个在头顶的天空高高飞过的闪着白光的影子就是你吗？在那一刻，大量的蔚蓝、遐思和空灵的诗句，都集中在你路过的天空，都集中在我的头顶。

我确信，曾经，在我孤独的旅途，你一次次向我空投歌声和礼物，那片风中降落的带血的羽毛，就来自你疲倦的身体，我弯腰拾起时，还有着微弱的温热，于是我知道，在高寒陡峭的天空之上,在云的后面,跳动着你那颗小小的心,为卑微的命运而受苦受难的心。

当我穿过树林,你藏在枝叶后面悄悄看我,我走远了,你才望着我的背影低声议论我,并善意地嘲讽我,其中有一句我听懂了,你是说:这人真可怜,远不如一棵树挺拔和丰盛,一辈子都长不出一片绿叶和一枚浆果。

你曾在窗外偷窥我,有时我在读书,有时在写作,有时在编辑,一抬头,我就看见了你,在玻璃之外,在我使用的雷同、粗陋的语言之外,你是多么灵动清奇的语言;在我写下的沉闷混沌的句子之外,你是多么清澈鲜活的句子。于是我合上书,放下笔,追你到旷野,到高山,到江边,我翻开大开本的生命长空和时光长卷,而你是移动的书签,提示着天地悠悠的壮美意境……

现在,你静静地睡去,一枚剪裁过命运的闪电,也剪裁过我水中的倒影,一枚最柔韧的艺术之剪,最后剪下了自己;一颗飞翔的心,一颗深怀着隐痛和牵挂的母亲的心,在泥土里,在迅速转暗的时光里,正在飞回过去。

我低下头,天空也低下头,在这寂静、沉默的三分钟,天上,没有天使……

对一缕尘埃的研究

时间:星期天下午。

来源:在五十至一百三十公里之外的地方,你在那里生活或

行走。

生成原因和传播路径：当时，你轻轻摆动了你的衣袖、头发，因为有点儿冷，你搓了三下手，然后将那本读过多次有些发黄却不忍丢弃的书，抖了抖，放在电脑旁靠近阳光的窗前晾晒，顺便晾晒过去的记忆。这时，一阵路过的风，哗啦啦乱翻书页，夹在书里的往事和比文字更细小的灰尘，就被卷走了。

然后你走出门。

十字路口，经过约十秒钟徘徊之后，你转身，向右；脚底，灰尘也迅速转身，向右扬起。

虽然你居住在城市，也欣赏城市的一些细节，但你总是想对城市做一次又一次的小小的逃亡。于是你坐车来到山野。下了车，你就随便走上了一条小路，这是离田野最近的一条路，脚下果然就有了松软的泥土。接着你看见了蔬菜，看见了野花，看见了露珠，看见了麦地，看见了忙碌的昆虫，看见了鸟儿，看见了田里劳作的大爷大嫂，他们憨厚的脸上有着田野一样单纯的表情；你正在和他们说话，一只狗汪汪着跑过来，场院上扬起去年的麦秸和今年的尘土，大嫂急忙教育那狗对客人要有礼貌，一边笑着对你说不用怕，那摇动的尾巴是和你打招呼哩。于是你就在场院坐下，与大嫂拉家常，狗在身旁坐下，猫在狗的身旁坐下，几只鸡从槐树林子里兴奋地跑回来，好像要告诉主人一个刚刚发现的重要秘密，叽叽喳喳说了一阵却无人明白也无人理会，才不好意思地安静下来；那只大红公鸡分明有话要说，脸都憋得通红，只见它一阵小跑忽地跳上稻草垛,仰起头,对着天空,忘情地朗诵起来,大嫂笑了,说,你听它在催我快做饭哩,你也笑了;附近几棵杨树上的鸟儿们,也叽叽喳喳开始背诵什么了,你心里想,这些精灵到底在背诵什么?是农谚?是民谣?是宋词?是唐诗?不,一定是在背诵更古老的《诗经》。于是你帮着烧火,大嫂做饭炒菜,炊烟从屋顶升起来,与地气、云岚、河雾、庄稼和草木呼出的清芳气息,亲热地汇合成天地间最温情的雾岚,远山吹来的绿色的风,将这温柔的烟缕,将附近的林絮,将原野上干净的泥土颗粒,轻轻带走,又轻轻降落,最终还是舍不得全部放在这里,就带走了一部分,送给远方,让远方去牵挂,去念想,念想远方,以及远方的远方……

就在此刻,当一阵风路过我,与你有关的上述这些细节就陆续落满我的四周,也落满我的衣服——它们到达我时,已穿越了若干城镇、村庄和山野,中途被一条河流沉淀了一部分,被一座山脉省略了一部分,被若干片树林挽留了一部分,被大量庄稼收藏了一部分,落在我身上的,只是剩余的微不足道的一部分。

就这些,已经很珍贵了,我知道,云后面那飞翔的鸟儿们抖动的羽毛;那遥遥银河投来的微茫的光波;山顶上蒲公英的冒险空降抛洒的种子;几个小学生背着书包沿山间小路向学校走去,其中一位的防滑球鞋的右鞋鞋带松了,他弯下腰用双手系紧鞋带,然后起身追赶前面的同学,鞋底踩踏的松针和尘泥,在一阵小旋风里旋舞片刻;半山坡上的梯田里,一头耕地的黄牛,将犁头认真地扎进土里,手举鞭子的老汉并没有用力打牛,而是轻轻地用鞭梢拂去牛身上的泥土、汗粒和草絮;建筑工地上弥漫的混合着劳动者汗水的粉尘;车祸现场那带着血迹转动的轮胎和废气;列车急速行驶的曲线和被碾轧的桥梁的巨大战栗……甚至整整一个星球的旋转、疼痛和颠簸,整整一个大气层的沉浮、呼吸和环流,都参与了对这些尘埃的制造、聚集、处理、搬运和传递,无疑,这个过程是十分复杂、细致、微妙的。

此时,落在我身上的,除了有关你的细节,还有更多别的情节,而你是其中最轻却最重要的一部分。

走在和你同一个风向的季节里,我停下来,想象你遥远的身影和脚步带起的灰尘,以及你的身影后面交叠的更多的身影和脚步溅起的灰尘,我不忍拍打这落满我衣服的细密尘埃……

对一条鱼的身世之谜的研究

我们对鱼的知识,仅止于捕鱼的知识,杀鱼的知识,吃鱼的知识。

鱼对河流的爱情,鱼对月光、石头和水草的友谊,以及鱼对我们的厌恶和恐惧,鱼的痛苦和忧伤,我们都一无所知。

在滔滔不绝的水里,鱼始终沉默;这滔滔不绝的流水,表达着永远沉默着的鱼卑微的希望和祈祷。

鱼对我们的反抗是如此无力,很少有漏网的鱼,我们的网,依据欲望的尺寸编织,完全可以把世上的鱼一网打尽。

在剖鱼的时候,我们才剖开了世界的本质:那流血之胆,泄露了生灵的苦不堪言;那腹中之卵,却揣着再生之梦想。

但鱼的反抗,从水里,一直坚持到岸上,坚持到人类豪华的筵席,当我们感到如鲠在喉,才知道,一根鱼刺已扎进要害。

当然,对水里的事,我无法比一条鱼知道的更多。

鱼到过最深的深渊,在缺氧的地方,它观察过孤独的石头,将时光的嘱咐刻在脸上,变成费解的星象。

鱼到过最浅的沙滩,它得以看见,在水的外面行走的人,都提着钓钩和网,它赶紧逃进深水。

在混浊的池塘,鱼险些被窒息而死,而身旁那些坐井观天的蛙,却昼夜联欢,赞美这营养丰富的盛世春天。

在透明的玻璃鱼箱,鱼流着悲哀的泪水,思念着远方的河流;而观鱼的人围着它转,欣赏着它不为人知的苦难;它围着内心的漩涡转,有时,静止于深不可测的空寂。人们依旧围着这水晶棺,转来转去转来转去,不知道在瞻仰或凭吊谁。

终于来到那沸腾的宴席上,这时候的鱼,已走完了刀山火海。它双眼紧闭,大彻大悟;它嘴唇张开,无话可说。安卧于精美的盘子里,接受人类为它主持的隆重葬礼。

在鱼的眼睛里,只有捕鱼的人,只有卖鱼的人,只有杀鱼的人,只有吃鱼的人。在鱼的眼睛里,没有圣人。

对水里的事,我无法比一条鱼知道的更多;对水外面的事,我比一条鱼知道的略多。

但是,鱼也许比我知道的更深刻——它们在人类的身体里,通过深入研究,了解了我们身体的秘密,欲望的秘密,情欲的秘密,胃痛和牙痛的秘密,嫉妒的秘密,如鲠在喉的秘密,多吃多占的秘密,赢者通吃的秘密,吃肉不吐骨头以及吃肉如何吐骨头的秘密,剔牙的秘密,肠梗阻的秘密,癌的秘密。

在某些大腹便便的皮囊里,鱼始终没有找到一个叫作良心的器官,也没有找到一根叫作正直的骨头。

而在鱼对我们知道很多的时候,它已经完全变成我们身体的一部分,它根本无法把它所知道的告诉我们,所以,我们对鱼的所见所感仍然一无所知,我们对我们自己的真相仍然一无所知……

对猫的日常生活和精神生活的研究

夜晚的秘密警察。它行使着侦察、追捕、审判、执行死刑、遗体解剖的一揽子司法事务。

它灰蓝的眼睛,有着黑夜的深度;阴郁的表情,怪异的发音,对周遭充满了极端的不信任。

不放过任何一个可疑阴影。在一只猫的眼里,世界正是一个巨大阴影,每一个细节都是疑点。

它是如此敬业,我总觉得它有一个固定上司,在暗中随时向它发布指令。

它对老鼠的恨，是如此彻底，人类利用了它的恨，并且结成生存同盟。

人类养猫，其实是豢养了一种仇恨和阴谋——猫对此看得很清楚，却从来不说透。你偶尔与它谈心：俺们之间的关系，怎么样呢？它总是回答：喵——喵喵，妙——妙妙。

其实，除了怀疑和恨，猫似乎从来不曾真正爱过什么，包括对于豢养它的主人，它既无爱，也不忠诚。

再高级的食物，也不能在仇恨的胃里，发育出爱的感情。

是的，这黑夜的秘密警察，死神就是它的直接上司。它专门负责对某些物种执行死刑。

它——出没于严酷丛林里的老牌杀手。

那天，我又与它——我喂过的那只灰猫相遇了。我蹲下来，专注地，看着它灰蓝的眼睛，它也专注地看着我。我和它，彼此都觉得对方可疑而且怪异。我们的眼神，都深不见底。两双对视的眸子里，集中了各自经历的全部夜晚。

此刻，惊诧，使不同的两张脸，有了相同的轮廓。

我和它的对视，足足进行了三十秒钟。持续激荡的生命演化史和物种之间的伤害史，至少在此刻，因我们的过分专注而陷入静止。

这一刻，宇宙无事，我们附近的老鼠，有了长达三十秒钟的太平盛世。

它探访过许多我注定到达不了的地方——老屋的屋顶,祖父用青砖砌的院墙,杂草丛生的宗族墓园,前些年地震制造的沟壑,古战场遗址,旧时的刑场,庙宇神龛的底部,废弃兵工厂剥落的门窗锈蚀的设备,等等——它对时光的考察,一定有着惊人的细节发现,大大超出了教科书浅陋的叙述,而考古学家的所谓重大发现,只是它卷帙浩繁的田野调查档案中微不足道的部分。

　　除了热衷对过往的考古,它更多地关注当下的世道变迁。在乡村的稻草垛和水泥楼顶,它经常与月亮面对面端坐着,长久地研究和思考村庄的日常生活。

　　在城市,它无数次深入储物间、监控室、配电室、健身房、茶馆、麻将馆、酒楼、旅馆、医院、咖啡屋、超市、快递站、阳台、电梯房、电脑房、卫生间、停车场、下水道和垃圾堆,调查和了解现代人的生存方式和内心结构,它的业务由对老鼠的解剖,扩展到对快递箱、避孕套、塑料袋、一次性饭盒和防盗栏的钻研。

　　偶尔被贵妇抱在怀里,它闻到了法兰西的香气,但桌子上摊开的麻将,提醒着她和它的国籍。

　　有人把它作为宠物供养,但它从来不信任人类,它只是机智地利用人类。通过与他们巧妙周旋,偶尔小施温情,从而分散和缓解他们的无聊和无助,以及过剩的欲望和侵略性。

　　一到天黑,它就与人类分道扬镳,它走出狭窄的房间,来到公元前的夜晚——在无边荒原,它捕捉可疑的动静……

对一部分倒影的研究

岸上,一群警察在追赶一个逃跑的人。我在河边远远望去,警察和逃跑者,都在向水底拼命奔跑。此时,平静的水面,对岸上的道德和法律,表现出极有深度的漠然。我担心,若再跑下去,警察和逃跑者,都将在河水深处同时失踪,再也回不到人世。

几只乌鸦低头喝水时,再一次确认了自己和黑夜的血缘关系。若不是水潭的坦诚提示,还有谁能告诉它们的身世和真相?夜的私生子,这悲凉的族群,其深刻的忧郁,来自夜晚的长期教诲。

我的父亲肩上挑着两筐蔬菜,一闪一闪走在漾河的岸边。水底,他那一闪一闪的竹筐里,绿莹莹的蔬菜上面,又盛满了许多白云,令人相信我的父亲此番要去的,并不是元墩镇的那个市场,而是要去河流的深处,赶赴我们从没有去过的另一个街市,那里专门流通人间失传的商品,其通用货币是古时候的白云。

李自发堂哥的那头黑牛,在河湾草滩上安静地吃草,这是农闲时节,它吃饱了,就满足地躺下来,舔着身上结疤的伤痕,然后它开始反刍,同时反省自己一生的过失。而落日就在它的身边不慎溺水,它急忙站起来,低头抿了几口水,企图救起落日。一抬头,却不见了落日,它怀疑是它不小心吃掉了天上灿烂的时辰。于是它惭愧地低下头,哞哞叫着,自责不已。我们永远不知道牛忠厚的内心里,怀着对宇宙的那份深深的尊敬、谦卑和愧意。而我完全确信，牛对万物的敬畏和感激，远远超过浅薄狂妄的人类。

秋夜，我的母亲在漾河边洗衣，她那弯腰低俯的身影，一直俯向秋水深处，她反复揉搓着儿女们的衣服，也反复揉搓着自己的心事，终于，她把这条河流揉皱了，也把水底的银河揉皱了——亿万颗星辰开始颤抖，宇宙的秩序，顿时背离恒定的物理定律，而服从了母亲心跳的引力。许多未被天文学家命名的恒星，主动沉入水底，在时间的背后，进行着不为人知也不为神知的熔铸和修炼。而星际间穿越的外星人，此刻不小心也潜入了我的母亲制造的温柔漩涡里，在瞬间横渡了永恒。少顷，诸神静默，星辰肃穆，天上人间汇聚水底，我的母亲静坐水边，目睹了天地间的第一个夜晚，星辰升起的样子……

对一只狗所看见的事物及其想法的研究

它否认那人是醉酒后的呕吐者，他是仁慈的富翁，是圣人，他正在把吃进去的好东西，慷慨地吐出来，他在捶胸顿足地忏悔，忏悔他多吃多占的原罪，他要呕出过度的贪婪和过剩的物质主义，他要吐出自己的良心，让大家参观，他要把收藏在肚子里的山珍海味好酒好茶，全部吐出来奉献出来，他要拯救苦闷的夜晚，他要救济流离失所的憔悴的月亮，他要帮助流浪的狗兄弟。

它怀疑那个被叫作汽车的东西，可能是一种移动牢房，它看见人们争先恐后主动投案自首，主动把自己囚禁进去，并且把自己牢牢地捆绑起来,押赴异地审判之后,又自动把自己押解回原地。

它看来看去,觉得,这被称为楼房的高耸入云的家伙,身上凿满了门窗,越看越像它前些年在深山里偷袭的那个蜂巢,不同的是那次撞了个满嘴是蜜,舌头上的甜一直持续了七天;可是在这些密密麻麻的"蜂巢"下面和周围,它找来找去,刨来刨去,却没有找到一滴蜜,只在垃圾堆里找到几个空荡荡的蜂蜜罐,莫非,住在"蜂巢"里的他们,不会酿蜜,与我一样,也喜欢偷蜜?

它曾经观察过火车,也研究过火车,认为那是啃不动的远古遗留的一堆堆废铁,它纳闷铁为什么会发疯,一边狂奔一边狂吼,可能是到远方的医院去急诊,果然,回来后就安静多了,但过不多久又疯了,可能是周期性发作,有一种癫痫病就是这样的。

它质疑"水泥"这个名称是错误的,它是了解水的,并且天天喝水,曾经在山间溪水的镜子里,它欣赏过自己的形象,很标致的样子。所以,它是了解水的,也是了解泥的,它有时在泥土里打滚,泥土里长出的草木很好玩很好闻,可是这被叫作水泥的东西,既没有水的清凉也没有泥的柔软,很僵硬很冰冷,根本啃不动。它不小心摔过几个跟头,一根右后腿骨折了,留下了残疾。这水泥,既没有一点儿好味道,也完全没有生育能力,被它覆盖的地方再也不分泌露水。

它喜爱山,它没有公元前后的概念,它眼里的山,都是今天早晨它睁开眼睛时,刚刚耸立起来的高山;它欣赏河流,但没有时光流逝的哀叹,它看见的波浪和倒影,都是此时此刻的上苍专门为它特意播放的影片。

突然长出的青草使它入迷,骤然消失的夕阳让它伤感,忽然闪亮的星星令它惊奇,偶然悬挂的彩虹使它狂喜——它没有历史感,所以它是真正活在当下的智者,它只对当下充满激情——除了当下,它不相信未来,也许,它早就知道它没有未来。

它没有历史感,所以,它总能跳出历史看世界,世界因此刚刚从今天早上诞生;它看见的星星比我们看见的星星要新鲜得多,都是住在附近的匠人——它在路上多次遇到过他们,并礼貌地为他们让路——那些刚刚出现的崭新的星星,就是它在路上见过的那些匠人,今天黄昏在工厂里刚刚制造出来的产品,然后整齐地摆放在高处,用于进餐、照明和举办节日晚会——它认为,制造这些星星的匠人们很辛苦,也很能干,值得感谢和尊敬,只是,那些星星,那些灯盏,摆放得过于远了一点儿,也高了一点儿。

它不知道世上有一种阉割的医术。那天,它被简单麻醉之后,一把小刀子就把它阉了,当它清醒过来,除了感到一点儿隐痛,它不知道发生了什么,它不知道它身上已经少了一件东西,并且永远没了那件东西。

当晚,那件东西就被人煮吃了,它当然不懂吃啥补啥的深奥的养生原理,它也不知道它那件宝贝的味道和营养价值。

从此,它那曾经洞若观火的眼睛,却平静、默然得有点儿出奇,也有点儿迷茫,它无论看什么都越来越看不懂了。这个被经济学、营销学、博弈学、成功学、解构学和性学支配的世界,变得更加怪异、荒诞和费解……

对一张大额纸币的简单研究

它是十年前问世的纸币。

它十年的阅历,十年的荣辱,十年的沧桑,比那从九死一生的战场上归来的老兵的经历还要惊险和复杂。

它醒目的面值上定格和凝聚了多少目光?多少期待、多少贪婪、多少狂喜,重重叠叠堆积在这薄薄的纸上?

上帝也该嫉妒了?比起上帝,它接受了太多的膜拜。在没有上帝的地方,它就是神;在有上帝的地方,它也是神。

对财富和金钱的追逐,是比任何宗教狂热更持久的狂热。钱,是人类的另一个教主。

它的暗纹里,藏着多少劳作的汗水,又藏着多少不劳而获的手纹?

它从印钞厂里走出的那一刻,就失去了贞洁,从此开始了它的旅行,从一双手到另一双手,从一个账户到另一个账户,从一个命运到另一个命运,从一种病菌到另一种病菌。

乍一看是纸,再一看是钱,细一看是正在繁殖的病菌。

它见过形形色色的人,贫穷的,富有的,劳作的,闲适的,但是所有人看见它都像看见了神。

它见过形形色色的手,憔悴的,忧伤的,迟疑的,贪婪的,柔弱的,强暴的。所有的手都喜欢被它占据,与钱相握的时刻,是手最兴奋最幸福的时刻。

它见过形形色色的场面,明朗的,晦暗的,污浊的,丑恶的,真挚的,虚伪的。在所有的场面里,钱几乎都是主角,即使躲在幕后,它仍然主持着前台的演出。

它是人见人爱的宠物之一,绝不次于美女。国王爱它,小偷爱它,智者爱它,强盗爱它,君子爱它,小人爱它。

它是最普及的信仰,尤其是信仰丧失以后,对它的追逐和崇拜,似乎就成了一种信仰。

它是最普及的真理,愚昧无知的群氓和博学慎思的智者,都把接近和占有它视为人生大事。

它对人性的洞察和熟谙,超过了哲人。从一双手到另一双手,短暂的逗留,它获悉了人的最隐秘的手感。从一双眼睛到另一双眼睛,匆忙的相遇,它捕捉到人的最微妙的神情。

从一个户头到另一个户头,它明白了人的经济学乃是上帝也难以掌握的一门复杂的学问,而巧取豪夺,乃是人的一个最主要的发明,万能全知的上帝对此也十分无能和无知。

它曾经从亿万富翁那庞大的数字的密林里路过,它感到自卑,它被膨胀的数字压抑得喘不过气来,它在数字的汪洋里险些淹死。

它终于逃到岸上,在荒滩上,当它看到那些一无所有的乞丐的手,难民的手,穷人的手,劳动者的手,它想抱住那些受伤害被剥夺的穷苦的手大哭一场,与它们相依为命,在劳动中升值和成长,让它们获得平安和幸福。

然而它身不由己,它总是被那些强有力的手占有和掌握,很快,它又被注入一大堆它不愿加入的庞大数字中。

它在流通。罪恶和贪婪,遗憾和不公,都在流通,病菌也在流通。

什么时候,人类所谓的博爱、公正、仁慈、同情心,也能普及和流通呢?

我问纸币,它不回答。它急着要去市场流通……

对一款旧手机的研究

短信、微信、照片、视频、音频、文档、购物记录、聊天记录、运动记录、备忘录、通讯录……我都删除了。

我用三分钟时间,删除了三年多的生活。

我删除了一千多个太阳和一千多条银河,以及阴霾、寒流、酷暑、疾病、血压和腰椎疼痛的记录,删除了期待、烦躁、焦虑和莫名的兴奋,删除了那么多貌似缤纷、热闹、痛苦和难熬的时刻。

删除了这一切之后,我忽然发现——手机,原来是空的;岁月,也是空的。

曾经信息超载、空间经常被挤爆的手机,以及那些貌似十分忙碌充实的日子,竟然空空如也,空空如也。

但是,空空的手机里,也有我无法处理和删除的东西。

就有一个病毒程序,我怎么也无法将其粉碎和删除——它顽固地,像真理和基因一样,深嵌在历史的原始数据里,驻扎在手机深处。

那天,我在人迹罕至的深山里埋了手机,我知道,即便切断了所有可能的连接,它仍带着时代的病毒,坚持着那个邪恶程序。

当晚,我做了一个噩梦,那病毒感染了群山,并钻进数千米深的地心,篡改了地质结构,造成地壳断裂,山脉塌陷,大地沉沦。

我被一场地震掩埋了,过了五千年才被挖掘出来,和我同时出土的,还有那个手机残骸。

考古学家指着我的化石说:这家伙,躲在山洞里玩一款病毒游戏,玩着玩着就把自己玩完了⋯⋯

对情欲的研究

有一种力,仿佛来自生命深处的黑暗地层,时时刻刻在袭扰和俘获生命。但你不甘被它死死抓住,几经挣扎,你决定捉拿它。

你搜遍了全身,却一无所得,最后,你发现它就驻扎在你的全身。

多少人辗转反侧彻夜难眠,多少人一夜夜举头望月向独身的月亮请教洁身自好泰然自适的独处之道,也有人在孤独焦灼之夜，与一本谈论孤独的书躺在一个床上，可是，孤独禁不起推敲，孤独越谈论越孤独，孤独越描述越孤独，一气之下有人拆卸了那不安分的左右摇晃的单人床，清空了那塞满烦恼的枕头，但却不能拆卸了自己，无法取出躲藏在体内的妖，无法清空血脉里汹涌的暗潮，从而重新组装一个简单可爱的自己——能与自己和睦相处的自己。

后来我们发现，我们不约而同都上了情欲的当，但是却不能诅咒情欲，因为，我们都是情欲的产物。作为情欲的结果，我们却无法由果推因，因为，原因后面套着更多的原因，就像火山喷发是因为岩浆，岩浆又深藏在地球的内部，而地球后面套着太阳系，太阳系后面套着银河系，银河系后面套着更大的星系，套着无穷的时间和无穷的空间，无穷的时空又被无穷的宇宙之力，无休止地掌控和推动。

这下我们似乎知道了情欲的本源，它来自太阳的火焰内部，来自银河系波涛滚滚的上游，来自宇宙那难以遏制和平静的灼热怀抱，来自远古的生命记忆。

时光分娩了万物，时光也教诲了万物，万物却不知道时光的苦衷，也许，时光的苦衷就是时光自己也不知道自己的苦衷。于是，万物失于教诲，万物深陷在一种痛苦的结构里不能自拔：星球在天上奔跑，闪电在云层奔跑，岩浆在地壳深处奔跑，情欲在我们体内奔跑。

由此，我们这些见过大海的人，也似乎知道了，大海也是情欲的深渊和波涛,它咸涩,它迷茫,它冲动,它狂暴,它是诞生的产床,它是毁灭的渊薮,它经常迷失在自身情欲的狂风涌浪里,自己与自己辩论,自己与自己博弈,自己与自己谈判,它深陷于自己苦涩的情感里进退两难,它看不见彼岸。

而当它战胜了自己,也说服了自己,它终于平静下来,它沉浸在自己清澈深邃的内心里,它变成如此辽阔湛蓝的镜子:苍穹和上帝,都俯下身来,从这镜子里发现了自身,看见了永恒和无限。

这样,我们似乎知道了,当海平静下来,才看见了永恒的天空和星辰;当情欲平静下来,才有可能发现真理和智慧——而在完全被情欲支配的时候,无论巨大如沧海,微小如你我,都是受制于盲目的原始冲动的疯子和奴隶。

结论:作为情欲的产物,我们却不仅仅是情欲,就像雪是水的产物,雪却不仅仅是水,雪比水更高洁更纯粹,接受了天空的教诲和严寒的提炼,雪,呈现了水的灵魂之美。

这样,穿越情欲的苦闷波涛,生命之海,才能渐渐归于平静、清澈、深邃、宽阔。

这时候,我们发现,蔚蓝之上,群星升起,如不朽史诗唱彻苍穹;北斗,依旧笃定于神圣的高度,依旧保持了与我们倾斜的命运相似的生动倾斜。

于是,我们向时间深处遨游的心,我们眺望永恒的眼睛,终于看见了无边星空出示的,那与我们的心灵对应的,某种浩瀚的感情和终极的宁静。

——而我们,正是来自那里,也注定归向那里……

对几种鸟语的翻译和研究

麻雀叽叽,叽叽恰,叽叽恰——注意,记住,孩子们,那灰乎乎、白花花、亮晶晶的东西,可不一定是草籽、虫子,也不是米粒、麦粒,那很可能是水泥渣,是碎玻璃,是塑料颗粒,孩子们,那可不能吃哦。叽叽恰,叽叽恰,俺们的食物,自古都是老天爷免费供给。在过去,乡间老奶奶田野收割时,也曾给俺们留下些稻穗麦粒,念叨俺们这些调皮鬼。现在,老奶奶不在了,田野都变成城市高楼,俺们的日子却更难了。叽叽恰,叽叽恰,孩子们,城里什么东西都是要收费的,那些免费的水泥渣、碎玻璃、塑料颗粒,不能吃。走,俺们还是回到山里去,城里有这爷那爷财神爷,城里没有老天爷,老天爷还住在山里。叽叽恰,叽叽恰,山里住着老天爷,所以,山里有免费的虫子、免费的草籽、免费的露水、免费的阳光和星星,好看也好吃。叽叽恰,叽叽恰,一起走,孩子们,我们到山里去找老天爷。

黄鹂嗯呐,嗯吉尔嗯呐——杜甫啊,王维啊,俺们祖上都是见过的,他们早已走了,那平平仄仄好听的口音,好多年都没听过了。刚才围坐在柳树下的一伙人,好像在打麻将赢钱,哗哗叭,哗哗叭,把俺们吓了一跳,吓飞了;柳条上正准备发芽的几句残诗,也被吓蔫了。只听见哗哗叭叭的麻将,押着赌场的韵,赢了一

149

堆彩纸。

乌鸦嘎——哇嘎，嘎嘎，嘎哇嘎——刚才拜访了那些个坟墓，碑上说是省部级、厅局级、县处级的，俺都不懂，俺们彻底不懂这些，也不研究这些，只研究那里有什么供品和好吃的，找来找去，啥也没找到。好不容易，今天下雪了，高高低低的坟墓，都变成了大大小小的雪糕，俺们赶过去尝了几口，嘎哇，嘎哇嘎，嘎哇，好冰啊，舌头都差点冰掉了。俺们不懂刻在石头上的那些吓人的头衔、身份和级别，嘎哇嘎，嘎——嘎，嘎哇嘎，俺们只品尝到虚无的味道，真的，嘎哇——嘎哇嘎，虚无很冰冷，虚无很虚无。

斑鸠咕咕咕，咕咕咕——兄弟姊妹们，俺再提醒一句，小心玻璃，小心玻璃! 小心那些明晃晃的诱惑，小心那些豪华的承诺，小心那些亮晶晶的玻璃墙。前些天，有好几个兄弟禁不起天堂的诱惑，撞死在玻璃幕墙上。咕咕——咕咕咕咕，别人的天堂，很可能就是你的墓场。天堂的建筑，很多就来自地狱的图纸。明晃晃的玻璃，让一切都发光，让希望发光，让黑暗发光，让绝望和死亡都发光。咕咕咕咕，咕咕咕咕，兄弟姊妹们，小心玻璃，小心玻璃!

燕子一二三四五六七，当然，远远不止这些(我们只会读这些数字)，许多许多村庄都拆迁了，我们往年的房东家和我们的窝，也拆迁了，我们打过秋千的杨柳枝没有了，接待过我们的温柔的晾衣绳没有了，我们缺吃的，少喝的，我们没处过夜，我们没法养孩子，一二三四五六七，唉，不止七天，我们露天住在这里几

150

个月了，我们以为这是升级了的杨柳枝，以为这是高级的晾衣绳。刚才，路过的中学生说这是高压电线，里面奔跑着可怕的电流，让我们赶紧离去。啊呀吓死我了，可是我该到哪里去呢？一二三四五六七，当然不止这个数字，我只会读这些数字——我的妻子、我的好多个伙伴陆续不见了，有饿死的，冻死的，毒死的，电死的。一二三四五六七，数不清的，我们的悲苦和哀愁，数不清的我们的绝望。一二三四五六七，数不清的，那么多的高楼，那么多的灯火，却没有一个屋檐和窗口，愿意收留我们。唉，这流离失所的日子，我们还能熬多久？一二三四五六七……

对珍珠的身世及其象征意涵的研究

我很蒙昧，直到很晚才得知：珍珠，来自蚌的伤口。

不间断的疼痛，不停歇地分泌泪水和胆汁，郁结成一簇簇伤疤——这就是我们看到的莹洁的珍珠。

轻浮的泡沫总是刹生刹灭，而痛苦的结晶，被海捧在手心里。

当我知道了你的来历，我那懵懂、浅薄的心，突然有了一种深沉的战栗和觉悟。那一刻，我抬起头来，我看见远处的山脉、近处的河流，以及头顶的银河，甚至预示希望的遥远地平线，全都是一道道伤口。

痛苦竟然如此晶莹和高洁！使别的掺了太多杂质和污秽的所谓欢乐，都成为波浪抛掷的垃圾，被大海拒绝的部分，陆地也不愿接纳。

痛苦竟然被提炼成珍珠！也许只有彻底的痛苦，才能提炼出纯粹的珍珠。

海在汹涌，盐在持续生成，苦痛接踵而来，无法愈合的伤口，说出了谁的秘密？

天生的暗疾，来自大海的血统和遗传。那不为人知的泪眼，收藏了破碎的月光。

不间断的受难，无休止的倾诉——美的生长，竟来自痛苦的养育。

这真是上苍用苦水凝成的奇迹，上苍总是用出人意料的思路，为我们起草生命的教案。

在我们自以为是的狂妄和小聪明之外，上苍让我们看见——

什么是谦卑，什么是受难，什么是忍耐，什么是坚贞，什么是无害于天地、无害于万物的真正的生命的修行。

耶稣在十字架上受难，佛在轮回的沧海里普度众生，圣人在时光的废墟上捶胸叹息——红尘万丈，我们渴望听到心灵的音信。

那不知人类为何物的一种多难生灵，教导着寻欢作乐的人类。

那不知美学为何物的一种受苦生物，揭示着最深刻的美学。

那不知永恒为何物的一种清贫灵魂，留下了永恒的杰作。

以痛止痛，以伤疗伤，以泪洗泪，以心炼心——是你在深海里学到的秘方。

以绝望喂养希望,小小的蚌,说出了生命成长的奥秘。

你是怎样洞悉了海那绝不轻易说出的心事,而有了与海相同的苦心?

你在受苦受难中涅槃的故事,注定成为海的秘籍。

……我们喜欢珍珠,我们喜欢用珍珠装饰我们的生活。

我们可知道这珍珠,每一颗都是生命的泪珠、血珠和灵魂的念珠?

许多时候,我们在时代的污泥浊水里沉溺、争夺和追逐,我们误以为生活就是享乐和占有,比如:占有更多的财富,占有更大的权力,占有更多的功名利禄。

包括占有更多的珍珠。

而珍珠的身世却是不间断的疼痛和受难。

我们占有了珍珠,我们其实是被痛苦占有,被痛苦审视,被痛苦教育,也被痛苦诘问——

你的身体,担得起如此连绵的苦难吗?

你的生命,还得起如此深重的债务吗?

你的灵魂,配得上如此晶莹的美德吗?

我们喜欢珍珠,我们用珍珠装饰我们转瞬即逝的生活。

很快,我们头也不回地走远了,不知所终。

我们的身后,留下了珍珠。

——唯有心灵的珍珠能长久地留存下来。

海在远方,仍在复述着谁的箴言……

七

关于裤子

李汉荣作品

天狼星的亮度

百花　中国
自然　写作

对裤子的礼仪学反思

这也感动，那也感恩，这也感激，那也感谢——打开微博微信，感动感恩感激感谢之声响彻朋友圈，响彻网络星空和社交大气层。我们一夜之间似乎成了宇宙间最多愁善感的人群了！花开了，草绿了，宝宝会叫妈了，孙孙会喊爷了，出走的猫回来了，丢失的狗找到了，我们又是感动，又是感恩，又是感激，更要感谢。就连贼娃子偷了你的钱，却似乎不失好心地留下了对他无用的你的身份证，我们也要感动、感恩、感激和感谢，仿佛这个贼不是贼，而是纯真的天使，是仁慈的上帝派来拯救我们灵魂的大恩人。

若问，汉语词典里哪几个词最辛苦最劳累？无疑是这几个词：感动，感恩，感激，感谢。那么，向这几个辛苦的词表示一下我们的心意吧！于是，我对感动表示十分的感动，我对感恩表示百分的感恩，我对感激表示千分的感激，我对感谢表示万分的感谢——可是，你看，我此时仍然在动用这几个劳累不堪疲惫不堪的词在犒劳和慰问这几个词，也即是说，是这几个词在自己感动自己，自己感恩自己，自己感激自己，自己感谢自己。我们其实并没有支出任何东西，我们只是矫情地支出了几个早已被过度滥用而榨干了内涵、形同僵尸的词，让它们自己和自己拥抱，自己和自己握手，自己向自己献花，自己向自己敬礼。我们只是在透支那几个几乎已经累死了的可怜的词的残剩的一点儿微弱气息，让它们自己向自己意思意思。

虽然,感动感恩感激感谢这些美好的词,因为被无限滥用而早已被榨干了内涵透支了体力,感动已经无力再感动,感恩已经无心再感恩,感激已经无意再感激,感谢已经无暇再感谢。然而,我忍不住仍然要对世间某件东西表示感动感恩感激感谢。因为,我发现,这么多年以来,甚至有史以来,我们好像忘记了本来应该特别感动感恩感激感谢的一件极其重要的东西——

我们忘了感谢裤子。

想想我这大半生,穿了多少条裤子,实在数不清了。无数条裤子为我御寒遮羞,为我兜屁挡风,为我勾勒所谓的身体的线条、风度和美感。裤子们日复一日年复一年地随着我到处奔跑流窜,它们忠实地体贴着陪伴着装饰着我的双腿,在我粗糙粗俗也难免辛苦的双腿上,渐渐褪尽了它们生动的容颜,磨损了它们健康的肌肤,最后,一条条与我冷热与共肌肤相亲朝夕相处的忠实的裤子,都陆续老去在我的双腿上。然后,老去的裤子们,就被毫无恻隐之心地脱下来扔了,随风而逝,不知所终。

试问,我,以及我们,对裤子说过一声感动感恩感激感谢吗?

好像没有,从来没有。

古今中外,驴、马、猪、狗、牛、鸡、鸭、鹅,甚至跳蚤、虱子、苍蝇、蝙蝠、蛇蝎,甚至没有知觉的石头、砖头、木头和斧头,都收获过无数赞美的话语或揶揄的诗篇,可是,从古至今,诗人们为裤子写过一首赞美诗吗?

好像没有,从来没有。

的确,我们漠视了千秋万代的裤子。

我们实在应该好好感谢裤子。

对裤子的伦理学退思

哲学家卢梭说:"人,生而自由,却无往不在枷锁中。"这话我是信了。

此刻,我在家中伏案写字,热浪袭人,汗流浃背,我脱了上衣,还是很热,但我就是不敢脱掉汗湿的裤子。虽然此刻家里就我一人,不会对谁造成有碍观瞻的难堪印象。

那么,我是顾忌什么呢?

细想来,我们顾忌的,其实并不完全是别人,虽然我们首先顾忌的总是别人,但不仅是别人,我们还要顾忌自己。

这是因为,在我们生物学意义上的"原我"之上,还有一个被族群文化塑造出来的"自我",在"自我"之上,还有一个体现我们更高价值和完美形态的接近于半人半神的"超我"。我们作为一个人,实在是由多重形象、多重意志、多重元素、多重想象构成的复合体。在看不见的地方、在暗中,在我们退出人群、一人独处的时候,我们仍然被别的意志、别的形象、别的想象有力地掌控着。此刻,就是这"自我""超我"在监控着我、审视着我、褒贬着我、定夺着我。在炎热中,"原我"想赤身裸体脱掉裤子享受清凉,"自我"反对脱掉裤子,"自我"不愿意看见自己完全裸露不知羞耻的身体,"超我"代表最高的意志鼓励我不要顺从身体的原始意志,而要服从更高律令(神)的意志——于是,在大汗淋漓中,我依然忠实地服从裤子的遮蔽,并心甘情愿接受着裤子的保护和折磨。

那么，我是为谁顽强地穿着这汗湿的、本来可以不穿的裤子?

我已经不是为自己身体的需要而穿这条裤子,因为,此时身体恰恰不需要裤子。我固执地穿着裤子，其实是为那看不见的"自我"和"超我"而穿的,他们不允许出现一个不被文明默认、不被"自我"放行、不被"超我"许可的原始人的形象。

就这样，我被柔软的枷锁套着，度过了一个炎热汗湿的午后。

一直在暗处管控我的"自我"和"超我",对浸在汗水里终于没有脱掉裤子的"原我",却表示了肯定和赞许。

于是,我心里有了清凉的慰藉。

最终,我那"原我"不仅感到了一种出了透汗的舒坦,同时还得到"自我"和"超我"两位大侠、真神的赞许和表扬,他感到不胜荣幸之至。

于是,构成我的复合体的各位同仁(原我、自我、超我),皆大欢喜。

于是,我赞美裤子。

看古代的人物画,男女服装都是长襟广袖,尤其仕女,那真是盛装华严,云遮雾罩,身体被文化的禁忌和礼仪层层修饰,层层看管,层层加密。被严谨修饰和包裹的身体,就变得神秘、庄重、高贵，甚至有了几分神圣感。也因此，女性的身体有了更大的诱惑力，因为神秘与诱惑是正比关系，越神秘就越有诱惑力。也因此，古代的男女之间的关系就严肃而神圣，不容轻薄和随便。一个身体走向一个身体，直到接近一个身体，就成为一种隆重盛大的仪式，有点儿宗教朝圣的意味。不仅男女之间如此，即使同性别之间的交往和接触，也必须通过一道道礼仪的程序，才能缓缓到达对方。我们当然可以说这些有点儿过于繁文缛节，但是我们必须看到：古人仪式化的生活，体现的正是对生活的尊重，对身体的尊敬。由此，生活和身体都获得了意义感和庄严感，也由此加强了身体与身体相遇时的神秘感、新鲜感和幸福感。我猜想，严肃的古人对身体、对性爱的感受，比过于随便的现代人要强烈得多，深刻得多，也美好得多。现代人解放了身体，也弃置了心灵，也就弃置了身体内的无限蕴藏；放纵了性，却压抑了、抽空了情，也就瓦解和取消了性本身的生命内涵。其结果是使身体贬值，使性行为成为一种荒谬的器官操作、可笑的桃色耕作和空洞的动物行为。

现代人越穿越露，露的程度与观念开放的程度成正比。观念的解禁带来的是身体的解禁，解到最后，身体的神秘感就没有了。伴随神秘感的弱化乃至消失，对身体的禁忌也就随之失效。过于随便的身体接触也就开始通行。这似乎也是一种解放。但任何事物都是双刃的，极端的观念解放和完全的身体解禁，也将导致身体的尊严感、美感的弱化乃至丧失。一览无余的事物是没有魅力的。而世间并没有一览无余的事物,比如身体,它是经过亿万年演化才形成的,我们的身体里压缩和储藏着亿万年种群的、族群的生命密码和文化密码。而对身体的轻薄和过于随便,恰恰是将深奥的身体浅薄化了,将尊贵的身体庸俗化了,将庄严的身体玩具化了,将美好的爱情色情化了。最终是将生活游戏化、泡沫化和垃圾化,从而也就取消了生活的意义,使身体和生活都成为没意思的浅薄游戏。

由此可见,身体和生活,都需要适度的禁忌,需要适度的仪式感和宗教感,否则,必然堕入游戏化、泡沫化、无聊化、无耻化、虚无化和垃圾化。

对裤子的美学幽思

在初夏的河湾,我仰躺着,和透明的风躺在一起,和青草、野花、露珠、虫儿躺在一起,和一首安静的诗躺在一起。

天空,也一件一件,脱去黑的外套,脱去白的衬衣,脱去灰的裤子,解下红的领带,这时候,诗神惊喜地看见了,一丝不挂的天空,那动人的蓝色裸体。

此刻,裸体的太阳,在宇宙深处,旋转着,飞翔着,把无数的热吻,抛向所有膜拜光明的身体。

河流赤裸着水的胴体,生动地勾勒出土地和岸的轮廓,裸体的柔软洁净的母性,鱼在你的怀里接受抚爱,鸟在你的波浪里学会了歌唱,饥渴的男人走向你,你以母性的情感和耐心,打湿他们燥热的灵魂,清洗他们被生活弄脏了的身体。

　　赤裸的事物是天真的,有一种无邪的美感。火焰是裸体的,光是裸体的,水是裸体的,瀑布是裸体的,河流是裸体的,大海是裸体的,雪是裸体的,婴儿是裸体的,月亮是裸体的,银河是裸体的,太阳是裸体的。我想象中的上帝,也应该是裸体的,不能设想,一个穿着裤子,被各种外套、各种头衔包裹得严严实实的上帝,会是一个光明磊落的上帝。

　　我也不能想象一个穿着裤子的宇宙——那需要一条多大款式的裤子? 一条款式和尺寸必须比"无限"还要大的裤子,才能遮住宇宙那无限大的大腿和臀部,我不能想象会有这条裤子。

　　多亏宇宙不穿上衣和裤子,才节省了布匹,让我们有了穿不完的上衣和裤子。而赤裸的宇宙,让我们随时都能看见他无限的广袤、璀璨和神秘,我们被那不可思议的神秘之美震惊得如醉如痴。

　　人脱去上衣裤子,人就成了裸体;上衣裤子脱去人,上衣裤子也变成了裸体。在变成衣裤之前,它们是裸体的棉布和丝绸。我喜欢欣赏没有被穿过的上衣和裤子, 我更喜欢欣赏还没有被裁成衣裤的棉布和丝绸, 我尤其喜欢欣赏还没有被采摘的生长在野地里的棉花和桑叶。

　　我看见,远古荒原上,盘古赤裸着身体,开天辟地;女娲赤裸着身体,补天缝地;后羿赤裸着身体,追天射日;而嫦娥呢,人间带去的衣服,早被雨打风吹去,她赤裸着身体,从月宫望人间,只望见形形色色的衣服和帽子,却望不见人。所以,她不敢回来了,怕认错了人。

我发现,神话里的大英雄,都是裸体的。神仙们的霓衣霞裳,只是一些缥缈的云雾。其实,天上的神仙们,都是裸体的,一个穿着裤子的神仙,肯定是假的神仙。

衣服越来越多越来越多,看不见真实的人,也看不见真实的灵魂。一部文明史,就是一部制造衣服剪裁裤子的历史,一部制造戏装的历史。人穿上戏装,就可以上演真真假假的戏。

所谓叛逆者,其实就是那些敢于脱去外套、裸露自己真实形象和灵魂的人,并且,在严密的文明外衣上和一本正经的裤子上,划出一些口子,或干脆脱掉它,让人们看见历史身上的骨头、肌肉、病菌和伤口,研究需要诊治的暗疾和病灶。

曾经,皇帝的衣服是最讲究的,据说龙袍里裹着的不是一个凡人,而是一条真龙。只有太监明白:这是一条只能在澡堂里遨游的龙,有时,浑身都是病毒,而且流脓。

揭去龙袍,终于看见,不是龙,而是脓啊。

衣裤当然是必需的,为了装饰更多的身体,必须制造更多的衣物。

而当身体的某些部位生病或疼痛,衣裤就成了治疗的障碍,这时候,只有脱去它们,才能找到病灶,才能做外科和内科手术。

穿上衣裤表演了一天,实在有些累了,找个没人的地方脱掉衣裤,是对身体的一次解放,也是对上衣和裤子的一次解放,它们也累了,它们想躺下来休息,它们想回到棉田和桑林,重新变成洁白的棉花和青翠的桑叶。

为什么不能赤裸着身体,喝一壶酒,品一杯茶,读一本书?为什么不能赤裸着身体,写一首可以传世的诗?

对裤子的诗学逸思

当语言脱去了社会学的帽子、逻辑的衣服、语法的领带和修辞的裤子,就变成赤身裸体的一个个字。赤身裸体的字们,是母语的赤子,赤子们在一起自由行走,走着走着,就走成了一首诗。

那些不好看、诗味寡淡、诗性不足的所谓诗,多数是因为其语言穿了太多的社会学外套、经济学衬衣、修辞学领带、政治学裤子,有时还戴一顶伪哲学的帽子,用这种失去贞洁的、被反复污染被层层遮蔽的陈词滥调制作的所谓诗,其实是一堆语言的废布、废棉絮和破衣烂裤,除了散发一些废气,其诗性元素,接近于零。

诗是语言的返璞归真。诗是语言自身的无限返回,诗是对过度成人化、实用化、媒体化、新闻化、商业化、广告化、广场化、标签化、娱乐化、口水化、货币化、市侩化、世俗化、通用化、快餐化、泡沫化、碎片化、垃圾化、地沟油化、目的化的语言的叛逆和拯救,诗是语言向童年、向天真、向羞涩、向清洁、向源头、向远古祭坛、向人神不分、向天目明澈、向原始澄明的命名之初的无限回归。

写诗(包括一切真正意义上的写作),其实就是与陈词滥调的斗争,就是为了捍卫母语之神性、诗性和纯粹性而与包围、蚕食、腐蚀母语的无所不在的世俗功利冲动、商业冲动和意识形态污染所展开的近乎肉搏的神圣战斗,真正的诗人和杰出写作者,终其一生都在进行这种看不见的、微妙的、严苛的、深邃的、只能前行不能后退的持久战,其目的是卸掉语言的锁链,清洗语言的尘垢,澄明语言的深湖,使之返璞归真,找回并恢复母语在被无节制滥用中丢失的那些近似于巫性的、清澈的、通灵的珍贵品质,恢复语言的命名、映照、象征和隐喻功能,从而更深刻地揭示存在的真相,抵达生命和心灵的深处和幽微之处。

写诗,就是做语言的减法,就是不断地减,减去堆积在语词上的历史的、现实的、逻辑的、社会的、政治的、商业的、新闻的、消费的……层层锈迹、雀斑、污垢和病毒,直到语言变得干净透明,呈现出似乎空无一物,实则深不可测的空灵意境,如一泓澄澈古潭,映照出万象和无限。

写诗,就是在心象和物象互相交映而生成的某种情境里,我们为了用微妙的语言呈现我们微妙的诗心和宇宙心,而对语言进行的返本归真的还原过程,也即是对语言进行一系列解衣的过程,这个过程微妙、精细、深幽、传神、委婉、含蓄、羞涩,我们一件件解去与诗、与心、与性灵、与意境无关的套在语言身上的重重叠叠的衣服和饰物,解去风衣,解去外套,解去领带、解去衬衣、解去裤子,解去袜子,解去首饰……终于,原初的、本然的、精微的、赤裸的、清澈的、深湛的、羞涩的、水晶般透明的语言呈现出来了——于是,诗出现了。一种清澈的宇宙情调和深湛的生命意境,随之出现了。

比起其他那些穿着各种外套和裤子的文体,诗,可能就是文学中的裸体?

对裤子的哲学玄思

我们的身体,为爱着和暗恋着我们的人,提供了想象的对象。

有时候,我觉得人实在有些可怜,我们为了某一具被我们渴慕着艳羡着的身体,竟神魂颠倒,昼思夜梦,仿佛那具身体是由天国的瑰丽材料做成,仿佛那具身体就是天国的一个迷人特区。其实呢,拥有那具身体的那个人,他(她)最清楚自己身体的肉身属性和凡俗属性,他(她)甚至不满意自己身体的种种生理本能,比如咀嚼、打嗝、冒汗、排泄等等,他(她)甚至厌恶自己身体所保留的动物特征。可是,隔着华丽的盛装,隔着讲究的上衣、裤子和饰物,那具身体却俨然成了渴慕者暗恋者无限痴迷和膜拜的宝贝,甚至成为神灵的化身了。有人为了占有一具或数具自己艳羡贪恋的身体,竟不惜一掷千金,或铤而走险,违法犯罪。

何以身体有如此魔力?

其实呢,老子一语道破:"吾所以有大患者,为吾有身,及吾无身,吾有何患?"(《道德经》第十三章)意即:我之所以沉迷忧患,都是因为我有一具肉身的缘故,若没有这一具肉身,我还有什么沉迷忧患呢?

是啊,我们的痴迷、贪婪,不能彻底看透和解脱,确是由于我们这一具身体。身体是一切感受、痴迷、魅惑、恋情、滥情、性感、快感、贪念的根源,身体既是我们灵魂的客厅,也是我们灵魂的监狱。何况身体又常常被层层叠叠的衣服、裤子和饰物云遮雾罩地装饰着,这就使我们更难看透和超脱了。

佛教修行者就设计了一个看透和解脱的法门:面对一个俊男或美女,若有色念生起,就赶紧闭目做"骷髅观",即通过想象,脱去其华丽上衣裤子,把对方还原成骷髅的丑陋形态,自会打消妄念,而生起菩提正念。

为了满足身体的种种需要,我们劳碌、折腾了一生,而这具身体迟早要灰飞烟灭,那么,忙乎了一生,岂不都是徒劳,白忙乎了一场?

不过,话说回来,如果所有人都看透和超越了身体,不再有对身体的留恋和念想,人类这个物种怕就要终结了。

对肉身之欲,人要做的就是知足、知耻、知止,培养正念、善念、般若之念和慈悲之心,将心念、精力更多地投入怜惜万物、博爱众生的慈心善行之中,这才是行天地之正道。

不止一次,我梦见自己忘记穿上衣裤子,却赤裸着误入了人来人往的大街,我羞愧得赶紧蹲下来,赶紧藏进树丛里,多亏及时出现了这片树丛,它魔幻般出现在我需要隐身的地方,我就紧张地藏在那树丛里一动不动,看着人群和车流一波波走过去。直到梦醒,我依然躲在那片丛林里不敢出来,我依然为自己不合时宜的裸身出走羞愧不已。这时,窗外一串鸡啼,终于将我叫醒,但我还是心有余悸,不相信自己是在自家床上,我掐了几下一直蜷缩在丛林里弯曲得酸疼的大腿,痛感如实告诉我:我确实不在大街上,是在家里床上。于是,我用力睁开眼睛——终于,我看见了窗外的晨曦,我收回羞愧了一夜的身体,我终于从布满禁忌的大街,从蜷缩了一夜的那片幽暗丛林里走了出来,我终于返回床上,返回自己。

你看,我在梦里奔跑,裤子也一直紧随身后在追捕我,非要捉拿我不可,要将我的身体关押进衣裤里。而我也心甘情愿服从裤子的追捕,只有钻进了裤子,我的身体和心魂,才觉得放心和安妥,仿佛衣裤才是身体的家,只有把身体放进衣裤里,才算回到了家里。

身体和裤子,谁是真相谁是假相? 无疑身体是本体是真相,裤子是饰物是假相。但是,我们常常被假相所惑,并安于或得意于假相对真相的遮蔽和修饰。甚至相信假相比真相和本体更重要更高级。当我们把身体装进衣服和裤子,我们才感到了回家的心安。

说什么大侠,充什么英雄,称什么豪杰,其实,许多时候,我们常常逃不脱一条裤子对我们的管理和统治。

所有的裤子都只是暂时伴随我们的身体,我们的身体注定要远行,要出走,直到走失,去向不明,永不归来。

一条条被我们穿过的裤子,都到哪里去了? 与我们一样,它们也将返回泥土,重新变成棉花,变成草木,变成桑叶,很可能将被再次纺成布,织成纱,做成裤子,那时,它们将被穿在谁的身上?

也许,宇宙就是上帝的一条特大号裤子,人和生灵,是那豪华裤缝里蠕动的细菌?

一切音乐都会变成静寂,一切花朵都会变成尘泥,一切存在都会变成不存在,一切所谓的目的都会变成毫无目的,一切精心缝制的裤子都会被时间脱去——而时间仍带着我们看不见的双腿,在我们消失的地方和从未到过的地方继续奔跑,永世奔跑,一直跑向时间的尽头……

对裤子的宇宙学冥思

有一夜,我住在山顶上的一座古庙里,痴迷地面对着满天星星,激动而沉醉,感到无限欣悦和神秘,却找不出任何语言能够表达内心沸腾的心绪。望着窗外奔腾的银河,我仿佛都听见天上的涛声了。一粒流星斜斜落下来,擦过庙门外那棵古树的树冠才渐渐熄了焰火,如果用长竹竿挑一个网兜,我觉得我能兜住那不慎掉下的星子。

在高高的山顶,离人世远了,离天穹近了,原以为可以得享清静了。其实,离天近了,才发现天上的动静很大,也是很吵闹的。与天穹相比,人世是很小很小的"小尘世",天穹呢,天穹其实是更大更大、大到不能想象的"大尘世"。如果我们不过分一厢情愿地以为自己生存的这个星球是宇宙间(至少在银河系可观测可想象的半径之内)唯一存有智性生物的特区,而是坚信宇宙中有无穷的生命,而且有着无数的生命形式,并非我们这种要靠一条裤子遮羞的物种才是生命的终极形式,不,也许我们恰恰是十分初级的生命形式,因为我们出出进进都要仰仗一条裤子,离了裤子就不敢出门,这不能证明我们很高级,只能证明我们还很初级。那么,此时我看到的葡萄串般密集的星空里,肯定活跃着无数的人,可能有的在开会,有的在搞科研,有的在做计算,有的在跳舞唱歌,有的在读书沉思,有的在向深爱的人读诗,有的正在开审判会宣判犯人,有的驾驶飞碟到处旅行,在所到的星球上刻写"到此一游"以为纪念,有的整个族群都患有轻度神经病,整天望着满天星星手舞足蹈嗷嗷乱叫,有的却很严肃,喜欢思考一些深奥的终极问题,思考类似于我正在思考的外星生命存在方式的问题,比如,我正在玄想他们这些外星人的时候,他们也正在玄想我这样的外星人……总之,我觉得宇宙的"大尘世"里,并不清静,那里也很吵闹,其吵闹嘈杂的程度,绝不亚于我们这个"小尘世",因为天国是大到无限的更大更大的"大尘世",所以,其吵闹嘈杂也就大得惊人。我望着那些遥远的星座星云和奔腾的星海星河,望着那趔趔趄趄不停失足往下掉的流星,我不仅感到了那里的吵闹和嘈杂,还感到了那里险象环生的惊险!

170

我们活着总是时不时想象着天国的情景，想象着自己百年之后去了天国的情状，有时把那里想得很敞亮，很宁静，很心旷神怡，很冰清玉洁。天国嘛，当然集中了我们想象中的一切好东西。不过，多数时候我们只是随便说说，并不认真去论证那里到底是怎样的情况，我们的所谓瑶台啊，天国啊，天堂啊，仙界啊，净土啊等等，只是给自己或给别人一个虚拟的交代，对无法想象和回答的终极迷境或秘境的一个并不准备认真负责和承诺的托词，如果说错了，或纯粹属于说谎了，也不会有人追究我们的。可见，在面对不可证实也不能证伪的来生、彼岸、天国等这些终极问题的时候，我们这些号称诚信的人类，其实是不太讲诚信的。我们就一直不诚信地那样想那样说，对别人，对自己，我们都一律把不在了的那个永远的后来，都安排到那个虚拟的地方——安排到天国、来生、仙界、净土里去了。

那天夜里，夜很深了，我在离天很近的山顶的庙里，走着，站着，坐着，后来就躺着，一直对着满天星星沉浸着，冥想着，难免就想到我自己的百年之后。我想，那时，百年之后，我将怎样终结，怎样消失，我将到哪里去呢？我实在不愿意自己在百年之后，留下一具遗体让人们哭泣、哀悼、焚烧，那多凄惶啊，我实在不愿意是那么尴尬不堪的结局！如果百年之后，我能没有一丝响动、不留一点儿痕迹地静静消失，静静飞升，那该是多好啊！

百年之后该到哪儿去呢？当然去天国最好，但是，我估计离地球较近的天国（或天堂），可能已经人满为患了，甚至比地球还要拥挤,因为,据人口学家估计,若从公元前十九万年为分界点算起,从那时至今,在十九万两千年的时间里,地球上曾经生活过的人约有一千零九十亿。这么多的人都陆续走了,去哪儿了?当然去天国的居多(因为很少有人不想去天国)。过去交通不便,人们也没有光速的概念,我猜想大部分人去天国也都是步行走路去的,像我父亲那一代农人,除了步行,顶多也就坐个牛车或拖拉机,走不了多远的;过去皇帝条件好些,也就是乘坐马车,或用轿子抬上去的,也不会走得太远。这样一估算,就知道地球附近的天国里的居民早已经人满为患了,到了那里上个户口肯定很不容易,难免要为如何早点儿挤进天国找个位子犯愁、求人、焦虑、怄气,弄不好还会把人急死在天国门口。在尘世已经死过一次了,好不容易到天国门口再死一次,实在划不来,何苦呢?

那该怎么办?我想,若要去天国,就只能到离地球远一些的天国里去,距离越远越好,人烟越稀少,天域越宽阔,人在不拥挤的天国里,自由度、舒适度才更大,幸福指数就会高些。

我就这样想着想着,似乎也想不出个究竟,后来我就睡着了。

真是醒有所思,睡有所梦,果然,庙里容易遇见神,枕头容易遇见梦,好梦终于来找我了。

我梦见,在很久很久以后的一天,我突然心血来潮,想玩一个出走和消失的游戏。于是,在那个雨后放晴的下午,碧蓝的天上起了许多白云,有几朵白云刚好落在我身边,我想,这不是上苍要让我羽化登仙吗？我于是就像金蝉脱壳那样，脱掉了穿在身上的上衣和裤子，而落在我身边的几朵白云，就款款地自动停泊在了我的身上，有一朵云像一款衬衣，我试了一下很合身，我就穿在身上；还有一朵云像一条裤子，我把两条腿伸进去，正好就是我的裤子。

我一身素衣，感觉自己飘飘欲仙了。这时，一抬头，发现一列彩虹列车轰隆隆开过来了，停在半山腰上，这不就是驶往天国的豪华列车吗？我穿着那一身素衣，手里拿了一本霍金的《宇宙》，书里夹着一张旧车票，飘飘然就上了彩虹列车。

轰——轰隆隆，列车越开越快越开越快，一会儿，就达到光速（每秒三十万公里），接着就超过了光速，我很快离开了自己，离开了那个较为熟悉的太阳系和银河系，驶向我们那个宇宙之外的另一个宇宙，我越去越远，我真正驶向了无限——这就是说，我消失之后，你们看不见我了，并不是我没有了，那是我已经从有限驶向无限，又从无限驶向另一个更大的无限，以前是我想象无限，现在呢，我成了被无限想象着的另一个更无限的无限的一部分，很精微的一部分。

我梦见，在已变得很遥远很遥远的我刚刚以光速离开的那个宇宙里，那个地球上，那个尘世里，那个山顶上，那个古庙旁，有几个外星人开着高速飞碟，降落了下来，在我登上彩虹列车出发的地方，他们久久徘徊着张望着沉思着，琢磨几百万年前，这里曾经发生过什么。可是我连一点儿蛛丝马迹都没有留下，他们的考古工作迟迟没有任何结果。看来,在那个被从前的人类废弃了的荒凉地球上,如果他们想长久定居下来,他们还需要一点一滴从头开始创建他们自己的文明。

我忽然记起我出走前是留下了我的上衣和裤子的,他们为何不据此考证我们的身体、我们的心灵、我们衣裤的布料和款式,以及我们身体的保健学、心灵的保洁学和行走的哲学呢?

也许那衣裤早已被风吹到了太空,弄丢了。

我觉得很遗憾,没给这些来自外星的考古学家留下点儿线索,人家对我们留下的那片文明遗址是很感兴趣的。

八

医院手记

天狼星的亮度

李汉荣作品

百花中国
自然写作

输血

病房外,雪下得更大了。

白色,渐渐覆盖了灰蒙蒙的视野。

病房里的白,和窗外的白,连成一片。

墙壁是白的,被单是白的,病人的脸是白的,窗外纷飞的雪是白的。

在一片寂静的白里,一脉殷红,缓缓地流淌着,缓缓地注入你的血脉。

疲惫的心在接受陌生的问候,曾经陷于绝境的内脏又看见了日出前的霞光;鸟鸣的声音,在生命的四周响起来。

一度搁浅的船,又感到了潮水的推动。

滴答着,滴答着,从高处,从离生命最近的高处,流淌着如此动人的殷红。

或许生存也曾伤害过你,或许,你对漠然的命运也报以漠然。

然而此刻,这殷红的情感,毕竟也是来自世界的深处。它或许忽略过你,但在你疼痛和虚弱的时刻,它没有忽略你,甚至,它在一片苍白里,准确地找到你那无声期待着的、细细的静脉。

任何时候,都不能以恨的目光与命运交换眼神。或许有荒漠,有冷酷,但是在岩石的深处,有古老的火种;在冬日的深涧,有温暖的泉眼。

至死都应该相信,是爱在维持和灌溉这个世界,在荒凉的宇宙里,是那些燃烧的恒星,给了我们生的信仰和爱的温暖。

雪仍在下着,白色漫向天边。

病房里的白,和窗外的白,连成一片。

一片寂静的白里,流淌着一脉殷红……

静脉注射

这时候才发现,在生命的山脉,交织着这么多的青藤。

从头顶到脚底,从内脏到皮肉,从血里生发的线索贯穿始终。

即使最卑微的脚趾,最边远的毛发,它都一视同仁,哪怕是无端生出的一枚黑痣,都从它的温度里获得温度。

而它是如此安静,如此本分。它支持着生命的庙宇,晨钟暮鼓都由它敲响,而它始终不发出声音,谦卑地隐埋在烟火后面。它好像对自己的存在无动于衷,而生命因它的存在才能存在。

我们不过是浑身交织着静脉的一种生物。

一动不动的静脉,安详的静脉,清静无为的静脉,在幕后,支持着我们的"动"。有时欣赏着我们的"动",有时,或许它厌恶我们的那些"动",比如,疯狂的冲动,邪恶的举动,阴暗的行动。

忽然发现自己已经病得不轻,大量的病毒,已经侵入内脏和血液。

是这无辜的静脉承担了我的疼痛。大剂量的药液,大剂量的苦涩,它都一一接纳。

它吞服着命运强加给它的毒,它为我解毒。

它忍受着痛,它为我止痛。

即使暴君和恶魔的身上,也交织着这安详单纯的青藤。

即使白痴和奴才的身上,也交织着这智慧清明的青藤。

我忽然明白了,造物者对每一个生命都用了相同的工夫,都企图把他们造成精品,只是,许多生命糟蹋了自己,终于把自己篡改成次品和赝品。

你瞧,在我们躁动的、被欲望扭曲的身体上,原本就潜伏着如此安详、如此单纯、如此静若赤子的生命血脉,这该是我们与生俱来的善根吧?

可是,我们很多时候辜负了这善根。

此刻,这无辜的静脉承担着我的疼痛……

一条条血的线索交织着,它是如此安详清明,每一根线索,都发端于那颗心。

心啊,心啊,它应该为爱而跳动……

输氧

晕眩、乏力,随时会倒下去,地心引力变得特别强大,自己像一朵水沫,快要消失于一个庞大的急剧转动的黑色漩涡。

首先感到的是鼻子四周的荒凉。

接着是身体的荒凉,生命的荒凉。

没有思想和回忆的能力了。

时间和空间一片荒凉。

宇宙一片荒凉。

这才忽然明白了生存的真相:在一个缺氧的宇宙里,生命在努力搜集氧,喂养肺,喂养心,喂养记忆,喂养人对供氧者——大气层、河流、植物、宇宙——的思想。

人,是以一点儿氧维护着和宇宙万物的联系。

终于明白一句俗语,简单而深刻:人活一口气。

人气、地气、天气、生气、浩气、清气、正气、英气、义气、大气、灵气……

人活一口气。而此刻,我的气快断了。

氧气罐推到病床前,输氧管伸进我的鼻子。

我开始吸氧。

我重又和大气层,和植物、河流、白云、雨水、花朵、黄昏的清凉、黎明的清风,建立了友爱的联系。

我小小的身体,大口呼吸着古老的宇宙,呼吸着在天地间万古轮回着的空气。

这是从雨的小手指上、从花朵的睫毛上提炼的氧气,这是从风的口哨里、从云的情绪里提炼的氧气,这是从被鸟的羽毛刚刚擦拭过的有些沉闷的天空里提炼出的氧气, 这是从屈原沉没的那条江里、从李白涉过的那条河里提炼的氧气,这是从妹妹采茶的那座山头、从母亲丢失了蓝头巾的那个松林里提炼的氧气,或许,有一种暖流和积雨云从遥远的欧洲或美洲漫过来,漫过我生活的这个小小城市的上空,它们携带的氧气,被压缩进这个小小的铁罐里。

我小小的鼻子,环绕着、流淌着古今中外的氧气。

我在想,此刻,因为我,人类上空的氧含量,是否略微降低?

我在想,是否仅仅因为这"一口气",这维持生命存在的基本呼吸,这环流在我们生命四周的氧,我就应该对万物,包括对那小小的三叶草和忙碌的蝴蝶,心存敬畏,并报以深深感激?

我终于能够从容呼吸了,思想和记忆也渐渐恢复。

我看见了我枕边正在阅读的那本古书,我想起图书馆,我想起我喜爱的书,我想起语言。

这时候终于明白,它们都是氧气,必须呼吸古往今来的氧,才能维持心灵和生命的清新、健康。

"人活一口气",而这口气连接着整个大气层和人类精神的全部历史。

我对妻说:把那个氧气瓶给我拿来。

妻纳闷:你不是刚输过氧吗?

我指了指那本书,这才知道自己"口误",由于长时间输氧,把一切都看成氧了。

"人活一口气",确实,氧是须臾不能离开的,无论肉体,还是灵魂。

再不要砍伐那些森林,大自然的森林,情感的森林,信仰的森林,人类精神的原始森林,都不能再乱砍滥伐了。

大面积消失的自然植被和精神植被,大面积扩张的生存荒漠和心灵荒漠,将导致严重缺氧以至断氧,我们会窒息而死。

氧教我明白了:人活一口气。

按摩师

头部、颈部、胸部、背部、足部……

太阳穴、合谷穴、明堂穴、玉枕穴、涌泉穴……

你都一一按摩过了。

推、拉、揉、捏、搓。你把手指和重力,都落实在密密的穴位上。

是的,穴位,穴位,我这才明白,我们小小的身体上,密布着如此众多的穴位,痛苦的穴位。

是这么多痛点,这么多痛苦的根基,筑成了生命的庙宇。

你的手指携带着小小的火焰,点燃了穴位深处隐藏的灯。我感到,你的手经过的地方,我身体里的灯一盏盏亮了。

鱼一样,你的手游过浅滩,我的感觉深处,溅起一片海浪。

一些重要的驿站,都经你打扫、修复和加固。

我知道,我身上这些叫作灵台、迎香、阳关、石门、涌泉、天枢、风府、悬钟、临泣……的穴位,曾经也在孔夫子、屈原、李白、渔夫、农夫、樵夫身上,曾经也在美女、英雄、强盗、乞丐、帝王、天才、白痴身上。

万古千秋,一代代流传下来的,是相似的身体,相同的穴位,是相似或相同的痛感。

我由此知道，由我临时保管的这个身体，是古老生命的新址，是寄存时间的庙宇。

生命到达我之前，秘诀已经写好，而命运之针，已把密密的穴位凿在恰当的位置。

当生命到达我，痛苦的穴位也同时到达我。带着一身的痛点，我开始追逐生命的欢乐。

而疼痛一次次亮出了生命的底牌。

我这才明白，虚妄的欢乐并不存在，欢乐，只是从痛苦的深穴溅出的泡沫。

我感谢你——查找我的痛点。要不是你的触摸，我真不知道，我的身体里和命运里，隐藏着如此众多的痛苦穴位。

你满头大汗的时候，正是我觉得轻松通畅的时候。

你以略略使我疼痛的方式，减少我的疼痛。

你让我知道：我们每一个人的命运里和生命里，都布满了痛点。

即使帝王或美女的身上，也都被一根看不见的针凿满了痛苦的深穴。

按摩结束的时候，正是黄昏，我走出病房，抬起头，发现我与刚刚黑下来又渐渐亮起来的天空撞了个满怀。

我惊异地发现，伟大的宇宙的身体上，也凿满了星星，这数不清的痛苦的穴位。

上帝，是否就是宇宙的按摩师?

抑郁症患者

抑郁着,抑郁着,依旧抑郁着。

看见你,我就看见了这个时代的表情。

抑郁里更交织着迷茫,这是我在连续的阴雨天里,看见的天空的那种表情,它一直俯下低空和地面,我看见高处不胜寒的宇宙,把它超载的苦闷都倾泻给大地上的事物。

你躲在走廊的外面抽烟,无烟室禁止抽烟,但无法禁止你抑郁。

烟雾从你手中升起,渐渐就笼罩了你。

我惊讶,你的体内竟藏着这样多的烟雾。

听一段快乐的流行歌曲吧, 但流行的快乐无法驱赶你的抑郁。

听一段相声吧,可惜那些通俗的笑声触不到你抑郁的穴位。

市场上流通的"爱情",当然不会嫁给抑郁。

一切都在涨价,蔬菜、海产、房租、官职、文凭,包括伪劣商品、伪劣偶像、伪劣真理。

而抑郁从来都贬值。

连抑郁也不喜欢抑郁。

抑郁的海水夜夜倒灌进你的内心。

我担心,你内心的盐怕已千吨万吨?

抬起头来,望一眼天上的银河吧,让辽阔的星空分担你内心的重量。

可是你说,天河的波涛正汹涌着你的抑郁。

到高山顶上去对天长啸吧,让漫天的白云擦拭你的抑郁。

可是你说,白云正是从你抑郁的河湾里升起的。

那么拈花微笑吧,看流水无忧,明月无言。

可是你说,花在手中正一点点凋零。

那么去请精神科医生看看吧。

可是你说,精神科医生或许是更严重的精神病人,他只能加重我的病情,并且加重我的债务。

那么读书吧,与大师们谈谈心。

读书?哪一本书不是忧郁的记录?哪一个大师不是深陷在抑郁的长夜?

抑郁,莫非是另一种绝症? 冰冷的月亮和暴躁的太阳,都是抑郁症病人?

我为你的抑郁而抑郁。

我发现,我已是抑郁症患者。

直到有一天,为你治疗而被你拒绝了的那位精神科医生,突然走进我的病房。

他的到来加重了我的抑郁。

他无疑在证实:我已正式成为抑郁症病人……

扫描

胸部、腹部发现阴影,喉部发现阴影,脑部发现疑似阴影。

那人被吓得半死。

于是,那人请哲人看了影像,哲人说:医学我不懂,但我认为阴影没什么可怕的,生命就是无穷时光里一闪而过的阴影。

他又请诗人看了影像,诗人说:医学我不懂,但我觉得阴影没什么可怕的,生命就是试图摆脱命运阴影的阴影。

他又请圣人看了影像,圣人说:医学我不懂,但我理解阴影没什么可怕的,生命就是渴望被美德之光照亮的阴影。

他又请天文学家看了影像,天文学家说:医学我不懂,但我认为阴影没什么可怕的,我们在无边宇宙里看见的一切,都以阴影的方式存在,地球也是太空里飘浮的一粒阴影。

医生对他做了第二次扫描,胸部、腹部、喉部、脑部均正常,结构无损,线条明晰,无病理学阴影。

那人眉头顿开,又说又笑,小跑着离开医院。阳光,抢拍着他一帧帧欢快的阴影。

假肢

——某君截肢后感言

很不幸,命运让我骨折,我安上了假肢。从此我用合金敲打大地,也敲打那虐待我的命运。

我走不出有美感的步态,然而也没有下跪的丑态。假肢从来不向权力下跪,不向金钱下跪,不向任何一顶帽子下跪。

假肢用合金做成,合金来自远古的矿脉,又经三千度高温熔铸,保持而且提纯了盘古年代的古老坚韧,拒绝一切酸性或碱性文化的腐蚀,拒绝降低人格哪怕仅一毫米的屈膝动作。

因此,你们看见的我,总是站得很直的样子,那不是我故意表演的,那是合金要求我做的。我的姿势,就是合金的姿势。

合金的缺点是不能连通肢体的血脉,但也因此切断了奴性的基因。自从安上了假肢,人们连续做了几千年的那些向权势、金钱、帽子屈膝下跪的熟练动作,我都不会做了。合金不允许我做这种丑陋动作,真的,我的姿势,就是合金的姿势。

我唯一觉得对不起祖国的,是我用假肢敲打大地,我怕不小心敲疼了她。

面瘫

他一直保持对权力微笑、对帽子微笑的良好习惯,背对严肃的真理,他成了权力大街上的微笑天使。

最近,他忽然严肃起来,他的脸严肃得就像严肃的真理,望之俨然,令人敬畏。

其实,我只看见了他的左脸,他的右脸,仍保持着对权力微笑对帽子微笑的良好习惯。

而左脸却不与右脸配合,坚持着真理般的严肃,板着法律的表情,体现了依法治国的庄严倾向。

这倒不是左脸有了对真理的尊敬，和对权力与帽子的不屑与蔑视，而是因为不幸患了局部面瘫。

他的戏剧化的表情令人哭笑不得，左脸是真理般的严肃，右脸是发腻的媚笑。

面瘫的左脸显然是病态的，但我怎么看都觉得，他的患了面瘫的严肃的左脸，比他健康的总是对着权力与帽子媚笑的右脸，要健康得多，也好看得多。

我不知道是该同情他的左脸呢，还是同情他的右脸？面对他哭笑不得的表情，我也只好哭笑不得。

眼角膜捐赠者说

我决定，在我死后，把我的眼角膜留下来。

注定有一个人代替我凝视和观察，但我已经不知道他对世界的观感。

他会是怎样一个人呢？他会是怎样一个人呢？

我忽然想到我不应该对此浪费想象。当那个人看见什么的时候，首先是我的视线看见了。那时，我与他浑然一体，只是我不认识他。

我忍不住仍要想象，我留下来的眼角膜，已经失去我的体温的眼角膜，它未来的主人是谁呢？

他会是一个屠夫吗？我不禁为我的眼角膜难过了，今后它将不停地为死神效力，不停地目睹死。曾经，我的眼球有着注视内心的习惯,我不禁又为屠夫悲哀了,他就用这样的眼睛,一边注视外面的疼痛,一边注视内心的疼痛?世界是否必须这样:以死的情节推动生的戏剧,以大量的痛苦喂养有限的欢乐?我能想象屠夫的眼神了,三分的残忍里笼罩着七分的忧郁。

他会是一个国王吗?我卑微的眼角膜,一下子看见了宏大的图像:权力的图像,国家的图像,臣民的图像,天下的图像。但是,国王啊,我请你将目光下移再下移,你应该看看那些皮包骨头的穷人,皮包骨头的牛羊,看看那些皮包骨头的村庄,皮包骨头的山河,正是他们和它们,养活着你,养活着你的国家,养活着那些体面的富人。国王,你不能蔑视穷人,我留下眼角膜不是让你用于蔑视的,我也是个穷人,你用的就是这个穷人的穷眼角膜和他的穷视力,国王啊,如果你要蔑视,那就首先蔑视你的蔑视吧。

或者,是一个女人吗?我真有点儿难为情了,用我这男人的眼角膜,你会看见什么?你还会欣赏男人吗?也许它放大了男性世界的混浊和荒漠,忽略了混浊之河里潜隐的那一脉清流和荒漠的边缘那星星点点的绿意?对不起,它加深了你对命运的恐惧和迷茫,加深了你对男人的疑惑和失望,而这正是世界的真相;但是世界还有另一种真相,即:它在秽土里生长芝兰芳草的奇异能力,以及它在虚无中不断生长着与它的虚无本质相对抗的一种叫作希望的东西。女人哪,你必须在温暖的细节里逗留,才能继续守护寒夜里的摇篮和灯火。因此,我请你在路上走慢一些,看仔细一些,校正我那粗糙的有些挑剔的视线,尽量从坚硬的路途,从坚硬的岁月里,发现柔软的希望和草叶吧。

在我活着的时候,我一刻也没有离开过我的眼角膜,我知道我的眼睛的习惯,它喜欢看日出,看远山,看云,看星星,看露水里生长的庄稼,看深渊里燃烧的闪电,看庞大的宇宙,看细小的昆虫,看贤淑的女人,看纯真的孩子,常常,也不得不看那些残酷悲凉的景象,看坟墓,看沙漠,看灵魂的废墟,看生存的戈壁滩,看时间的风暴席卷过去之后,曾经鲜活的生命园林会留下怎样破败的瓦砾和枯叶。

在静夜,它望着无穷的星空,一次次被宇宙、被这伟大的奇迹震惊得如醉如痴。

它经常流泪,为世界深处的痛苦,为被资本和权力剥夺得一无所有的穷苦的人们,为徘徊在金玉其外败絮其内的"文明的"街头,贱卖青春和身体的可怜的女孩们,为生命难以摆脱的苦难和最终的死亡,它一次次泪流满面。我的脸记得,内心里的海,一次次从眼睛里漫出来,凝结成盐,我的脸,因此成为世界最苦涩最悲悯的海滩。

只是,我不能把泪腺也留下来,我不能把视网膜上的图像留下来。

我留下了我的眼角膜,它暂时看不见什么,但不是目空一切。当它属于你,它首先看见你,也被你看见。然后,你将通过它看见一切。

我不知道你是谁。但是,我希望我相信,当你在我的眼角膜的帮助下,睁开明澈眼睛的时候,这个在痛苦和混乱中一直期待着的世界,忽然感到了一种仁慈的注视……

麻醉师

你令我恐惧。如果不慎加大了剂量,我将一睡不起。你终止了我的全部痛感,然而也终止了我的情感和思想,终止了那始终伴随痛感的、我对生活的理解和感知。

你令我恐惧。如果不慎用少了剂量,我将眼睁睁看着刀子向我走来,并在肌肤里一寸寸切割,剧烈的疼痛使我误以为我正被凌迟处死,在被放大了的难忍的痛苦里,我怀疑宇宙就是一个对万物行刑的刑场。

所幸你业务熟练,宅心仁厚,你恰到好处地麻醉了我,在醒与睡之间,我保持着戒除了贪嗔痴嫉妒恨而完全淡泊和出世的禅者风度。

你恰到好处地麻醉了我,使痛苦变得可以忍受,使刀子变得仁慈,使残酷的切割变成温柔的抚摸。我睡在手术台上,就像一尊入定的睡佛,接受香客们的祈祷和祝福。

当我从手术台上走下来,药效逐渐散去,我重新返回生活,痛感也重新返回到我的知觉。

这就是说,完全没有痛感的生活,只能是蹩脚麻醉师制造的一次医疗事故所带来的严重后果——由于不慎过量用药,他取消了一个人的痛感,也取消了这个人的存在。

而人活着就是不断与痛苦遭遇的过程,人生需要适度麻醉,有助于我们忍受或享受生活,比如爱、艺术、哲学、物质生活和精神生活的必要陶醉或适度麻醉,在醒与睡之间,在存在与虚无之间,将无所不在的痛感,转化为有深度的思想和带着痛感的美感,以及必不可少的对生命和宇宙的宗教感,这样,我们微若蝼蚁的短促人生,正如老子所云:"恍兮惚兮,其中有象;恍兮惚兮,其中有物。"我们的心里,从而有了存在感和永恒感。

谢谢你,麻醉师。

临终关怀

我们的生命,并不是死神觊觎的一道小菜,而死神,倒是时间的仆役。

死神并没有故意和我们过不去,死神只是在为永恒的时间执勤。死神未必是残暴的,若他是残暴者,我们就不会尊称他为神。不,死神很可能是仁慈的和温柔的,有时略有严厉,也只是为着完成永恒交付给他的工作,他才不得已偶尔板起面孔。

死神是为永恒执勤的神,通过他的接引,我们从此岸到达彼岸。我们结束了在此岸的临时停靠,我们结束了此岸的劳苦奔波,借着死神搭建的渡桥,我们走向时间的那边,我们将开始另一次生命。

我们的生命并不仅仅限于此生此世。此生之前,我们已历经了无数次生命;此生之后,我们还将经历无数次生命。茫茫苍穹,都是收养我们的故乡;耿耿繁星,都是召唤我们的眼神。

所谓死亡,并不是寂灭和虚无,不过是一次小别,打一个转身,我们转身赶赴未曾到过的陌生之地,那里或许是一次漫游,一次静修,一次与永恒的面对面会晤。

在那里,我们将开始新的修行并钻研更高深的功课。我们一直迷惑而不得其解的生命之谜和万有之谜,终于,在那里,永恒亲自向我们给出谜底。

永恒说:永恒就是生命对时间的亲证,永恒就是那膜拜永恒的心灵。

永恒说:孩子,永恒不在别处,永恒就是你啊——你从来都在永恒的怀里漫游,你始终都在宇宙的无边襟抱里奔走和跃迁。你从来没有离开时间,你永远在时间长河里飞渡和潜游。你永是走在永恒的途中,你就是永恒的孩子,你就是永恒的替身,你永是走在永恒无尽的天路长途中……

一个患晚期肺癌的八岁小女孩

我真想发动巴山的每一片绿叶,发动秦岭的每一片白云,都来义诊,抢救你快速枯萎的肺叶。

你八岁的肺叶,堆积了整整一个时代的病毒和尘埃,我甚至想,你八岁的肺叶,过早地替我们分担着天空的重压,替我们阻击雾霾的进攻,命运暗算了你,命运却放过了我们。

我真想发动巴山的每一片绿叶,发动秦岭的每一片白云,组成义勇军，收复童年的天空，保卫纯真的肺叶。

然而，目睹你快速枯萎的八岁的肺叶，我的心很沉痛，我的已不年轻的肺叶，很惭愧地呼吸着这似乎还算清新的空气。

而这似乎还算清新的空气，是因为一个八岁的肺叶，帮助我们带走了许多病毒和尘埃，才变得比较清新可以呼吸。

我听见一阵阵鸟语和一串串鸽哨，正在我们的头顶，在雾霾后面，哀悼那八岁的肺叶，缅怀着童年的天空。

孙医生

孙医生是很有趣的。他是一位西医大夫，却有着中医的素养；开颅接骨，他行；望闻问切，他会。他令我想起医圣孙思邈先生。问他是医圣第几代子孙，他说："姓孙而已，与医圣并无血缘关系，那可不敢高攀。不过也可以说，我们都是古老中医智慧的小孙子。"

他的案头，有《国外前沿医学通讯》，也有《黄帝内经》《伤寒论》《本草纲目》。我浏览他的书房，不禁自叹弗如：他虽偏居一隅，作为医生又那么忙碌，却博览群书做着打通中西、融贯古今的努力，书架上，老子和爱因斯坦肩并肩切磋，中医与西医面对面商量，天文学和心理学各执一端，而面对更高的生命困惑，却又保持了一致的谦卑。

偶尔他脱口而出就是几句古诗，再看书架，《医学和人文》《医学伦理学》旁边站着诗圣杜子美。他说："我爱医，也爱诗；医治身,诗养心。有他们做伴,我虽庸碌,庶几会成个善良、有点儿诗意的好人。"

"我是个无用的人,"他说,"我常做一些无用的事,每天清晨,我要向花园的花草问好,向远山行注目礼,家里阳台上总要放些小米和一碗清水,招待我的远房亲戚——麻雀、燕子、黄鹂,它们都是我前世走散的兄弟,它们时常来我阳台与我谈山谈水谈天谈地谈心。"

我说:"仁者爱人而推及万物,你是仁者,看似无用之举而有大用于众生,你泛爱生灵也修养了性情,医术乃仁术,有大爱者方能成大医。""不,你过奖了。我只觉得做这些无用之事的时候,我身心特别愉快和放松。"

孙医生已退休了,满六十六,医院返聘。我与他说话时,正好月出东山。我就说:"你看,月亮上年纪了,月色却更皎洁,难怪屡被天空返聘。"他说:"我困倦焦躁时倒是喜欢望望月亮,那是一剂永不失效的清凉丹。"

我说我颈椎增生可有妙方?他说:有,请抬头。看见北斗了吗?看见天狼星了吗?看见天琴座了吗?看见银河了吗?你仰起头久久仰望,颈椎伸直了,胸襟舒展了,心胸浩瀚了,浩然之气驱走了寒气、阴气、小气、病气、霉气、戾气、闷气,筋骨伸展,百脉皆开,正气盈怀。何病之有哉?

此单方乃圣人发明的"养浩然之气"古方也。哈哈,而且是绝对免费的。

哈哈,我的朋友孙医生是很有趣的……

夜班护士

深夜两点,你轻轻走进来,为我量血压、测体温,你借着微光仔细查看,水银标示着我的体温正常,而我觉得因了你的到来,这个寒夜的体温却有所上升,一直下跌的人世的体温也有所回升。

抬头望向窗外,我看见,此时,路灯仍在为道路值班,月亮仍坚持在寒冷的屋顶,为黑夜值班。

又不知过了多少时辰,你无声走来,为我输营养液,滴答滴答,那来自更深处的源泉,缓缓注入我的血脉。我们虽然只和极少数人有着血缘关系,但和所有有情义的人都有着没有血缘的血缘关系,甚至,我觉得,我和北斗也有血缘关系。你看,此刻,它就俯在我的窗口,倾斜着略显疲倦的身子,为我提示着永恒的含义,以及在永恒的注视下,人应该保持怎样的情感和心境。

临走,你又俯下身,掖好被角,将我伸向梦外的胳膊盖好,这个细节改变了我梦境的方向,它将逆着严寒,尽可能多地构思春天的细节。我闭着眼睛,想起儿时,母亲也常常在半夜起来,为我掖被子,把我调皮的胳膊重新放回离她的心跳最近的地方。

此时,我的眼睛略有潮湿,但丝毫不是矫情和作秀,此时夜正深,没有谁看见我黑暗中潮湿的眼睛。

我望向窗外,北斗,渐渐西斜,在宇宙的永夜,它始终坚持纯真的初衷,以几乎不变的造型,为苍凉的宇宙值班,每当看到它从时间深处投来的眼神,我就觉得这无情的宇宙和无常的人世,突然涌动着感人的暖意……

午夜,在医院听巴赫《圣母颂》

我反复聆听,缓缓流来的泉水,环绕我,洗涤我,反复浇灌我,直到我出现在我消失的地方;直到我被溶解,渐渐变成清澈的湖。

我是经年的积雪,被不断降临的来自天上的体温融化,我战栗着,目睹自己一点点离开自己,直到彻底消失了自己,这才看见:圣洁的透明,已经荡漾成我的心魂。

我反复聆听,今夜的星空,也在温柔的琴弦上反复徘徊、颤动,不停聚集又不停散开去,然后在低音部涨潮,弥漫成新的星河。而荒凉的时间,也渴望一个圣母的到来,只有慈悲的圣母,能抚慰时间那无边的孤独和荒凉。

我们全都是无人领养的孩子,我们全都是无家可归的孤儿,今夜,圣母踏着琴弦的颤音降临人世,她怀抱着星光的花束,缓缓地向我走来。

生存的日历何尝不是病历,病入膏肓的年代里有人期待神医,而神医已死于自己的顽疾。此刻的地球,何尝不是一粒痛苦的细胞,裹挟着沉疴宿疾,奔波于银河黑暗的病区,在无边长夜里寻医问药,于迢迢天路上打听黎明的消息和抚慰生命的秘方。

谁的处方里都没有灵丹妙药,谁的病房里都没有天使陪护。只有爱能治愈生命的暗疾,只有你的到来,能让灵魂痊愈;只有圣母,能照料和抚慰我们受苦受难却无家可归的心。

尘世的食物喂饱我们的身子,最高的幸福却只能在灵魂里发生;今夜,我被看不见的母亲认领,我荒芜的生命,再一次回到哺乳期——我周身的血脉,因注入了天上的乳汁,而静静地开始涨潮。我的肌肤透明,眼眸晶莹,我心里干净,我没有心事,而头顶浩瀚的星空,正是我展开的无限心事。

抬起头来,我听见,生命的高处,响起蔚蓝色的足音。

我闭起眼睛,端坐于病房之外,端坐于尘世之外,端坐于时间之外,端坐于密集的星光里,我一路走过的废墟,都被紫罗兰的花潮覆盖了。

从时光深处,从永恒那里,你殷殷伸来的双手,将我轻轻抱上天空,又缓缓放回地面,泪水打湿午夜的星空……

九

一群蚂蚁来到我父亲的坟上

李汉荣作品

天狼星的亮度

百花　中国
自然　写作

蚂蚁们要在我父亲的坟上建立国家

一群惊魂失魄、受苦受难的蚂蚁,在剧烈震荡的大地上焦急地行走。

几天前——不,这只是我的说法,按照蚂蚁王国的纪年,应该是在几个世纪前,它们古老的王国,遭遇了惨烈浩劫和灭顶之灾。它们追随着它们孤独惊恐的女王,先是拼命抵抗,继而谈判求和,但是,区区微粒,何以抵挡滚滚巨轮? 弱弱微言,何以感化轰轰雷鸣? 它们的族群和国家,天命已尽,末日突降,很快,就被疯狂的钢铁野兽(推土机、挖掘机、搅拌机、粉碎机、切割机)组成的强大军团给无情地推翻了,埋葬了。

它们的伙伴大多数都被深埋在地下,连同没来得及安排后事的它们那尊贵的女王,都被活埋了,然后被钢筋水泥混凝土层层浇铸封死,葬于十八层地狱以下,永无出土的可能。它们是所剩不多的大难不死侥幸活下来的一小部分散兵游勇。它们怀着亡国的悲愤和苦痛,四处逃亡,想寻找一个没有暴力、没有钢牙利齿、没有污染和病毒,并且比较安全、安宁、安稳的地方,周围最好有着忠厚的泥土和仁慈的草木——如果找到了这样的地方,它们就在那里重建一个国家,不求闻达于列国,苟且偷安于草野,孜孜躬耕以答谢上苍,默默修行而得享天年。

终于,那天中午,它们好不容易来到一个偏僻山坳。在这里,它们突然呼吸到久违了的那种史前的浑朴、清新、温润的气息,它们惊魂未定的心,一下子放松安定了下来。

它们在一座土坟上停下来。经过目测，它们觉得这稍稍隆起的土坟，一点儿也不巍峨雄伟，一点儿也没有拔地凌空、气势汹汹的架势，不过就是一个朴素的土堆。它是隆起了的谦卑泥土，而隆起的泥土仍是谦卑的，也许随着隆起，它变得更加谦卑和仁慈了——它稍稍高出河流和洼地，不是为了居高临下俯瞰什么，为的是帮助那些到处辛苦奔走的微物和微灵，能够在略高一点儿的地方安居下来，然后仰望星空，观测天气，躲避劫波，招呼朋友，从而能够安顿和保护自己那微小单薄的命运。这种稍稍隆起的地貌，也正符合蚂蚁们祖传的生存风水学、国家地理学和建筑美学——三亿多年来(远在人类出现之前)，它们建立国家、修筑首都、繁衍子民，就是选择类似这样的地方。

蚂蚁对阔佬们豪华大坟和我父亲谦卑土坟的比较和研究

按照惯例，它们要对新建国家的核心区域的选址进行详细考察论证，眼下，最紧迫的就是赶快考察这座"宫殿"，也就是考察这座坟的建筑材料、内部情况和周边环境，看看能不能在这里建国立业。

墓碑是一块石头，是蚂蚁们经常在山野碰见的那种粗糙岩石，上面就几个简单笔画，没多余文字，没记载吓人的官职和显赫的功名。蚂蚁虽然不识字，但嗅觉好，蚂蚁凭嗅觉识文断字、辨认地理、鉴定善恶、表达褒贬、决定取舍。蚂蚁们曾经无数次考察过帝王的坟、宰相的坟、巡抚的坟、知府的坟、县令的坟、员外郎的坟、"大师"的坟、"著名"的坟、酋长的坟、部长的坟、局长的坟、厂长的坟、总裁的坟、元帅的坟、大将的坟、中将的坟、少将的坟、处长的坟、村长的坟、富翁的坟、银行家的坟、石油寡头的坟、钢铁寡头的坟、煤炭寡头的坟、军火寡头的坟、房地产寡头的坟,等等。在这些大官大腕大款大佬大亨大鳄大盗的大坟上,蚂蚁们都多多少少嗅到一种自命不凡的气息,不可一世的气息,张狂炫耀的气息。人都钻土了,魂还在土外面张狂炫耀,这样的家伙,肯定不是好家伙,蚂蚁是羞于与之为邻的。

这块碑上呢,啥职位啥功名都没有,好像墓主是个干了一辈子辛苦活的农人。蚂蚁是熟悉这些农人的,蚂蚁凭自己亿万年来与土地、与草木、与庄稼、与农人打交道的丰富经验和草根知识,猜测到这位农人的简况大致是这样的:他唯一的职位,是劳力;他唯一的功名,是劳动;他唯一的信仰,是善良;他唯一的崇拜,是土地;他唯一的酬劳,是休息。嗅一嗅碑上那土里土气的名字,蚂蚁就知道了这一切。

墓身是一层层土,别说没有大理石、花岗岩、汉白玉、玄武石的影子,连多余的砖头都没有,全是蚂蚁们最熟悉的那种泥土。农人嘛,土人土命,土性土德,以土为生,入土为安,总之是离不了土的。蚂蚁们异口同声认定:好,好,很好,这里面居住的那个魂灵,也是草民和蚁族,是我们的同道,是我们的芳邻。

蚂蚁们列队向我父亲的坟和四周庄稼致敬

为了稳妥,它们又派了几位勇士,深入"宫殿"内部,也就是到土堆里面,进行仔细勘探、调研。没发现里面藏有金钱、美元、英镑、黄金、桂冠、勋章、奖牌、乌纱帽、玉石、美女头发、名人字画等物品。蚂蚁们早就听说,这些物品在人世十分流行,已经成为宗教信仰。它的信徒们,活着就只崇拜这个,就只巧取豪夺这个,死后也放不下这个,仍旧惦记着这个。这是他们膜拜的宗教,也是他们吸食的毒品。有的信徒死了,就把那吸食了一辈子的毒品,弄一些藏进坟里,陪伴在枯骨旁边,继续吸食。蚂蚁们在以往考察过的那些大坟里,就经常见到这种情况。

这个土坟里面呢,却很单纯,很干净,很安静,很浑厚,要啥啥没有,除了土,还是土。有一小部分似乎还不完全是土,但看得出来,那不完全是土的,也正在变成土,很可能要变成更好的土。

土坟的周围,长着松树、柏树、榆树、白桦树、银杏树、桑树、枣树、核桃树、青冈树,还有一些灌木夹杂其间,蚂蚁对这些树木的根根叶叶、性情气质是十分熟悉的,从远古至今蚂蚁们一直受到树木的善待和荫庇,所以,对于树木,蚂蚁心里有一种特殊的感激和温情。一接触树下柔软温厚的腐殖土,蚂蚁就知道这里大部分树木都是墓主生前就种植的,在劳动的间隙,他就坐在树荫下抽一袋旱烟,纳一会儿凉,听一会儿鸟的免费歌唱,享受鸟儿对他的问候,因为,除此之外,在这位农人漫长的一生里,几乎没有谁向他问过一声辛苦,问过一声好,握过一次手。他生前的这些草木朋友和鸟儿兄弟，如今仍忆念着那个终生劳作的朴实身影。虽然这不过是一片小树林，但在蚂蚁的感觉里，已经是一片久违了的浩瀚原始森林了，无比幽深和神秘，令蚂蚁们回想起远古的苍茫大地。

稍远处的斜坡下面，有一条小溪淙淙流过，使这里土地湿润，气场柔和，草色凝碧。蚂蚁们一眼就看见了那盈盈水光，蚂蚁们有点儿欣喜若狂了，他们终于看见了还没有断流的史前的大河，看见了那流淌着无尽恩泽的神的大河。

不远处是一大片菜地和庄稼地，豌豆苗、蚕豆苗、萝卜、白菜、茄子、韭菜、冬瓜、苦瓜、丝瓜、葫芦、白菜、芹菜、油菜、小麦，有的已经开花，有的正在酝酿开花，微风送来一阵阵浓烈的芬芳，蚂蚁们醉醺醺地开始舞蹈了，蚂蚁们有点儿眩晕了。蚂蚁们怀疑自己是否误闯进了神的酿酒工厂，或者走进了天上的花园？脚下升腾的泥土气息提醒了蚂蚁，是的，它们没有走错地方，从混合着泥土气息和草木气息的弥漫的花香里，它们隐约嗅出了它们十分熟悉的农人汗水的味道和身体的气息。是的，土地，这就是农人世世代代经营的天堂；庄稼，这就是农人辛辛苦苦浇灌的花园。蚂蚁们因巨大幸福的降临而落泪了，呵呵，它们找对了地方，它们找到了久违的芳邻！它们流着泪，向那住进土里仍然厮守着家园和庄稼的农人，向那位已经看不见的芳邻，蚂蚁们向他深深地鞠躬感恩。你看啊，蚂蚁们排着整齐的队列，向我父亲的坟和周围的庄稼肃穆行礼的情景，是何等诚恳恭敬，令天地久久动容。

虚妄的"盛名"和朴素的魂灵,哪个更接近天地之厚德?

蚂蚁们记得,它们以往考察过的那些大官大腕大款大佬大亨大鳄大盗们的巍峨豪华大坟,其墓主生前享尽功名利禄,占尽世间好处,死后还要挪用大量豪华名词、惊人动词、神圣介词、高贵形容词、伟大关联词——什么帝王啊,将相啊,正一品啊,正二品啊,三品四品五品啊,六品七品八品九品啊,什么著名啊,杰出啊,卓越啊,伟大啊,不朽啊,巨匠啊,泰斗啊⋯⋯这些吓人的官职、名头和宇宙级的巨大荣耀和光环,以金光闪耀的文字刻在大理石、汉白玉或花岗岩墓碑上,刻在他们的枯骨上,为他们歌功颂德、光宗耀祖、守墓扬名,同时也借此继续凌驾于众生之上,继续蔑视众生。那意思是说,我活着是高人一等的超人,我死后是高人一等的大鬼,总之无论生前死后阳世阴间,他们都高人一等,连死亡也不能让他们放下贪婪和虚妄,老老实实、平平常常地做一回天地宇宙的孝子贤孙。这些活着占尽人间荣华富贵的家伙,他们死了,甚至连这些纯真的汉字也不放过,硬是要霸占它们,羞辱它们,硬是要绑架它们继续为自己的贪婪打工,为自己的无耻效劳。他们死了,还要连累这些纯洁天真的文字,也让它们跟着去死,与无耻死在一起;他们死了,他们不满足只在活着占尽功名利禄,死了,也要借助文字的力量,占有千年万载的"盛名",占有不朽,占有永恒!他们死了,他们还要让这无辜的文字,为他们"不朽的"功名利禄继续卖命,让美好的文字为他们殉葬。当然了,除此之外,他们还要在墓里藏进他们生前拼命吸食的物质主义的奢侈毒品(比如黄金、美元、钻石、名人字画、美女头发之类),供自己的亡魂继续吸食。结果呢,就导致这些豪华大坟不仅令蚂蚁感到十分压抑,而且污染环境,毒性很大。朴实勤劳、胆子又小的蚂蚁是不愿也不敢与之为邻的。蚂蚁们每当遇到并考察这些豪华大坟的时候,总是忍不住暗暗发笑,觉得这些家伙也很可怜,想不死还是死了,想不朽还是朽了,他们本以为谁都会对他们顶礼膜拜、羡慕仰望,结果呢,机关算尽太聪明,反算了卿卿性命,落得个连我们这些小不点儿的蚂蚁,也瞧不起他们,耻笑他们,总想着赶快躲开他们,离他们越远越好。

这样一比较,蚂蚁们就越来越感到,面前这个土坟,和土坟里的那个魂灵,是多么的朴素、谦卑、诚实、安静、厚道呀。这里,真是太好了。

一切所谓的成功者都是失败者,大地是卑微者的大地

蚂蚁们世世代代与土地打交道,最知道万物的来龙去脉和归宿,最知道土地的底细和心事,也最知道生命和死亡的秘密。可是,蚂蚁们始终不明白那些在它们身上踩来踩去、晃来晃去的狂妄嚣张的庞然大物们,那些伟大们、高端们、著名们、不朽们、不得了们、了不得们,到底是怎么回事? 他们究竟在想什么,他们究竟要什么?

当然,作为土地的信徒和地下工作者、研究者,蚂蚁们在土

地深处沉潜、钻研了几亿年，也有着自己的研究心得。从那一座座不可一世、巍峨豪华的大坟里，蚂蚁们多少嗅到了那些大官大腕大款大佬大亨大鳄大盗们的胃口和心事：他们一厢情愿地以为，大地的存在，就是为了供养和铭记他们这些"硕大者""高贵者""掠食者""占有者""成功者"的，大地是他们生前的宫殿，大地是他们死后的祭坛，他们是大地的主宰和大地的意义，其余的芸芸众生，只是不值一提、只配被遗忘被践踏的微生物、腐殖土、苔藓，只是养活他们的奴隶和陪衬他们的装饰——

错了错了，你们完全错了！其实呢，呵呵，呵呵，你们咋这样愚蠢呀？呵呵，呵呵，蚂蚁们笑得前仰后合了，蚂蚁们忍不住要纠正人世的无知、虚妄、偏见和愚蠢了。蚂蚁们说：其实呢，通过我们亿万年的长期研究，我们认为，大地不是为别的东西存在的，大地不是为升官发财、功名利禄而存在的，大地是为像泥土一样卑微的卑微者而存在的，大地是为像水滴一样低贱的低贱者而存在的，大地是为像蚂蚁一样沉默的沉默者而存在的。而说到底，大地是为失败者而存在的，因为大地本身就是失败者——大地一直匍匐在天空下，匍匐在暴烈的历史车轮下，匍匐在人马牛狗猪们的脚下，匍匐在灾荒、风雨、地震的袭击里，匍匐在垃圾、病菌的折磨里，匍匐在雷电的鞭打里！大地被万物踩在脚下，大地从来没有翻过身，大地从来没有站起来过。而匍匐着的、永远失败着的大地，却养活了万物，养活了历史，养活了神话，养活了宗教，养活了哲学和诗，也养活了你们的野心、虚妄、偏见和愚蠢,当然也养活了我们这些微不足道的蚂蚁。而众多的失败者、卑微者、沉默者,是与大地贴地而生贴心而行的,他们忠实地陪伴着大地的春绿冬枯、生荣死哀。你看,大地是沉默的、谦卑的、失败的,大地是多么看重我们这些与他一样沉默的、谦卑的、失败的蚂蚁,最终,大地把他自己完全交给我们这些蚂蚁,大地把每一座山、每一座建筑、每一座宫殿、每一座庙、每一座坟,全都交给我们这些蚂蚁,让我们负责把它们处理成废墟,处理成旧年陈迹;大地把每一个帝王,每一个总统,每一个王公贵族,每一个富豪阔佬,每一个自命不凡、得意忘形的名人、阔人、达人、大人,都交给我们这些蚂蚁,让我们蚂蚁来总结、来评价、来处理、来分解、来消化、来收拾得干干净净不留一丝痕迹。

所以,从我们蚂蚁的眼光来看,毫无疑问,大地绝不是"硕大者""高贵者""掠食者""占有者""成功者"的大地,所谓的"硕大者""高贵者""掠食者""占有者""成功者",很可能只是大地的掠夺者和踩踏者,是大地的病毒和伤口,是大地的噩梦和灾难。而最终呢,凡是在大地上招摇炫耀的功呀,名呀,利呀,禄呀,人呀,物呀,统统都会死掉,统统都埋进土里,而死,是完蛋,是总结,是终结,是了结,是最大的失败。

从这个角度说,最终的胜利者和成功者,绝不是任何一个自命不凡的所谓的胜利者和成功者!那么,谁是最终的胜利者和成功者呢? 蚂蚁们异口同声地说:最终的胜利者和成功者,只能是大地,是一直匍匐着沉默着失败着的大地。而招摇炫耀的人人物物们,名名利利们,则全都是失败者。匍匐着的大地,始终被践踏、始终在低处沉默的大地,其实一直在接受着万物的失败、生命的失败、人的失败,接受着那些自命不凡的"硕大者""高贵者""成功者""占有者"的最终失败,然后,统统埋掉它们,统统交给我们蚂蚁来处理。

大地就这样不间断地埋葬着删除着清空着。大地的内心,其实是无比苍凉悲悯的。大地无法改变这一切,大地只能承认这一切。大地,其实并不生长什么,大地只生长大地自己。

最后,蚂蚁们一致认为:大地是大地的大地,大地是卑微者的大地,大地是失败者的大地,大地是沉默者的大地,大地是这位可亲可敬可爱的清贫墓主的大地,大地也是我们蚂蚁的大地。

父亲的坟是蚂蚁们的古老花园

是的,山野里的这个土坟,它的主人,是大地的真正孝子和泥土的虔诚信徒,当然,在那些所谓成功者和胜利者的眼里,他无疑是彻底的失败者。在蚂蚁的眼里,他却十分的可亲、可爱和可敬。他比任何帝王将相、富豪望族、成功人士都可亲可爱可敬多了。与我们这些蚂蚁一样,生前他的财富只有泥土,死后他的牵挂还是泥土。生前他勤劳而清贫,死后他安静而清贫。他生前没有愧对一粒泥土,没有玷污一片白云,他死后没有带走一片草叶,没有连累一个文字(没有挪用任何一个文字去打扮、炫耀和装潢自己)。清贫是他的命运,厚道是他的美德。正因为有无数个像他一样生前身后都保持着清贫和厚道的人们，才使得这大地没有被大官大腕大款大佬大亨大鳄大盗们抢劫一空，才使得这大地依然生长茂盛的草木和丰饶的花朵，才使得饱受欺凌的大地依然能保持着原始的厚道和温暖的怀抱，才使得蚂蚁们那一次次惨遭颠覆的国家，又一次次得以重建和复活。

此时，在这里，在我父亲的坟前和四周，蚂蚁们又触摸到祖先的浑厚土地，又触摸到被世世代代农人们精耕细作、深情保育的土地。它们惊喜地大睁着眼睛，它们的眼睛里荡漾着史前的天真和灵性，多么明澈纯洁的眼睛啊。此刻，它们眼睛潮湿，喜泪滂沱，它们终于又看见了那在大地上葳蕤盛开的芬芳庄稼，它们又看到了花潮汹涌的古老花园，这是忠厚勤劳的农人们，精耕细作细心培育的古老花园。

饱受苦难的蚂蚁们，终于，在这偏僻山野里，在我父亲的土坟前，看见了从前的花园，找回了它们的失乐园。

明月照着父亲的坟，明月是蚂蚁王国的国徽

这时，天黑了下来。在我父亲的坟头，蚂蚁们聚集在一起，连夜召开第一次筹备会议，它们兴奋而庄严地议论着：这里的土地是古朴厚道的，睡在土里的灵魂是清贫谦卑的，周围的草木庄稼是温柔友善的。

它们决定：就在这里重建它们的王国。

它们还研究了一些重要议题：推选女王并恢复女王至上的

尊严;与土地重修契约;与草木缔结友谊;与农人默契合作;守护水土;繁衍子民;续写它们种族一度中断险些失传的悲壮史诗;复兴古老的共和。

天黑了许久了,这时,蚂蚁们抬起头,忽然看见,一个又大又圆的月亮向它们走过来了,静静地悬在坟的上方,像从天上飘下来的一个巨大花篮。这是献给土地的花篮吗?这是献给农人的花篮吗?这是献给清贫的花篮吗?蚂蚁们相信,这样的花篮,只能是献给清贫的生命和忠厚的灵魂的。只有清贫和忠厚,才配得上这样冰清玉洁的花篮。

"天上的月亮啊,坟头的花篮,土地的花篮,农人的花篮,清贫者的花篮,卑微者的花篮,沉默者的花篮,你把仁慈的光芒洒满了土地,洒满了我们单薄的身体,我们小小的心灵啊,也被天堂温润的光芒照亮。"

蚂蚁们幸福地漫游在月光里,用它们那低得只有泥土才能听见的心灵圣歌,深情赞美着我父亲,赞美着我父亲的坟,赞美着农人,赞美着土地,赞美着上苍,赞美着月亮。

最后,它们作出庄严决议,把这永恒的明月,定为它们新生王国的国徽……

天狼星的亮度

李汉荣作品

天狼星的亮度

百花 中国
自然写作

站在梯子上的人

他刚刚从梯子上走下来,一转身,换一个地方,他又爬上梯子。

梯子,有时搭在楼口,有时搭在墙头,有时搭在悬崖,有时搭在隧洞,有时搭在摇摇欲坠的危房,有时搭在电线杆上。

梯子,经常搭在命运的拐角和陡峭处。

踩着梯子,他一步步向上,有时向下,我们看见的他,总是忙着向生活的别处行走。

他总是在某处取走些什么,或放置些什么。

小孩说,他站在梯子上真是好玩。

诗人说,他站在梯子上凝视幻象。

哲人说,他站在梯子上叩问命运。

教徒说,他站在梯子上与神对话……

他是一个老实人,他说,我扛着梯子爬上爬下,只是在搬运麻烦和处理问题,也是为了挣点儿辛苦钱,养家糊口。

梯子搭在等待疏通的下水道口,他下沉到我们也许永远也不去的地方,他看见我们生活的下落和去向,竟是如此混浊和晦暗。

梯子搭在即将拆迁的老屋,他看见时光的裂隙正在吞噬时光。

梯子搭在正在开凿的隧洞,他看见当年恐龙出没的地方,现代怪兽将一路狂奔。

梯子搭在电线杆上，他看见这么多来路不明的线索如此缠绕和纠结，缠绕和纠结了多少人的一生。

梯子搭在藏书楼，他看见繁体字一卷一卷掉下来，总是把楼下的人，读成一粒粒错别字……

那天深夜，我看见他扛着梯子上了对面楼顶，我以为这个总是在搬运麻烦和处理问题的人，他终于要站在楼顶仰望星空，沉思无限。

我竟有些激动了：一个普通的劳动者，一个总是踩在梯子上搬运麻烦和处理问题的人，今夜，他终于为头顶的星空和心中的道德法则而战栗了！

但是，他却对我说："老李呀，我可顾不得仰望什么星空，我没有那种闲工夫。是这么回事，住在本楼的一位股民的电脑网线被风吹断了，无法上网炒股，他要我赶快帮助接好网线，不然他会血本无归，弄不好也许会跳楼。"

原来是这么世俗的事，与仰望星空，毫无关系；与无限，毫无关系。

这事儿，很有限，且有线，只与股市和钱有关。

但是，当我站在楼下，远远地仰望楼顶上的他，他站在梯子上忙碌着，星光一缕缕缠绕在他的手上，银河的波涛汹涌在他的头顶，我感到他好像正在清点一度被我们遗忘了的童年的星辰，他好像正在亲手为我们疏浚一度冻结在商业账户里而险些断流的浩瀚天河——

显然,这只是我一厢情愿的错觉,是一个无所事事的人的诗性幻想。

真实的境况是:他为了养家糊口,不得不连夜为生意忙碌着,为卑微的生存忙碌着,为多挣一点儿辛苦钱忙碌着。

但是,他的梯子毕竟高兀于商业和金钱之上,他的落满星光的手,越过有限和有线,越过生存的奴役和困境,试图触摸和连接永恒与无限。

而俗世的种种劳碌、挣扎和索求,合起来,就有了高出俗世而靠近天界的意味……

烟:我看见内心的灰烬

一

一支烟,一页纸,一根树枝,一片落叶,遇火而燃,都会留下一小堆灰烬,或融入泥土,或被风吹散,化入苍茫,你再也不会知道它们会影响什么会变成什么,你再也不会知道它们以后的命运了。什么是未知? 不必在地底和天外追寻,未知就是与你擦身而过的一切,是你曾经一度以为知晓,甚至一度被你掌握的事物,它们转身离你而去,一别永恒,再难相逢,从此你对它们一无所知。

此刻我望着手中燃烧的烟,吸了一口,然后又望着徐徐散开的烟雾。这供人随意消遣的物质,这烟,它一次次进入人的身体,引发神经的兴奋和思考的兴趣,但它从来不被人思考,它是思考者的奴仆,却从来不是思考的对象。

烟,很快完成了它的死亡。烟灰缸,一个小小的祭坛,一个公墓,烟的公墓。我们吸烟,这看似轻松甚至无聊的生存细节,却与死亡有关,而死亡绝不是轻松和无聊的事情。我们吸烟,我们是在举行一个秘密仪式,在缭绕的烟雾里,我们修改了一个方案,终止了一个念头,掐断了一个思绪,产生了一个灵感,放飞了一缕心情。我们掩埋了一小段时间。烟,主持了这秘密仪式,也主持了自己的葬礼,它目送自己渐渐变成灰烬。

灰烬旋即变冷。烟的另一部分,即它的灵魂部分,细微的量子部分,已化作烟雾,升入空中,与远方的云远方的大气层连成一片。许多时候,当我吸完一支烟,总是惆怅地眺望远空,那从我手中启程,经由我的口腔、肺叶和鼻孔,陆续出走的带着苦香味的烟,它们将到达哪一片天空,汇入哪一片云雾?它们也许很快就返回地面,伴着几滴雨一阵风,划过山冈落进草丛;也许会飘上高高的云层,漫过大漠平原,漫过深海汪洋,漫入欧洲或美洲大陆,然后随一串雷声降落教堂的尖顶,或耐心地酝酿一场大雪,纷纷扬扬,覆盖另一片我永远不能到达的土地。它肯定早已忘记了它的身世,忘记了它与我在火光里短暂的相遇,短暂的肌肤相亲。此刻,它是另一片大陆气候的一部分,是那里寒冷或炎热的一部分原因。没有谁知道它的来历,永远不会有谁知道,想知道也根本无法知道。但是,它曾经在我手中,并且深入我的身体,改变了我的呼吸和心跳,最后它携带着我最深刻的气息,走了,最陌生而且变成永不可知的它,曾经却是我最熟悉的气息,并且深入了我的体内,与我交换过呼吸。

留下来的是它的灰烬。安静地、认命地躺在那里,仿佛很满足这个归宿,仿佛生来就为了投奔这个归宿。我忽然惊讶,惊讶于它彻底的焚烧,惊讶于它如此纯粹的灰烬,惊讶于它们堪称圆满的死亡。它轻盈的飘走的那部分,很可能是属于它灵魂的那部分,在火焰里涅槃、升华,融入辽阔的天空,成为想象中的另一种命运的元素,成为雾的一部分,虹的一部分,装饰黄昏夕阳那最生动的霞的一部分,或者雪的一部分,涂黑乌鸦羽毛的黑夜的一部分,屡屡给人美丽错觉的海市蜃楼的一部分……而它沉重的那一小部分,它辛苦的无法改变的肉身,它无法像灵魂那样化作轻烟自由出走和飞行的那部分,它苦涩的肉身部分,就这样,它无法离开自己,它安静地,躺在它自己的火焰里,躺在烟灰缸里,静止在自己主持的葬仪里。

它自己焚烧了自己。多么纯真的死亡。该走的都远走了,留下的,是再也不能提炼出什么的纯粹的灰烬。

我惊讶这仪式,这纯真、安静的死亡。我同时惊讶,我们一次次,甚至一生都在主持这一仪式,我们一生都在目睹这死亡,甚至一生都在经历与之相同的死亡,我们却对此浑然不觉。我们对死亡浑然不觉。

二

　　我们曾经有过的那些纯洁的眷恋,那些魂牵梦绕的苦恋,那些刻骨铭心而终归茫然的单恋, 它们如地火岩浆般奔突于内心深处,没人知道那一次次灵魂的地震,那一次次身体的燃烧,那一次次情感的海啸,没人知道那颗心被燃成什么模样。火山爆发了又平息了,火焰烧红了心的天空,生命的岩层一部分塌陷成深邃的峡谷,另一部分轰轰然隆起,记忆的海拔上升到不可思议的高度,没有谁能考证梦的峰峦,考证它的地质结构和地质成因。这一切都发生在看不见的我们生命的内部。多少火海蒸腾,那火海里死去活来的精灵,那一只只你无法捧于手中的火鸟。岩浆喷涌的地方,地质改变了,元素改变了,植被改变了,石头的纹路和石头内部的金属含量改变了,山脉的走向改变了,由此,天空的角度和地平线的弧度都改变了, 日出的位置和日出的时间改变了,可能提前一会儿出来,也可能推迟一会儿落下,甚至,多多少少改变了星座的位置,因为先前眺望的山顶挪移了,连银河似乎都加快了流速也扩大了流量, 因为在那个被地震挪移了的山顶上,你看见整个夜晚的结构乃至整个星空的秩序都改变了,在更幽暗的背景你看见更亮的星斗, 在更亮的天区你发现有许多熟悉的星斗不见了, 你看见了更黑的夜……而这一切都发生在我们生命内部,发生在内心深处。我们的心一次次变成庞贝古城。一个怀着激情真诚生活的人,一个总是服从心灵的原则、按照心灵同意的方式生活的人,一颗充满热爱的心,甚至在爱的时候也连带爱着那根本不可爱的,这样的心,燃烧是必然的,疼痛是必然的,受伤是必然的,甚至绝望也是必然的,在深深的绝望之后,又在更深处复活,于是又开始那对爱与激情的追随,这颗心无法听从颓败的真理,拒绝接受物质世界对心灵的招安和劝降,这颗心,无法用纯棉、用灵魂最珍贵的底色去制作哗变的白旗,于是,它再一次投入痛苦的火焰……我们的心中深埋着多少庞贝古城? 我们甚至无力挖掘它们,许多座庞贝废墟重叠在一起,连接在一起,挖掘和辨认它,无异于再一次经历那天倾海立的过程,让自己的心里,再增加一座庞贝。

这一切都发生在内心深处。火焰之后,岩浆平息,灰烬之中,又留下一层灰烬。

三

沿着一支烟想起这些,想起心的历史,似乎小题大作了,似乎一支烟不配连接起心。

但是,又一支烟在我手中燃烧,一些烟雾飘出去,一些灰烬落下来。

我想起过往的战争。决战双方指挥部里的那些将军,他们在地图和战争模盘前踱步,背着手,皱着眉,很快放下手,点起一支烟, 烟雾掠过他们战云密布的面孔, 那只手的某根手指移向地图,停在一个位置,这时候他猛吸了一口烟,他收紧的眉宇放松了,接着又收得更紧了,他似乎在空中,在模盘的某个位置——

一片海域？一座平原？一道高地？一条街头？一个城镇？——他的手在空中，在那个位置的上方顿了顿，然后又吸了一口烟，他把握成拳头的手插入了裤兜——他把拳头狠狠地砸向黑暗中的某个方向。于是，一场恶战开始了——他手里的那支烟还没有吸完，而命令已经传出去，炮声响了，炮声更密集地响了。接着，他痛快地吸了最后一口，将烟头丢进烟灰缸里。最后一缕烟雾从他鼻孔里飘出，在低处回旋着，绕过他的肩章，起伏着擦过他胸前的第六枚勋章，在拉开窗帘的大窗子前渐渐淡去。

烟灰缸里的灰烬旋即熄灭，与以前的烟头和灰烬会合，它们好像许多世纪前留下的灰烬。

谁知道，被这支烟兴奋了的那根神经，改变了多少人的命运？

这个小小烟灰缸里，每熄灭一根烟头，就会熄灭多少生命？制造多少白骨？

而他就那么轻松得像喷吐烟雾一样喷吐众多人的命运？

烟，熄灭了。我相信他的内心里，已落满了冰冷的灰烬和灼热的灰烬。

四

有时候远远地看别人吸烟。

看一个穷人吸烟，他那么投入地吸着，烟火使他愁苦的脸明朗了许多，我对烟竟有了几分敬意和感谢：他，这位贫苦的人很少看见过节日的烟火，这支烟，却点燃了只属于他的小小篝火，在片刻的火焰和明亮里，他看见自己破败的屋顶上，仁慈的上苍也为他空投了很多月光。

看一个富人吸烟，他有点漫不经心地吸着，各种名贵烟他都吸过了，他似乎分辨不出烟与烟的味道，他也懒得吐一个精致的烟圈，他总是随时掐灭吸了一半的烟，然后扔掉，仿佛地球已经变成他的私人烟灰缸。令我惊讶的是，从他幸福的口里竟吐出那么大的浓得化不开的烟雾。

看一个小孩吸烟，是怎么也无法让人愉快的事，他竟然吸烟，竟然吸得那么老练，那么郑重其事，但是他们没有自己的烟灰缸，他们随时随地扔掉手中的烟头，使生活的地面增加了许多来历不明的灰烬，他们已经开始大量制造灰烬了，然而他们还没有真正燃烧过，也许他们的人生永远也不会有像样的、庄严的燃烧，他们只向颓废、懒散、抑郁、无聊的时光，提供层出不穷的烟雾和灰烬。

看一个小姐吸烟，这多少有点尴尬，窥探别人隐私是不应该的，何况她们的生活充满隐私，她们的隐私里又套着许多男人的隐私，或者，她们就是男人的隐私，也是夜晚最暧昧的隐私，是这个文明世界最幽暗的隐私。我看见她一根接一根吸着，她仔细吹着一个个漂亮的烟圈，在烟圈旋转的上空，在床的上空，是否存在着别样的生活？是否还有另一种月亮，没见过太多世面的纯真月亮？我惊讶，她的身体里竟藏着那样多的烟雾，她一口接一口、一天接一天地吐着吐着,仍然吐不完,而且越吐越多。我忽然有点明白了:这个世界、这些夜晚、这些男人,把多少烟雾堆进了她单薄的身体,她一生一世也吹不尽身体里的烟雾。

…………

我远远地看别人吸烟,我自己也经常吸烟。烟雾淡了散了,融入未知的远方。而灰烬呢? 我总是相信,有相当多的灰烬深埋进了我们的生命。

五.

有一天我拜访了烟农,我随他来到种满烟叶的田里,他告诉我怎样种苗、上肥、锄草,还要防治虫害,有些昆虫是天生的烟客。他说,从种烟到收烟晒烟,最后把合格的烟叶出售给烟厂,费心费力,成本很高。务烟就像务粮务菜一样辛苦,他明知道烟叶不像蔬菜和粮食那么可爱,但他必须像经管可爱的蔬菜和粮食那样经管这烟叶,培育这烟叶。时间久了,这些烟叶也可爱了,不仅因为能用它们卖钱,也因为长时间贴身贴心地接触和抚弄,烟叶上留下他多少手纹多少眼神呀。渐渐地,再看这些烟叶,就像看庄稼一样的有了情分,何况,它们碧绿的叶子,那么脉络分明,就像是谁的一双双手,这都是我看着长大被我一次次握过的手哦。

烟农的话让我颇为感慨了一阵。很快我就陷入了怅然。他那么贴身贴心养育的绿叶,他看着长大的一次次反复握过的手,最后怎么样了呢?

几缕烟雾,一点灰烬,顺手一扔,烟叶的一生,就完了?

六

形形色色的烟灰缸,层出不穷的烟灰缸,它们摆在生活的各种场合,甚至摆在很重要的场合。祭坛上,烟,主持了自己的葬礼,也主持了我们的葬礼,我们秘密地将一小段时间、一小段生活、一小段心情、一小段宇宙,点燃、吞吐片刻,掐灭,然后扔掉。

在简单的烟雾后面,简单的灰烬后面,只有我们知道,或者我们根本不知道,那沉重、丰富、复杂、疼痛、深邃、晦涩的一切。

然而,在打扫垃圾的时候,扫帚和拖把只看见一些烟头一些灰烬,它们很快汇入别的垃圾,很快被时间处理,无影无踪,不知所终。我们在吸烟的时候,并不总是想起烟的经历,想起烟的并不单纯的一生,甚至是很不容易的一生。更多的吸烟者,很可能从来就没有想过烟和土地的关系,和雨水的关系,和老农的关系,根本不知道手状的烟叶经过了多少劳作、程序和工艺,经过了多少手握过多少手,然后才以烟的形象到达手到达火,到达各种心境和命运,并多多少少影响无数人的心境和命运,最后以烟雾缭绕的方式到达它未曾去过的高处和远方。

是的,在吸烟者的眼里,它只是一支烟,的的确确,一点没错,在吸烟者的口里衔着的,就是一支再简单不过的烟。

那么我们自己呢?

假如上帝,或者说,假如时间,就是一位嗜烟的烟客,他将我

224

们点燃,衔在口里,大口地吸着,并吐出好看的烟圈,一边欣赏一边继续喷吐,很快就吸完了,他弹掉手中的灰烬,我们——供他解闷的烟,转眼就不知去向。

但是,上帝,或者时间,他觉得这没有什么,他只是在吸一根根烟。

是的,他只是在吸烟。

如同我们也在吸烟。

谁知道灰烬后面深埋着什么?

是梦在叙述我们

我们写出来或说出来的东西, 总是小于我们感受到的和体验到的,显得过于简单,过于理念化,或过于情绪化——其实,情绪化与理念化似乎有同样的毛病, 都把我们的经历和心境简单化了。理念化,是以某种概念、道理、立场将我们遭遇到的事物和心境标签化了,将事物的多义性和混沌性,将我们心绪的晦涩性和难以名状性过分明晰化、浅表化和类型化了。而情绪化是以某种特殊境遇引发的激愤或激烈的感情覆盖了我们经历的事物和我们的心境,我们看到的是沸水及其笼罩着的水蒸气,而看不到事物本身的真相和全貌——世界和我们自己的真实处境, 仍然被简化被遮蔽了。

梦可不是这样的。在梦里,一切场景、事物、情节、细节,都处在深广的背景和普遍联系的链条中。背景里套着背景。故事里套着故事。情节里套着情节。时间后面还有时间。房子里面还有房子。半开半掩的门斜对着另一个和更多个半开半掩的门。门外面是走廊,走廊转了个弯,于是你看不清走廊的尽头,于是你试着去走那条走廊。而雾又漫过来,你只看见在雾里若隐若现的廊檐和屋顶。忽然飞过一只鸟,鸣叫于雾的深处,你抬头看天,天不见了,宇宙隐去了真面目,于是你坠入史前的迷雾之中,你好像看见了盘古举起斧头,要劈开这大雾……

在梦里,事件有时有因果联系,有时没有,事情突然就发生了,必然的链条被打断,偶然成了主角,偶然策划着梦中的一场地震、一次洪水、一次恋爱、一次凶杀,偶然实施了一次历险、一次如诗如画的漫游、一次激烈的辩论,偶然还十分大胆地,让你在梦中自己看见自己死亡,又自己看见自己活过来,刚刚埋葬了你的坟墓已开满了野花,你从你的墓地上走过,一边辨认着别人为你镌刻的碑文,一边呼吸着野花的清香。

在梦里,人物的命运深不可测,原因里套着原因,许多看不见的手、看不见的势力包围着一个小小的命运,鱼的四周汹涌着重重叠叠的波浪,一条大河里的鱼就要灭绝了,唯一的这条鱼联系着古往今来的波浪和古往今来的鱼群,这条鱼的命运就比这条鱼本身要深奥和严重无数倍。在梦里,你无法控制任何一个人或任何一头牛,那个人该翻脸的时候注定要翻脸,那狰狞的脸、邪恶的表情,是平日那个朋友的另一张面孔,你竟不能判断哪一张脸是他的真脸。总之,人物哗变,命运哗变,都听命于一头看不见的狮子,那头狮子又被一个看不见的黑色森林掌握,那个黑色森林又被黑色夜晚掌握,那个黑色夜晚又被黑色宇宙掌握,黑色宇宙又被一个永不露面的黑色上帝掌握——总之,你是无能为力的,你拥有的那些在平日里似乎了不起的文化、理念、思想、公式、定义甚至所谓的道德和真理,此时统统都失去了效力,你只能站在梦的旁边,眼睁睁看着朋友出卖自己,眼睁睁看着情人跟情敌滚成一团,眼睁睁看着太阳从东边落下去,眼睁睁看着自己死去又被人埋掉。这时候你成了真正的旁观者,你不仅旁观别人,也旁观自己,而"旁观者清",这时候你似乎获得了神的视力,你把一切都看得清清楚楚。

在梦里,情节不用设计,层出不穷的情节都出现得天衣无缝,即使怪诞,也怪诞得让人确信——必须如此怪诞才真实,才不怪诞。情节发生的背景朦胧而逼真,一条路在不该转弯的地方却突然转了个急弯,惊讶过后,回头一看,这条路在不该转弯的地方正是该转弯的地方。一条街道说断就断了,正在你走投无路的时候,你抬起头才发现,街道已陡立起来,变成绝壁,绝壁上有一扇窗子亮着熟悉的灯光,从杂草和松枝缝隙里,你看见灯光下微皱的那眉头,正是曾经诱惑过你的那眉头。一座桥说垮就垮了,一匹奔马收不住疾奔的铁蹄,就惊恐而壮烈地一头射进湍急的江水里,你听见了马嘶,你看见了它昂起的头和竖起的鬃毛,你心跳着看见它渐渐被大水淹没。

在梦里,整体的背景有时混乱而模糊,不像是这个世界的景观,这个世界不大会有那种样子的事物,甚至你在梦里也怀疑这背景的真实性,但你无法修改这背景,你甚至不能制止从梦中一闪而过的那只小小的老鼠。细节和细部逼真得秋毫可辨,那个渐渐远去的背影都是有眼神的,那个侧向你的丰腴的臀部都是有表情的,那块即将风化的石头的纹路比你的掌纹还要清晰,那只猫有几根胡须你都看清了,那道闪电怎样把天空划破,天空又怎样合拢,在闪电的刀刃上飞过的那只夜鸟惊恐的眼睛——在梦里你都看得清清楚楚。

而当梦醒来,你从梦中走出或跑出,当你忽然意识到是你在做梦,是你睡在家里或宾馆里的木床上或铁床上做梦——当你知道是你在做梦的时候,梦已经七零八落,或无影无踪。

有时,你就努力回忆和搜寻那梦,捡拾起梦的碎片,企图黏合出那个梦的原型。然而梦的残骸已经无法复活成那有血有肉浑然天成的梦的真身。

于是你就以理念或概念为那梦贴上标签:扯淡的梦,荒唐的梦,吉祥的梦,惊险的梦,恐怖的梦,有意思的梦,没意思的梦。

梦的无限花园,被你用一扇理念的门关闭了,上锁了。

或许,生存、生命、内心的沧海,潜意识的无边黑夜,正如梦一样繁复、奇幻、幽深、神秘广大、混沌晦涩而不可索解。无穷的时空交织在某一时刻,这一时刻就浓缩着存在的全部深度和秘密。梦,或许是生命和宇宙的无限蕴藏和无穷画面向我们秘密出示的索引和提要?

而当我们从梦中醒来，我们只是用我们熟悉的陈词滥调或习惯性的毫无深度的公共话语来理解和描述梦，或者是用对我们起保护偏袒作用的语言和逻辑来肢解梦，这样，梦的混沌性、多义性、晦涩性，梦的生物性本源和宇宙性本源，梦从无意识深海——从时间和空间的无边长夜、从种群和族群无尽的生死链环里、从孕育了生命又埋葬生命的宇宙幻海里——梦从这一切深广的黑土里携带来的多重命运、多重意涵的暗示，就被我们用浮浅的语言、僵尸般的语言和狭隘的实用逻辑之刀肢解了，把我们浅薄的心智所无法辨识不能理解的更丰饶的核心意蕴剔除了，只剩下那几个熟悉的、陈旧的、空洞的、僵尸般的标签式的符号。

这就是大量的写作肤浅、失败的原因。

这样的写作只能遮蔽生命和世界的真相，使生命和世界丧失本来具有的无限意蕴和深度，使已经锈蚀的生命之钟再增加一层锈斑。这样的写作与生命无关，与心灵无关，其所使用的语言是语言已死亡的部分和垃圾部分，不可能呈现世界的真相和揭示生命的真正意蕴。

于是我向梦请教，我接受梦对我的生命启蒙和语言启蒙。

梦是我的写作老师。

梦叙述着我们。梦全息地叙述着我们。

我该怎样去叙述梦？

死去的语言不可能使人的生命经验增值，狭隘的、"有用"的逻辑不可能解释宽广的、高深的、晦涩的、无用的梦。

理念的小小的网,打捞不到潜意识深海里出没的鱼群、星空和虹影。

于是,我似乎明白了:写作就是沉入梦中,直到自己也融入梦中,变成梦的一部分。

这时候,不是你在叙述梦,是梦在叙述你,而你已融入梦中,所以,也不是梦在叙述你。

是梦在叙述梦。

写作,就是一段梦的展开,借助于语言,梦里的情节和细节被保真和保鲜并得以呈现。

把理念的眼睛闭起来,把理性的锁子卸下来,把概念的门窗拆除,你才会真正进入生命的崇山峻岭和命运的深海巨壑,你就会看见故事里套着故事,秘密里套着秘密,命运里套着命运,细节里套着细节。就像天文学家站在任何一个位置看天空,他都会看见,天空后面还是天空,星群后面还是星群,黑夜的远处还是黑夜。

是我在叙述生活,还是生活在叙述我?

是我在叙述梦吗?

而我早已深陷梦中。

我是梦中之梦,是梦境里被梦见的另一个梦。

是梦在叙述梦。

梦就是我们的寓言和神话,是生存的倒影和全息图像。

写作,就是为梦——为生存的倒影和心灵的幻象造型。

是梦在叙述我们。

我们,很像是梦中路过的过客和幻象。

而写作,不过是用语言挽留这幻象……

逝者的远行

我们以为明白了死亡,死亡,不就是死亡吗?不就是虚无和不存在,不就是永远的休息吗?当死亡未被你目击或遭遇的时候,你对死亡的想象是抽象的,是写意的,你甚至一厢情愿地美化和修饰着死亡。而当死亡活生生发生在我们身边,我们仍然震惊、伤痛和恐惧。原来,死亡是一种暴力和暴政,是一种最原始、最野蛮的暴力和暴政,是对生命的一次性彻底剥夺和否定。

死神夺走死者的生命,却留下了死的现场,留下被它反复摧残的死者的肉身,让浸泡在伤痛和泪雨里的亲友们,去处理去焚烧去埋葬。死神的狠毒之处就在这里:它制造死亡,却留下一摊子沉重的阴霾,逼迫我们收拾死亡的残局。这么说来,我们也不得已参与了死神主导的一揽子事务,死神一直在我们的上空监管着我们的一举一动。

有没有这么一种死法:最后的时刻到了,被死神选准的人,立即悄然出走,飞升而去,化为紫气,化为云岚,化为水波,化为虹影,化为檀香,化为九天梵音,化为云端妙响?而不再留下这惨淡现场,这破败肉身,这苍凉结局?

古老的道教一直天真地这么想着:羽化而登仙。生命若能这样结尾,该是多么的好啊。然而,所有的人,所有的生命,都不曾羽化而登仙,都得留下一具自己带不走的遗体,留下一片惨淡的阴霾。

由此我想,死神是一个需要进化的低劣的神灵,死神是一个原始野蛮的残暴神灵。这样一个根本就不理解生命的残暴神灵,却最终由他来处理所有的生命,我只能说,造物者,你过于残忍,你对生命太不负责,你造了精致的生命,让他们有了丰富复杂的心灵,最终却让一个从未进化过的野蛮死神来粗暴地处理这些内心异常丰富和精致的生命。造物者,你太残忍,你对生命太不负责。

再深邃的哲学家,这时也不能说服我们,平息我们心中的悲伤,除非他的哲学能让死者复活;再仁慈的神学家,这时也不能打动我们,无力化解我们对死的恐惧,除非他的神学能让死者的灵魂出现在我们面前,向我们亲口说出他在另一个世界的平安和喜乐。

在死亡面前,哲学无言,神学沉默。因为,死亡先于哲学而存在,也先于神学而存在。是死亡启示了哲学和神学,而不是哲学和神学启示了死亡。哲学和神学,只是徘徊在死的穹隆下的猜测者、聆听者和研修者。

即使再浅薄的人,他的死亡也是深不可测的,要理解和解释一个无知者的死亡,却必须动用我们大量的知识和智慧,但是我们仍然不能理解和解释他的死亡的内涵和意味。

那些深刻的人,他们的死亡的含义深于死亡本身,也深于他们生前的哲学和全部思想,死亡强行终结了他们的生命,而他们匆忙出走的心灵,却令我们必须把对永恒之谜的想象,都交付给他们,以此才能填补他们的不存在造成的巨大空白。

一切都是过程,都是幻象,一切皆流逝,流逝的一切,都化作记忆,记忆也将随着记忆者的流逝而流逝。

正是流逝汇成了时间的沧海,汇成了苍茫的人世。

我们也加入了这流逝的过程,平淡而平常,但细想来,却又觉得惊险而悲壮。

我们只是偶然出现在我们注定要消失的地方。

我们偶然出现了,让我们珍重。

而注定的消失,正为了出现。

由此,死亡的残暴属性,仍会在生的足音里被郑重改写:所谓的死亡,并不是绝对的终结,我想,那只是一次临时休止,那只是一个仪式,一座渡桥,从这里,逝者带着他一生的征尘和心灵,转身,出走,远行,然后将出现在时间的那边,出现在我们不能抵达,也不能理解的时间的那边。

天狼星的亮度

周末的夜晚,我一人在小区院子里散步,过了一会儿,就习惯性地抬起头仰望星空,我一眼就看到了那颗最亮的星——天狼星,它是全天空最亮的恒星。有一首广泛传唱的歌曲《夜空里最亮的星》,歌里唱的那颗最亮的星,很可能就是天狼星吧。每当我哼唱这首歌的时候,如果是在晴朗的夜晚,我就很自然地在天空中寻那颗最亮的星。我总能很快找到它,我们是老相识了。于是我总要仰望一会儿,有时还久久地仰望。它的目光明亮、坚定而深沉,似乎还含着几分忧郁。我认为它与狼没什么关系。古人对天上事物的命名全凭猜测和想象。他们其实是在为自己内心的迷茫和恐惧命名。如果它与狼有什么关系,人们就不会如此殷切地仰望它、歌唱它,并发出诚恳的吁请:夜空中最亮的星,请指引我靠近你,请照亮我前行。我们,总不能请一头狼指引我们前行吧?

我正在仰望天狼星,这时,朋友走过来,邀请我去他家里坐坐,说周末了,难得有空,那就一起聊聊天吧。我们以往见面也聊,举凡家庭琐事、物价、市场、生态、时政、国际事件、网红怎样圈粉和赚钱、孩子上学与就业,以及商业文化氛围里的审美、信仰、哲学和艺术的价值,还有天文学与人生观、大爆炸与宇宙的创生以及宇宙的命运和终结、多重宇宙以及高维空间的猜测、某篇经济学文章该如何理解、王阳明的心学、爱因斯坦的大脑以及他对引力现象的独特理解和定义、用古典诗歌样式还能否书写和表达处于复杂时空环境下的现代人的生命体验和精神境遇、麻雀夫妻如何越冬和抚养孩子、厨房下水道疏通技巧、降压药的选择、脊椎增生的矫正和治疗、降脂降糖的食谱、抑郁症的预防以及能否治愈、缺钙的食疗、如何管理自己的情绪、盆栽植物的养护，以及炸酱面的做法，等等，无所不聊，没有主题和顺序，记起什么聊什么，聊到哪里算哪里，聊累了或聊得无趣了或被什么事打断了，就立即停住，点点头或挥挥手，再见。

我在朋友家沙发上坐下来，揉了揉眼睛，天狼星的光芒，仍在我的眼眸里闪耀、辐射和沉淀。

唉，物价又涨了——我听见他说。是的，物价一直在涨，除了我们的个子不长，而且还会萎缩，别的，什么都在涨。可是，天狼星是全天空最亮的星，嗨，看我扯哪去了。我又揉了揉眼睛，想把来自天上的干扰尽快揉掉。

俄国还在与乌克兰打仗——是呀，双方死伤很多，唉，不幸的人们的悲惨血泪。可是，我喃喃着说，天狼星不关心地球上的血泪。

那些网红啊什么的，他们也是生意人——是的，毫无疑问他们是生意人，在网红眼里，那些粉丝，都是他们的镰刀要收割的一望无际绿油油的好韭菜。我又揉了一下眼睛，心想，天狼星的视线里，也许会看见太阳的像素，但看不见地球的像素，因为它太小了,比微尘还小,也许,天狼星系的天文学家正在更换高清天文观测设备,以便能看到地球的像素并对之进行观测和研究。

孩子上学、找工作、成家,唉,让人头疼的事太多了——是的,生养孩子,本是人生寻常事,如今却成了没完没了的烦恼和焦虑,难怪有的年轻人选择躺平和丁克,我一边回答,一边又摸了一下眼睑,天狼星的光线仍在我的眼眸里缭绕、沉积,天狼星系里有孩子吗? 有生不起孩子、养不起孩子、供不起孩子的情况吗?他们的孩子长大了,有人报考天文学系吗?有人仰望银河、观测和研究临近星球的化学元素和自转周期吗?

厨房的下水管道又堵了,下午捅了半天总算通了,水管需要换新的——对,要换就换个质量高一些的水管,建议买那种价钱贵的铜管接口的,小区对面的小超市里就有,我一边应答,一边望了一眼门外的天空,不知天狼星系的居民怎样炒菜做饭?他们的房子是否安装着天狼星能设备,用巨大的天狼星热能烹调、烧烤、洗热水澡? 他们的下水管道是用什么材料做的呢? 他们的下水管道也经常堵吗?也许他们是高维空间的生命,他们不需要吃饭和排泄之类的生理活动,他们不会像我们地球人类,一辈子不得不为一口饭劳碌折腾个不停,多少人还吃不上一口像样的饭,还有饥饿而死的,可怜的地球人! 天狼星系的居民也许不存在吃饭的问题,也就不存在财富分配和占有的问题,这样,他们那里也就不存在两极分化和社会不公的问题吧? 当然,只要是生命,他们也会有饥饿感和疲倦感的,当他们感觉饿了或疲倦了,就仰望一会儿头顶的星空和星云,对着满天的繁星做一会儿深呼吸,宇宙的能量就立即灌注、充盈他们的身心——我忽然想起司空图《二十四诗品》里的两句:"真力弥满,万象在旁。"也许就是古人在灵思极度澄澈通透的时刻,超越了三维空间的囚笼而与高维空间(四维乃至六维空间)产生了瞬间连接而出现的通灵直觉吧?

唉,那位吴同学,走了十几年了,他生前借给我看的那本黑格尔的《历史哲学》,商务印书馆二十世纪九十年代出版的,还在书架上放着,前些天我还拿出来翻看了几页。吴同学读书,有一边读一边在书上勾勾画画记下感受的习惯,那天,看着书页上吴同学那灵秀的钢笔字,以及那只有细读深悟才会有的精到点评,恍如刚刚写上去的, 吴同学真是才智之人啊, 可惜了, 走得太早——是啊,太可惜了,古人说"白发多时故人少",我们今晚念及吴同学,多年以后,谁又会念及我们? 我心想,天狼星系有生命吗?有死亡吗?也许天狼星系属于高维度空间。在高维度空间里,也许有生命,但不会有死亡,可能也会有生命的转移,但生命不会死亡和消失,生命可以在四维、五维或六维之间腾挪跌宕,通过转换和穿越不同维度的空间, 获得不同的生命体验和精神历程。

世上没好病! 我原以为腰椎增生是小毛病,没什么要紧的,自从得了这病,才知道太折磨人了! 是的,你说的太对了,世上哪有什么好病? 病都是来折磨人的,不仅折磨人,有的病就是来要

237

人命的！不过，对付腰椎增生、腰酸困、腰弯曲，我倒有一个简易治疗方法，成本很低，却很管用。我一边说着，一边站起来，说，户外空气好，空间也开阔，关在屋子里聊天，越聊心境越逼仄，走，咱到外面去，继续聊。就从沙发上拉起朋友朝门外走，在小区中间的一片空地上站定，我说，你不是腰椎有问题吗？零成本，治疗腰椎病很有效，这可是祖传的偏方哦。现在就开始治疗，只需直起你尊贵的腰仰起你高尚的头，仰望浩瀚星空，仰望夜空里最亮的星。哦，稍微转一下，转向我这边，转过身来，就看见无限！你看，在天空的东南方，那颗最亮的星，就是天狼星。

他很专注地仰望了一会儿天狼星，然后，眼睛转过来，直直地望着我，愣怔了一会儿，试探地对我说，老李，我知道你一直对天文学和宇宙学很有兴趣，已有点儿走火入魔的意思了，刚才屋里聊天时，我看你就有点儿心不在焉，好像来自太空的魔力一直在左右着你。我知道，在天狼星的视野里，我们甚至没有资格谈论虚无，因为我们就是虚无。不过，仰望星空肯定是有必要的，正如你说这是一个古老的单方，而且确有治疗的效果，刚才我仰望了一会儿天狼星，此刻我的腰痛是有些缓解了。

当然，我知道，仰望星空，仰望夜空里最亮的星，这不是实用主义的处方，你的意思主要是指仰望星空的精神疗效。这些我是知道一点儿的——仰望无限就是被无限教诲，仰望永恒就是被永恒治愈，仰望夜空里最亮的星，就是让自己内心趋向辽阔、澄澈和光明，让心灵与永恒连接。老李，你看，天狼星确实很亮，天狼星系也许没有下水管道的问题，没有血压血脂血糖血酸的问题，没有癌症和病毒的问题，没有缺钙和脊椎增生的问题，没有战争、失业、物价上涨和老年痴呆症的问题，没有人心险恶、社会不公的问题，甚至没有死亡的问题，我们有的问题他们也许都没有，但是，他们有的问题我们却一点儿也不知道。也许，天狼星的轨道和地球的轨道完全不一样，天狼星在牛顿定律和爱因斯坦的相对论之外旋转和燃烧，天狼星遵守的是四维空间甚至更高维空间的物理定律。平行宇宙理论认为有多重宇宙的存在。宇宙是由少量的物质和大量的不可见的暗物质暗能量构成。在看不见的暗物质宇宙里，也许有着无数不可思议的生命现象。多重宇宙里有着无限多的生命形式和精神样态。低维空间里的心智根本无法想象和理解高维空间的生命现象和精神现象。但是，我有一点儿小小的发现——我用三维空间的视角望过去，觉得天狼星的光谱异常强烈，波动度很大，它是否有些狂躁呢？天狼星系的居民会不会有抑郁或狂躁倾向呢？我感到天狼星的光谱里似乎有一种病态的压抑和躁狂，我想，不管它处于何种空间，它也是悬浮在无边荒凉中的一颗孤独星球，也要受宇宙紫外线的强烈辐射，甚至也要受黑洞引力的吸附并且随时会有被黑洞俘获和吞没的危险，我想天狼星系的居民也会有躁狂症、恐惧症和抑郁症吧？我猜想，他们也许有各种各样的疗愈方法，其中成本最低的一种方法，就是仰望夜空里稍微温和一些的蓝星星，用以对冲和平复他们族群的狂躁和焦虑，说不定，他们就喜欢仰望我们这颗地球——仰望夜空里的那粒蓝像素、蓝泪痕、蓝微粒吧?

可是,老李,只顾聊天,我又忘记吃降压药了,估计此时血压升到 160 以上了,头有点儿眩晕,我得回家吃药去。他看了一眼手机,转过身又对我说了一句:已快凌晨一点了,老李,你也回家休息吧,我们明天见。临别,他又絮叨了几句:唉,真麻烦,天天要吃降压药,一天不吃都不行,当然,天狼星系的居民也许不用吃降压药,在天狼星系里,血压越高越健康——这是由天狼星的亮度决定的。

嗬,血压越高越健康——我的老同学竟然猜到了天狼星系的另类医学。

我忽然发现,我的这位患高血压病的朋友是多么幽默。

也许,天狼星深陷于狂暴的火海里,正在向宇宙发出求助的信号。

而它的亮度却给了我们仰望的方向。

仰望它,也顺便治疗和矫正了我们的腰椎疼痛和弯曲。

它的亮度也增加了我的朋友的幽默感。

不仅如此,它的亮度也部分地缓解了我们的抑郁和焦虑。

虽然,天狼星深陷于狂暴的火海里,天狼星系的居民,也许经常以仰望夜空中的那粒蓝像素,来抚慰自己……

中年这部手机

我有一个感觉,越是年岁小的时候,记忆和故事就越多。幼儿年代记忆最多,与虫虫蚂蚁见一次面都是故事,与蜜蜂蝴蝶撞个满怀都是奇遇,被阿姨表扬一次都是无上幸福……小学次之,但这毕竟是"幼儿时代"的延续,好奇与天真依然编织了许多缤纷记忆。中学又次之,沉重的学业奴役着青春年华,除非发生初恋,这段年轮里难有大的刻痕。大学更次之,社会就在门外翻滚,市场就在窗外喧嚣,浪漫的憧憬已渐渐暗淡,热烈的幕布也缓缓合拢,求职、考研、考博、创业、中产阶级、成功人士……不着边际的理想终于尘埃落定,生活露出了它缺少诗意却极端严酷的真相,你不得不按照社会的订单制造自己并尽早把自己推销出去,这期间,如果没有一场热恋发生,天上不掉下一个大馅饼,或半夜里不出现一道彩虹,你的记忆大致是平铺直叙的,难有高潮段落和经典细节。

到了我这个年纪,生命好像已缺少了制造记忆的功能,实际上是缺少了创造故事的激情,没有故事,哪有记忆?属于自己的时光是越来越短了,但填充在时光里的材料——故事、场景、感觉、情思,却越来越稀薄,许多时间都留下了空格,记忆的密度越来越小了。生命是用来填空的,为你拥有的这一段时间填空。在不明白这个道理的时候,我们是小孩,却那么出色地为早期的生命填了空,填得密密实实、红红绿绿、真真切切。当懂得了这番道理,我们却失去了填空的能力,用以填空的素材也似乎越来越少了。眼看着生命带着大量的空格随时间流走,真是"人生长恨水长东"。

读书不过是用别人的故事、记忆、情感、思想为自己的生命填空。这样的充填物,或许很高级很珍贵,但毕竟是"二手货",填进自己的生命空格,总是隔了一层,难以水乳交融。真正能与自己融为一体的,还是要亲身经历。

与人交往,希望有故事发生,但很难有故事发生,人们都活在自己的角色里,都有自己确认、接纳、复制、删除等等那一套严密程序。你很难有逸出常规的激情,即使对程序偶尔"刷新",但你刷出的还是那个陈旧的自己。在商业社会,温情脉脉的面纱里面,不能说没有一点温情,但是,温情脉脉的面纱之外,毕竟是一个奉行等价交换原则的市场,因此,除了等价交换,除了计算和消费,多数情况下不会有什么奇迹发生。与人相遇,更像是短信遭遇手机,匆匆打开,匆匆浏览,匆匆删除。而那所谓"经典的"信息,很可能恰恰是"公共的"快餐,要不了多久,也将永远删除。

我忽然觉得,中年这部手机,它最活跃的也是最常用的功能,竟是:删除。

删除之后,你还得把这部刚刚清空的手机,别在命运的腰里……

登顶

天不亮我就骑车离开城市,一个小时后,就到了南山脚下。此时,村寨里鸡鸣声响成一片,有几只公鸡跳到草垛上,仰起脖子扯着嗓子对着天空大抒其情——看着他们虔敬的样子,作为一个喜欢写诗的所谓诗人,我竟然有了几分惭愧:他们是比人世间的诗人更纯粹的真诗人。古往今来,他们一直坚持着对太阳的初恋和对天空的痴情,不管人世如何变换着烟雾、泡沫、脸谱、时尚和语言,不管人造的电子钟如何扭曲着人们的时间表,他们,始终坚持自己内心的刻度和指针,用自己古老的语言,与黑夜交谈,向太阳倾诉。就在他们一次次质疑黑夜太黑,要从浓重的乌云里抢救出迷途的旭日时,我们这些所谓诗人,却常常躺在名利的被窝里与黑夜同床共枕,打着押韵的鼾声,说着岁月静好的昏话——真是惭愧啊!在黎明的词典里,何曾收录过诗人激动心魂的诗句?倒是在黑夜的档案里,留下了他们瘫痪残废的记录。

我恭敬地站在路边,听着他们的一首首诗朗诵,从他们固执的身影和纯正的声音中,我感到了这个变得越来越可疑越来越陌生甚至越来越可怕的人世,总算还有一种不变的东西保存了下来,这就是:对光明的追寻、对体现均衡美学和正义的宇宙法则的不变的坚守,以及表达这种情感和信仰的那种单纯的、真挚的、万古常新的诗的语言。而这一切,不是由随波逐流的人类诗人鲜明地表达出来,却是由貌似没有任何文化和现代意识的大自然的抒情诗人——雄鸡们表达了出来,就更有了一种客观性和永恒性。我想,当有一天,人类的时钟彻底停摆,也即是说,人类作为一种生物寿终正寝,那时,响彻大地和天空的,绝不会是别的什么电子时钟和机器人的胡言乱语,而依然是雄鸡的诗朗诵——可见,雄鸡身上携带着永恒的时间秩序和生命节奏,而人身上镶嵌的,只是折腾自己也折磨万物的临时的、扭曲的、错误的、自私的、贪婪的、张狂的闹钟,而大自然随时都可以将其删除。

我把自行车寄放在山下一位农民大伯家里,然后步行上山。一路上我时而打起口哨,时而哼着小曲,有时遇到一户人家,突然从屋檐下奔出一条狗汪汪着扑来,我就模仿着它的嗓音,弯伏着身子也向它汪汪着做出扑咬的姿势,那狗竟胆怯地退却了,尽管仍然汪汪着,但底气明显减弱,它一定在想:这家伙不好对付,可能是一条疯狗,他竟然可以站着,也可以弯腰伏着,还披着假模假样的衣裳,叫声显然不地道,绝对不是一条正确的、正宗的狗,很可能是一条假狗或疯狗,更让它纳闷的,是这条狗的眼睛的部位竟架起了两块明晃晃闪着不怀好意光亮的玻璃,可得当心!

狗和我没有怎样过分纠缠,它可能害怕了,转身哼唧了几声,朝屋墙后面走过去了。我们互相留给对方一个永难解开的谜,我继续爬山。

越往高处走,草木越多,露水越多,云雾越多。云像在滚动,在蒸腾,像有一个巨灵在暗中喷吐。云漫过的地方,草木洁净而湿润,露珠挂在上面,像一串串透明宝石。真不忍心碰落了它们。纯洁的事物,好的东西,干净的心,都脆弱易碎,禁不起哪怕最轻微的伤害。尽管小心地行走,还是不停地有露珠落地而碎,衣裤都被打湿了。我就想:从草木间走过,我们究竟碰碎了多少露珠?

而从岁月里走过,我们留下了多少遗憾?

阳光照过来,却没有多少热度,不像是六月的太阳,柔和得像是三月的初阳,厚厚的湿润的云雾抚慰了它,它也以温柔的被净化了的"佛光"抚慰土地上的事物。此时我看不见太阳,我想,它正慈眉善眼地从高处注视着我,注视着一切。

云雾已开始减少,视野仍然朦胧。草木们幸福地站在清凉里,各自的手里都握着足够的礼物,艾草、狗尾巴草、马鞭草、车前草在微风里轻颤着,又很快静止了,我似乎能看见它们欢喜又有些着急的神情——满手满身的珍珠钻石,不知该送给谁?

忽然,脚底下咔嚓一声,接着就感觉有什么东西瘫软下来,是不祥的小型爆炸。我低下头,抬起脚,一看,一只鸟蛋被踩碎了,蛋清蛋黄沾在我的右鞋上。一颗心脏、一团色彩、一双翅膀、一串云端的鸣叫,都葬送在我粗暴的皮鞋之下。谁能再复活它呢?上帝的手何时才能把这破碎的汁液再一次聚拢,凝练成飞向天空、拍打我们想象的美好羽毛呢? 我的心,我那一度被早晨的霞光、被审美的激情鼓荡得十分高涨、迷狂的心,猛然沉下来,浮起伤感、悲哀和自责。

雾终于散了,此时我才发现自己已到达山顶。可是我却兴奋不起来,一点儿也没有所谓的"一览众山小"的喜悦。不错,我是到达了峰顶,到达了这座不算太高的山之峰顶,到达了这个平凡早晨的峰顶。然而,在一块岩石上坐下来,我脱下鞋,察看鞋底,不禁一阵心惊:貌似无辜、辛苦的鞋底上,沾着斑斑伤痛和血迹,沾着被踩碎的蛋清蛋黄,沾着被踩死的蚂蚁蚯蚓,沾着被踩断的蝴蝶,沾着被踩烂的蟋蟀、瓢虫和蜗牛——我看见两个模糊的蟋蟀头部,它们也许正相互偎依着倾诉,我的鞋,使它们的婚礼变成葬礼……我不敢细看也不敢细想下去了,我骂了几声自己,我真想就地埋了这双劣迹斑斑、血迹斑斑的鞋!

我应该赤着脚,跪在山顶,大声说一句对不起,我应该向生灵们忏悔,向土地忏悔,向道路忏悔,向早晨忏悔。

是的,我到达了这个平凡早晨的峰顶。然而我却没有抵达的喜悦。抵达的时刻,竟是自责和忏悔的时刻。我想起这个世界的状况,想起生命和命运,想起过往的历史和正在经历的现在,以及注定要走向的未知岁月,我想起世俗的事功和崇高的信仰,我想起庸常的追求和伟大的征服……不管我们对自己的所思所行所作所为怎样饰以华彩罩以光环,人,即使对自己似乎很人性、很合理的行为,都不能过分地自以为是。人,不过是人,不过是生物界的一个物种,不过是使用着这个世界,建设着这个世界,也毁损着这个世界。说到底,人不过是对这个世界存有更多欲望,怀有更多企图,握有更多手段而已。即使是貌似"高大上"的事业,也不过是为了满足人的更多的欲望和诉求,在自然的眼里,在更高的存在的眼里,也许一点儿也不崇高,倒是一种更深重的践踏和更贪婪的索取。更不用说对财富、对权力、对名利、对占有、对享乐的追逐和争夺,本能和贪欲更是其直接的动机和动力。在通向财富之巅权力之巅享乐之巅的路上,人们啊,请察看你们的脚底和路面,那被践踏和伤害的,岂止是几枚蛋、一些虫蚁?

我站在山顶,纵目远眺俯瞰。此刻,在世界的无数大路上小道上野径上,追逐着、狂奔着、攀缘着、争夺着的人们啊,我想对你们说:能否慢一点儿,轻一点儿,仁慈一点儿,或者暂停一会儿,请低下头,看看自己的脚底……

记忆的暗河

忙碌或庸碌一天,到夜晚也难得静下来,又得想想明天该做些什么。总算静下来了,不想明天的事,也不想以往的事,就在寂静中关闭了心宅,把一切都放下吧。佛曰:放下是福。

然而,寂静是一块肥田,从中生长出星星点点继而是稠稠密密的东西。走进去一看,竟是一些记忆的碎影和残片。

活过的时间都被时间带走了,能留下来的只是一些记忆。人好像就为了储存和积攒一点儿记忆才接受生活或忍受生活。虽然有的记忆是人不愿记忆的,如同有的生活是人不愿接受的。但只要你接受或忍受了一种生活,你就有了对那种生活的记忆。在生活的过程中,人也许有过极复杂痛苦的体验,而当那段生活过去之后,人获得的记忆却比那复杂、痛苦的生命体验要简单得多。由此我觉得记忆是不大可靠的东西,人性深处似乎有一只筛子,它不自觉地按照某种命令来筛选记忆和经验的颗粒,过于沉重或沉痛的颗粒都被它筛掉了,保留下来的只是一些不那么沉重或沉痛甚至是比较明亮、轻松的颗粒。我发现记忆是按照"快乐原则"来工作的。人性中好像有一种"保险设置"，它负责警戒和拒绝那些有可能伤害和摧毁人生的"恶性细节"的侵入，从而使心灵保持基本的平衡，以承受岁月和生存的压力。

那么，被"筛子"筛掉的那些情节都到哪里去了？莫非能被筛出人生之外？

这让我想起一条河的流动过程。河床上的水在流淌中制造漩涡和浪花，让我们看到水的激荡之美和妩媚之美。而在河水的深处，却沉淀着痛苦的石头、不见天日的泥沙；在河床的下面和更下面，长年累月渗透的水会形成一条潜流，一条暗河。在我们能看见和欣赏的河流的深处，还隐藏着另一条河流。即使河床上面的河水改道了或干涸了，那条暗中的河流，仍在地层深处流动或潜隐。

其实被我们的"意识之筛"（即"保险设置"）保留下来的那部分记忆，常常与大部分人的记忆是相似的或大致雷同的。因为人性中"趋利避害""舍苦求乐"的本能造就了所有的人都大致相同的"意识之筛"。而筛掉的那些东西，却是各各不同，有着千差万别的重量、颜色、质地和气味。"快乐是相似的，疼痛各有各的痛点"。节日是相似的，祭日各不一样。花开是相似的开法，花落各有各的落法。

我们再回过头想想古往今来的那些文学杰作，它们感动和启示我们的，并不是因为它们表现了人类大致相同的欢乐，而在于表现了人类各种各样的痛苦和幻灭，以及大师们在表现人类痛苦的同时所寄予的对生命的深挚关切、理解和同情。

我似乎明白了为什么有如此众多的写作者，却少有伟大的、深刻的、动人的作品，我们大都停留在流行的平面，复写那些浮表的波光泡影和水沫，即使偶尔有一点儿痛苦的表现，也装饰了或隐或显的时髦花边。我们大都浮游在生存的河面上，掬一捧水花浅浪取悦河岸上的看客，我们很少深入河床之下，去发现和倾听更深处的暗河，撩起那深邃的、黑暗的水波。

我似乎知道了《红楼梦》为什么深刻，为什么令千古读者拭泪，它触到了人的根本困境，在困境中它发现了"情"乃浮世人生唯一的寄托和慰藉，乃时间之海里漂流的人们唯一可以摆渡荒海抵达彼岸的方舟，而"情"又会随着命运和岁月的推移被摧毁，更会随着肉身的殒灭而殒灭，在最后的"白茫茫一片真干净"之中，它发现了时间之门，它发现被"情"经历了、被泪雨洗过了的时间，都变成"情天恨海"，变成了人生曾经存在过的记忆和证据，于是，虚无的时间被幻化了的"情"充满和照亮。

或许我们已经丧失了曹雪芹那种古典的深情和纯真，他在参破人生"本来无一物"的真相之后，并没有完全陷入虚无和对人生的否定，他在对情的悲悼中仍寄予了对情的钟情，当一切筏子都不能摆渡人生走出虚无和荒海，"情"，乃是人仅有的、最好的生命方舟。

我们在表面的河流里溅起了太多相似和相同的轻浅的水花

和泡沫。是否该深入河床的下面,那里有着更深邃的、被遗忘的暗河……

对一个垃圾堆的观察

　　我经常到城郊的沙滩散步,每一次都免不了要经过这个垃圾堆。我不回避垃圾堆,我住在与它并不遥远的地方,很难说我与这垃圾堆就没有关系。也许我的一部分生活,甚至很重要的生活,最后都归宿到这堆垃圾里。有一次我望着花花绿绿乱七八糟的垃圾堆竟走了神,一阵风吹着吹着就在垃圾堆里吹成了旋风。风旋转着,翻阅着,像在浏览人类业已流逝的生活。风把一些轻飘的东西卷起来,像在随手抛撒岁月的传单。一些旧报纸、旧文件、旧表格竟落到我的面前,我弯下腰低下头浏览它们,我的这种姿势好像是对已变成垃圾的这些纸片表示谦恭,其实仅仅为了浏览的方便,我不想再次把它们捧回手中。目光匆匆扫过那些过时的新闻、风干的语词、可疑的数字,它们曾经多多少少决定和影响着人们的命运,如今它们的命运掌握在风和拾垃圾者的手中。我在垃圾堆里试图辨认生活的一部分面目。我看见污迹斑斑的广告纸仍在耐心地向周围的垃圾推销产品;我看见一页任命官职的名单赫然站立着一排趾高气扬的名字,不知趣的苍蝇竟胆敢围着这些名字起哄跳舞;我看见了蓝带啤酒瓶,美国的配方曾经吹奏了怎样迷人的泡沫;我看见了几枚干瘪蜷缩的避孕套,已被无知的甲虫派上了用场,下雨下雪的时候就躲进这避难所，这一次性的玩意儿总算在远离人的地方为别的生灵带来了并非一次性的安全和福祉，这虚妄的塑料与一只受难的甲虫发生联系的时候，终于显现出了一点儿神性和仁慈。

我看见了一根领带，紫红色的，它曾经招展在谁的胸前？我看见好几帖膏药，它曾贴在谁的患风湿病、关节炎的身体，它是否找到了那隐隐疼痛或剧烈疼痛的岁月的穴位？我看见一个破旧手表，时针、分针和秒针仍指着过去的时间，它们要把那个秘密的时刻一直守下去？我看见一双又一双鞋，有大人的，有小孩的，有男式的，有女式的，这么多的鞋曾庇护过多少脚，曾踩踏过多少路？我对那双大号的男式破皮鞋竟生出几分悲悯和尊敬来，与它相依为命的脚如今行走在怎样的路上？鞋里灌满泥沙，鞋底有几处已经断裂，穿这鞋的那双脚一定走过太多的泥泞和坎坷，我想象那双脚受过多少委屈和道路对它的伤害。疲惫的鞋终于退出了道路，那双疲惫的脚也许仍在泥泞里，在深夜的陡坡上孤独跋涉。我在心里向那双我也许永远见不到的辛苦的脚祝福。

易拉罐、塑料袋、香烟盒、空酒瓶、废纸、废书、旧日历、烂菜叶……垃圾重叠着垃圾——如同这之前：生活重叠着生活。一些永不会见面的人，通过他们生活的残迹，在这里见面了；一些永远陌生的生活在这里找到了相同的归宿；过程在远方缤纷地展开着，结局沉默地汇聚在这里；一些隐藏得很深的秘密在这里袒露无遗，许多貌似庄严的东西在这里自己嘲弄着自己；许多曾经卑微和被遗忘的命运在这里忽然照亮了我的眼睛，令我难过，令我牵挂。

在生活中，人们认识并经历着生活；在生活之后的垃圾堆里，是否也能认识并经历生活？我们生活着，创造着永恒的价值，也制造着无穷的垃圾。在垃圾堆里，我想象着一个活着的人和垃圾堆的关系，我想象着，生活中有多少内容将变成价值，又有多少内容将变成垃圾？

我看见垃圾堆里的煤渣，掩埋在废纸和塑料袋之间，燃烧过的煤仍然保持着固执的黑色，这是时间的颜色。我知道它在若干亿年前曾是绿色的树木，造山运动将它陷落地底，它变成了煤，后来它走出地面，它进入人的生活，它最终来到这里，成为垃圾的一部分——我忽然对它产生了敬畏，它有着如此伟大的身世，它让我看见了一个令我惊讶的事实：一点儿不起眼的垃圾后面，都站着一位地老天荒的神灵——时间。

婴儿颂

李汉荣作品

天狼星的亮度

百花中国
自然写作

婴儿的笑容是神的面容

婴儿脸上的笑容,单纯到没有任何含义,却十分神秘,具有一种奇特的、莫名其妙的感染力。婴儿的笑,是笑本身在笑,是生命本身在笑,而不是欲望或别的什么在笑。从古至今,成人世界变化很大,越变越俗越变越贪,而婴儿却没有变化,婴儿一直保持了远古的纯真心灵和赤子笑容。

婴儿的笑,没有成人世界的任何含义。婴儿还没有入世,婴儿与这个世界还没有关系。婴儿的笑是露珠、彩虹、白云、花朵的表情。婴儿的笑是雨后晴空的表情。婴儿的笑是宇宙星云的无限神秘表情。婴儿的笑是另一个世界的表情。婴儿的笑容是神的面容。

从婴儿的笑,我们发现并相信,我们这些成年人确实把好东西丢失了。因为我们也曾经与他一样纯真,我们也曾经有着神的面容。而现在,我们脸上却淤积着世故圆滑的表情,即使偶尔笑一下,也显得假而俗,有时那笑倒也是真的,却是媚笑、谄笑、窃笑、狞笑、奸笑或苦笑。

婴儿的笑,是向成人世界出示的招领启事:你们,很不幸地把许多天赐的好东西丢失了,我替你们保管着,你们快来认领吧。可惜,我们丢失那好东西已经很久很久了,错过了保质保鲜期,我们已无法认领回来了。我们只能羡慕婴儿,甚至崇拜婴儿。

婴儿是我们贞洁的上古之神

婴儿是我们清澈的上游之泉,婴儿是我们贞洁的上古之神。婴儿,在唤醒和教诲我们的心灵。

你以为婴儿无所事事,除了睡眠,除了傻笑,他什么都不会做吗?

其实,婴儿做着很重要的工作。婴儿从事的工作是我们绝没有能力承担的,婴儿担任着神职——婴儿负责打扫我们的灵魂,婴儿负责重新修订我们的精神世界,婴儿要引领我们返回生命的清澈源头。

我们这些成熟的男人,都曾经是或正在担任着婴儿的父亲,其实呢,从心灵和精神意义上,婴儿才是我们这些成人的父亲,是我们的精神父亲,你看,婴儿正在用纯真无邪、晴朗宽阔的笑容照耀着我们,感染着我们,召唤着我们。

婴儿——我们的父亲,他怜悯我们,他关怀我们,他很想培养我们,他知道我们这些成年人只是一群丢失了纯真心灵的可怜人,他想认领我们,他要重新培养我们,把我们这些庸俗成人重新培养成纯真无邪的可爱孩子。

婴儿,我们贞洁的上古之神;婴儿,我们的父亲,他在笑,他在深情地若有所思地注视着我们,他思考着怎样重新培养我们。

你看着我,就是在治疗我

婴儿,你看着我,就是在治疗我。婴儿,刚刚从时间的远方走来,婴儿来自的时间,在时间之外,在世界之外,婴儿给我们带来时间之外和世界之外的纯洁和神秘。婴儿其实不想加入这个世界,婴儿与我们不处在同一个时间和空间,世上的日历和档案与婴儿毫无关系。天上的白云不需要日历, 清晨的露珠不需要档案。婴儿没有日历。婴儿没有档案。婴儿还没有世界。婴儿是永恒之国的使者,婴儿看着我们,就是永恒在看我们,就是无限在看我们。我们在琐碎的时间碎片里迷茫和徘徊,在艰辛的生存沼泽里劳碌和挣扎,婴儿却在永恒和无限里翱翔和神游。婴儿看着我们,就是代表永恒和无限向我们表示同情和慰问。

婴儿想拯救我们,想把我们从时间的囚笼里释放出来,想把我们从生存的沼泽里打捞出来,与他一起向无限和永恒飞翔。婴儿本来想拯救我们,然而却是我们在养活婴儿,婴儿感到惭愧、为难和力不从心,于是婴儿不好意思地笑了,婴儿在向我们致歉。

婴儿本来是要来拯救我们的,但婴儿却要由我们养活。造物者对这件事没安排好,但也没办法另作安排,有点儿来不及了,因为已这样安排好久好久了。培养者却要由被培养者伺候,培养的方案就难以落实;拯救者却要由被拯救者养活,拯救的使命就难以完成, 被拯救者反而以为是他拯救了拯救者。婴儿左右为难, 婴儿哭笑不得, 这就是为什么我们看见的婴儿总是又哭又笑、时哭时笑。他实在是很为难啊。

但是, 不管怎么说, 我们多数时候看到的总是微笑着的婴儿。婴儿笑了,那是无限在笑,是永恒在笑。微笑的婴儿看着我,就是在治疗我。这一刻,我被永恒和无限注视,我被纯真注视,我被神注视。这一刻,我从时间的锁链和生存的奴役里暂时解脱出来,我复归于婴儿,我与婴儿面对面,我找回了羞涩的情感和纯真的心灵。

婴儿,你看着我,就是在治疗我。

柔弱无力的婴儿

是谁让我们想起我们也曾经那样纯真？是谁让我们发现了自己的无知、贫乏和庸俗?是谁唤醒了我们内心的无限慈爱和柔情？是谁让我们忽然有了返璞归真的渴望？

是婴儿,柔弱无力的婴儿,却有着绝大的神力。

婴儿让英雄谦卑地匍匐在春天的摇篮面前，乖乖地放下宝剑,捧起奶瓶,婴儿让英雄明白:比起耀武扬威的宝剑,摇篮和奶瓶,才是这个世界的起源。

婴儿让国王彻底放下身段, 恭敬地跪拜在他稚嫩的裸体面前,为他撩起浸着奶腥味和尿臊味的尿布,婴儿让国王顿悟:比起高高在上的皇宫和王座，尿布,才是我们每一个人真正的坐垫——我们最初是坐在尿布上吃奶咂手指,我们最后也将躺在尿布上向瑶池出走。

婴儿让富翁忽然发现自己的惊人贫穷,因为除了对着利润和财富微笑,富翁已经不会笑了,他有了很多钱,却丧失了纯真的情感和柔软的心肠,丧失了比金子珍贵无数倍的赤子之心。而眼前这位一无所有的婴儿,他对着白云微笑,对着月亮微笑,对着雨点微笑,对着雨后的彩虹微笑,对着青草微笑,对着露水珠珠微笑,对着蚂蚁微笑,对着鸟儿微笑,对着远山微笑,对着永恒微笑,对着万物微笑,他属于万物,他拥有万物,他是万物的朋友,他是宇宙的精灵,他是无限的使者。比起这位一无所有的婴儿富翁,物质世界的富翁们,只是一些表面腰缠万贯而灵魂一贫如洗的可怜乞丐。

　　婴儿让博学者发现了自己的浅薄和无知,博学者以为自己博学而知万物,在婴儿面前,他才知道自己原来对婴儿的内心竟一无所知,对婴儿天使般笑容的含义一无所知。是的,我们所知道的,仅仅是有关这个世界的极少、极肤浅的一点点所谓知识,而婴儿却知道另一个世界的真理,他刚刚从另一个世界远道而来,他掌握着那个我们已经遗忘了的世界的神秘知识,我们只知道这个世界表象的、相对的道理,婴儿却知道另一个世界的绝对真理。婴儿掌握的知识领域,都是我们的未知领域。但是婴儿不愿意告诉我们太多,他怕他说出了真理会吓我们一跳,让我们掌握的那些浅薄庸俗的所谓知识体系瞬间全部崩溃。再加上婴儿的语言是另一个世界的语言,与我们使用的语法和逻辑全然不同,即使婴儿说出来,我们也听不懂。所以,婴儿索性就不说,只是似笑非笑地看着我们,有时急了,婴儿就哭,他为我们的无知而哭,为我们的傲慢和自以为是而哭,为我们的堕落而哭,为我们的贪婪而哭,为我们的庸俗而哭。他哭我们为什么就不懂他呢? 为什么除了知道那一点点有关物质、有关占有、有关掠夺、有关消费、有关虚荣、有关名利的世俗知识,我们对心灵世界的真理却懂得那样少呢? 为什么对天真高尚的事物知道得那样少呢? 他急哭了。他经常号啕大哭。

哭完,婴儿忽然想起,眼泪并不能让这些愚蠢的成人完全明白他们遗忘了的东西有多么珍贵,于是婴儿笑了,婴儿宽厚地笑了,婴儿知道正是这些不理解他的成人在养活他,他们也很不容易,何况,婴儿毕竟已经从另一个世界迁移到这个世界,他的使命是提醒这个世界和这些成人:这个世界的高处和深处,还有一个他们不慎遗忘和丢弃了的纯真世界, 婴儿只是提醒这些成人不要忘了自己生命的上游和心灵的源头,并时时自净自洁,返璞归真,婴儿并不是非要把这些成人转移到另一个世界,比起这个世界自以为是的愚蠢和强大惯性, 婴儿也根本不具备让时光倒流、让世界回心转意的能力,更不具备让这些顽固、庸俗的成人重新返回纯真世界的能力。于是,婴儿宽厚地、无可奈何地笑了,自嘲地、惭愧地、遗憾地、若有所思地笑了。

在心灵的荒漠,我们渴望婴儿带着纯真的
甘泉降临我们中间

在现代世界,神灵已被废除,一切神权也随之被废除,关于神灵的神秘知识,也被废除被遗忘。当然,为了使人的生存变得明晰、实在、有序,这样做也是有必要的,免得那些装神弄鬼的人

把世界搅浑，使人无所适从。但是，由于失去了精神信仰和神性的引领，我们的"心源"也就越来越浮浅了，甚至枯竭了，我们对高尚的心灵生活和宇宙的终极奥秘也就失去了念想和叩问的激情，人面对的也就似乎只剩下了眼前的这个世俗和消费的世界，我们的心智也完全搁浅于此，终结于此，懒得再追问和沉思宇宙的本原与生命的奥义。我们生活在一个没有绝对之光照耀的相对世界，我们生活在一个没有神性笼罩的完全物质化的平庸世界。我们所拥有的知识也成了关于物质世界之成分、结构及其如何被人利用和消费的完全物质化世俗化的实用知识，即所谓的"科技知识"。我们的所谓美学，也成了商业的廉价装饰和对消费的精致修辞，而全然丧失了"外师造化，中得心源"的内在底蕴和浑然诗意。我们把属于心灵和情感领域的知识交给了心理学，而心理学描述的则是心灵的物质（生理）成因和状态，说到底，心理学描述的也是关于人的身心层面的属于物质（生理）功能的延伸部分——内在部分的启动和生成机制，而非精神现象之绝对本原的描述和呈现。这就是说，除了关于物质世界的科技知识、消费知识、娱乐知识、升官和发财的知识，现代人类实际上已经没有了关乎心灵奥秘和生命意义的精神领域的知识，其实已经没有了那个所谓的精神领域，我们全部的也是仅存的唯一的领域，只剩下了一个领域，即物质领域和关于物质领域的科技知识和消费知识。而我们貌似热闹的心灵，其实已经撂荒了，早已荒漠化了。我们折腾来折腾去，似乎很缤纷很丰盛很多元，其实折腾来折腾去,不过是在物质世界里变着法子消费别人或消费自己,娱乐别人或娱乐自己,恭维别人或恭维自己,推销别人或推销自己。我们像一只彩色橡皮船,轻浅地来回滑行在消费的池塘,而在消费之外、池塘之外,我们已没有了别的海洋,没有了别的地平线,没有了别的宇宙——没有了精神彼岸。

可是,人的心灵是指向彼岸、指向绝对、指向永恒的,人虽然生活在相对和有限的世界,但人的心灵则有着对绝对和永恒的渴望,因为人的心灵正是起源于冥冥中的绝对和永恒,人的心灵渴望一个绝对的彼岸,只有绝对的彼岸才能对应于心灵对绝对的渴望,只有绝对的彼岸才能与心灵达成默契,才能让心灵获得归宿感、圆融感、意义感、崇高感、永恒感和深刻的安慰,从而摆脱和超越死亡的恐惧和生存无意义的烦恼。

然而,完全物质化的此岸世界根本难以安顿高度精神化的心灵,难以为心灵提供一个可以眺望、泅渡、皈依和与之相融合一的彼岸。心灵的去向,被全然物质化的此岸堵截了,遮蔽了,心灵搁浅在此岸,心灵无法远行和飞翔,心灵放弃了永恒和绝对,永恒和绝对也抛弃了心灵。心灵只好被羁押在物质的囚笼里承受迷茫、焦虑、无聊、荒凉和饥渴,承受生存无意义之烦恼,还要忍受死亡的逼视、压迫和最终的寂灭,有的人只能靠饮鸩止渴麻醉心灵,或者充当权力拜物教、金钱拜物教的奴隶,让自己完全沦为没有灵魂的"欲望之躯"和消费机器,顶多用一些快餐文化的油彩,来涂抹和装饰消费的过程,使之看上去似乎很有情调和小资趣味。然而,抹去那层稀薄的文化油彩,我们会发现,那个消费的过程,除了物质还是物质,除了欲望还是欲望,除了空虚还是空虚,除了无聊还是无聊,它并没有一丝一毫的迹象,指向有意味的精神旨趣和深远的生命意境。

在一个剔除了神性和诗性的完全物质化的世界,人不再是低于神的谦卑物种,而成了高于万物的疯狂物种,成了生物链的最高一环,成了食物链的贪婪顶端,人终于由宇宙之子变成了宇宙的孤儿,由万物之友变成了万物的天敌。人的浅薄媚俗语言之上,再没有更高更本原更神圣的语言,对人进行纠偏、教诲并提供心灵启示。人的实用知识、消费知识体系之外,再没有更高、更深邃的精神涌泉,为心灵注入灵性乳汁和智慧甘泉。

在心灵的荒漠,我们渴望心灵的救赎,我们渴望心灵的甘泉,我们渴望来自绝对和永恒之神谕的启示和救援,我们渴望纯真的婴儿随着旭日一起降临,降临到我们中间。

唯一拥有神权的人

不幸之中有大幸。好在,我们还有层出不穷的婴儿。谢天谢地,我们的婴儿,今天终于来了。满天星星列队迎迓,遍野露珠齐声鼓掌,我们的婴儿,终于来到我们中间。

婴儿为焦渴的心灵带来了荒漠甘泉,婴儿带来了我们失去已久的纯洁和神秘,婴儿为一览无余的生活带来了充满暗示的生命寓言,婴儿重现了神的面容,婴儿为这个被成人用旧了、用腻了、用锈了的沉闷老世界,带来了上古的清新、清澈和清欢,带来了创世之初的鲜活、鲜美和鲜艳。

婴儿让我们返回世界的第一个早晨,在婴儿到来的这一天,我们看日出的眼神都变了,以往觉得寻常而不怎么留意的日出,今天,我们却忽然意识到自己是多么愚蠢麻木,对伟大的日出竟然也熟视无睹浑然不觉了,而自己戴一顶什么帽子、系一根什么颜色的领带倒成了天底下的极大之事,这是何等的本末倒置?这是何等的荒诞?日出,怎么会是寻常的日出呢?那是奇迹的喷涌,那是灵性的飞升,那是一颗孤独伟大的心灵,在宇宙的长夜里,呕心沥血地写着一首注定无人读懂却注定要一直写下去的孤独悲壮的宇宙史诗。

在婴儿到来的这一天, 我们同时看到了被女娲刚刚换洗过的比白更白、比纯洁更纯洁的白云,我们看到了盘古时代的一座座青山,那是环绕我们笃诚站立、世世代代深情注视我们的祖先;我们看到了露珠,每一颗都保持着公元前的透明,我们看到了《诗经》里的露珠,看到了打湿过祖母眼眸、打湿过母亲手指的露珠,上苍把最好的宝石挂在我们经过的路旁,放在每一片与我们曾经相握或准备相握的叶子的手心上。这一天,我们还听到了最密集的鸡鸣和鸟唱, 我们听到了来自时间深处的激荡灵魂的钟声。

是的,婴儿为这个深陷于劳碌、抑郁、愁苦、混乱的世界带来了新生的节日,婴儿让这个迷失于浅薄的消费狂欢却不懂得沉思生命奥义的、貌似极度繁华实则极度空虚的商业世界,忽然猛醒过来,意识到自己的致命贫乏和极端混浊,我们在惭愧和自省之后,终于有了心灵的澄明和觉悟:我们不应该是临时镶嵌在一个老去的机械世界里供命运把玩的时髦的、一次性的玩具,我们更不应该是寄生在一沓钞票上的消费的虫子,我们的每一天都应该在精神宇宙里开天辟地、潜海追日! 婴儿提醒我们:只有当我们纯洁地热爱、谦卑地皈依的时候,我们才真正拥有生命,反之,当我们揣着一颗市侩心、睁着一双势利眼的时候,我们就是没有灵魂的欲望之躯和竞争机器,我们就是制造废墟的废墟、排泄垃圾的垃圾。是的,只有当我们纯洁地热爱着的时候,这苍凉的老世界,每分每秒都在我们的心跳里重新诞生;当我们谦卑地向无限敞开自己的心灵,这浩瀚的大宇宙,每一颗星辰都向我们举起启示的灯盏,每一条星河都用神的语言向我们传递奥秘和神谕。

婴儿的到来,使我们每一个家庭都有了自己的圣诞节。上苍为我们降下了婴儿,我们做父母的,只是被上苍雇佣的仆人和保姆。天降婴儿在今晨,天降婴儿在今夕,休去说什么“天意从来高难问”,其实,天意从来何须问,天降婴儿有大用,婴儿有其天命和神职。是的,婴儿担任着上苍授予的神职,婴儿默默地、深情地微笑着注视我们、打量我们、暗示我们、治疗我们,婴儿安详地对我们实施着面对面的生命洗礼、心灵治疗和精神救援。我们对此却常常浑然不觉,不知道我们正在被婴儿拯救,还以为是我们在养活和伺候婴儿。

婴儿，是丧失神性的现代世界的最后的神灵，也是这个被过度技术化、商业化、功利化、世俗化因而变得越来越浅薄庸俗的物质世界的唯一神灵，婴儿是现代世界里唯一享有"神权"的人，婴儿不可侵犯，婴儿的"神权"不可侵犯。

被婴儿注视的世界，渐渐恢复了童年的清澈、纯真、羞涩、广阔、神秘和宁静；被婴儿注视的人们，渐渐有了母性的慈爱和父性的宽厚，渐渐有了一点儿神性、诗意和童心。

他刚刚从永恒那里赶到尘世

我常常看到这样的情景：在街巷，在路边，在村头，在农家院落，在小区草坪，在住家门前，几个或十几个中年人和老年人，其中有妇人也有男人，他们围着一个少妇或大娘抱着的婴儿又说又笑，有时不说也不笑，只是安静、专注地簇拥着这个婴儿，看着婴儿的表情和手势，猜测着那表情的深奥含义，和那手势所指示的方向，他们多半是猜测不出来的，但那婴儿并不生气，只是微笑地看着这些簇拥在他四周的人。有时，婴儿一边笑着一边自言自语了那么几句，好像在默念经文，又好像在布道或祈祷，围着他的人们突然若有所悟，大笑着，开始了热烈的议论；但那婴儿却微笑着举起手来，做起了含蓄的手势，似乎暗示这些成人的议论都是错误的，这些成人遂收起了笑声，又开始琢磨婴儿微笑的含义和他的手势所提示的奥秘，场景一时进入几分肃穆庄重。过了一会儿,婴儿的表情忽然由微笑转为喜悦的欢笑,突然,他那小手果断指向一个慈祥的妇人,妇人就受宠若惊地抱起他来,婴儿也不拒绝,就离开了他母亲或外婆的怀抱进入了那妇人怀里,而别的妇人意犹未尽,也想抱抱他,他就依序进入她们的怀抱,将这个混合着奶腥气和神秘气息的初夏的记忆,均匀地留给她们,留给这些已经过了生育期的妇人们。

我当时看到这个情景,心里涌动的情感已经不是一般的所谓感动,我的心里产生了类似于古典宗教时代的宗教信徒经过虔诚的静修,内心无比澄明时才会涌动的那种沐浴了神恩、与神灵交换了灵魂才有的那种圣洁的喜悦与感恩之情。我当时想,我眼前的这个婴儿,他仅仅是一个不懂事的、流着口水傻笑的婴儿吗?是的,他也许真的一点儿也不懂是非之事,不懂商业之事,不懂虚荣之事,不懂成人们纠缠的那些世俗之事。他对世俗世界的事情,什么都不懂,他的心灵是透明的、天真的,他唯一懂得的是爱,他唯一的工作是爱,除了爱,还是爱。你看,此刻,他正在做着一件多么美好的事情:他慷慨地把他的纯真之爱和赤子之爱,均匀地分给他遇到的每一个爱他的人。

心灵透明,只懂得爱——这不是只有神才能达到的境界吗?那么,此时,我们簇拥的这个婴儿,他不正是我们的小神灵吗?或者,他至少是传递神恩和神谕的牧师吧?不,他其实是刚刚接受了神的委派、刚刚从另一个世界走来的爱的使者,他担负的神职比牧师更纯粹也更称职,牧师是从俗人中产生的一种职业,有时也被一些人当作饭碗,成了所谓的"吃教的";而婴儿担任神职,却是直接从天国里派到人间,婴儿没有任何世俗世界的习染、杂念和偏见,婴儿刚刚从神那里走来,刚刚从天国降临人世,他要原原本本地向我们传递神的面容,神的心意,神的叮咛,神的礼物。你看,此刻,这些簇拥在婴儿周围的成人,不正在围绕一个神的使者,虔诚地沐浴神光,聆听神谕,领取神恩?

婴儿引领我们看见了不朽的深蓝

有一次,我在一个小区的门口,看见几个大人围着一个少妇怀抱中的婴儿,正在高兴地说笑。那婴儿微笑地看着大人们,继而,婴儿的目光快速地越过这些好奇的大人,忽然就仰起头来,不看任何人,却惊讶地仰望着天空,于是,簇拥在婴儿周围的大人们也齐刷刷地把目光望向天空,他们想看见婴儿到底在天上看见了什么,然而看来看去,却并没有发现天上有什么动静。但是,婴儿就是不把目光从天上收回来,他久久地看着天空,久久地看着那接近于无限的深蓝,那永恒无语的深蓝。他刚才一直微笑的表情,此时变得似笑非笑,痴迷得好像在沉思和做梦。他究竟看见了什么呢?簇拥在他四周的人们一时都不明白,他们不具备婴儿超凡入圣的眼神,他们看不懂婴儿的看。

过了许久,成人中的一位忽然如梦初醒,他悟得了婴儿眼神的深意,他激动地说:婴儿,他在我们的头顶之上,在我们生存的小小屋顶之上,看见了不朽的深蓝,他是看见了永恒!他是从天上来的,是从永恒那里刚刚来的,他此时引导着我们,也让我们的目光高出了尘土,高出了鸡毛蒜皮,他让我们看见了我们早已遗忘的苍穹和永恒。

那一刻，一个婴儿引领着一群大人，齐刷刷望着深蓝的天空;那一刻,他们追随着婴儿的目光,他们看见了无限,他们看见了永恒,他们被永恒震惊得如醉如痴……

十二

童年的星空

天狼星的亮度

李汉荣作品

对一次雪崩的想象

一

我已失踪。我在发烧的季节之外。我在人世之外。

与时代激烈摩擦之后,我从烫金的日历里转身,从燥热的洼地出走。

我的不合时宜的反方向运动,招来幸福的金丝鸟们的一致斜视,它们从豪华笼子里抛出一阵阵哄笑;那些成功的豪杰们,一边在别墅里优雅地剔牙,一边望着那个失败的背影,幽默地提炼着黄金世界的普世格言。

是的,他们有足够的资格嘲笑我,但是,我也可以嘲笑他们的嘲笑。虽然,谁都不可能笑在最后,唯一能笑在最后的,是那不苟言笑、表情严肃的时间。

我一直怀疑,那么多人仰望、环绕并争相攀爬的那座"神山",很可能是欲望和垃圾堆积的假山。

在垃圾堆积的假山上能看见心灵的白雪和日出吗?

欲望的梯子,也许是向下的,梯子的尽头,是荒凉的废墟。

我分明看见,人们正在通过所谓黄金的凯旋门,抵达精神的废墟。

为此,我转身,朝相反的方向出走,朝另一片天空进行灵魂的深呼吸。

在一片漠然和轻薄的冷笑里,我头也不回地走了。

二

　　背对时代,面朝时间,我一步步离开那个不是自己的自己;
朝上,一步步接近那个在远方等待和呼唤的自己。

　　背对时代,面朝时间,我一步步离开那个用黄金与污秽堆积
的荒原,我一点点剥离自己、洗刷自己、告别自己,我一点点打听
自己、找寻自己、回收自己。

　　终于,在远处,我看见了久已不见的照彻暗夜的白光,看见
了仍在向宇宙深处跋涉的精神巨人。

　　接着,我看见白天鹅的羽毛纷纷扬扬,我感到灵魂正在大面
积降临,心灵的节日,心灵的白雪,正在大面积降临。

　　凛冽的风迎面吹来,梦中的天国景象渐渐呈现。

　　天宇敞开,圣歌响起,烛光燃亮。

　　终于,我看见了世界的初雪。

　　我看见了神圣的雪山。

　　于是,我开始攀登。

　　对神圣雪山的攀登, 就是攀登另一个更清澈、更崇高的自
己。

三

　　攀登途中,我一次次问自己:如果不幸遭遇了雪崩,你是否
后悔莫及? 你是否接受这白色的葬礼? 被纯洁、凛冽的白雪窒息
并深深掩埋,在高处死去,并且死得如此干净,比起在享乐的池

271

塘里醉生梦死、腐烂发臭，你是否觉得死在这里是一种至上幸福?(那一刻,苍鹰开始在山巅盘旋,风在呜咽,无边的蔚蓝,将那折叠的灵魂展开,展开,展开成无边的蔚蓝。)

你想好了吗,你做好准备了吗?

四

如果你走在我的前面,恰好遭遇了雪的暴动,凶猛、冰冷的拳头,密集地砸向你,我却无法挺身而上,去制止暴虐的死神。

隔着不远的距离,我目瞪口呆,像在观看灾难大片,被那逼真的艺术效果震惊。

隔着不远的距离,我只能恐怖地看着你恐怖地消失。

在命运的终极暴力面前,我们的智力于瞬间全部瓦解,我们的感情于瞬间全都凝固,凝固成绝望的悲情。

五

几只山羊,结伴在高处觅食。人类已洗劫了山下的最后一片绿叶,它们只好向天空逃亡,在高海拔的命运里,寻找稀薄的口粮。

它们不知道,它们一寸寸接近的,却是死神的冷笑。

它们很快消失了。

几粒缓缓移动的雪花,几颗温热的小小心脏,消失于庞大漠然的雪的坟茔。

远远地,我们目睹了白色对白色的吞噬,我们低头哀悼,同时对这洁白的葬仪,生出几分尊敬——

比起被豢养在人类的笼子里,被奴役,被宰杀,作为食物被吃掉,最终从文明的下水道排出,它们如此干净体面地死去,安息于白色的宫殿,这很可能出自上苍对弱者的怜悯和补偿。

六

以上种种情景都没有发生。

恰恰是我独自从这里攀援,与时代的囚笼背道而驰,向远古和源头进发,在人迹罕至的高寒地带,孤独地寻找那静静燃烧的古老烛光。

终于,我看见了矗入苍穹的雪峰,我看见了从宇宙深处走来的精神的巨神,我看见了灵魂的真正形象——

他从无限和永恒里找到了充沛的乳汁,一点点喂养自己,一点点升华自己,一点点建筑自己,直到把大量的寒冷、大量的蔚蓝、大量的洁白、大量的疼痛、大量的绝望,以及从绝望里提炼的类似希望的东西,以及鹰的骸骨、流星的泪雨、一部分来历不明的陨石所造成的深度创伤,都收藏在自己身上。

群星合唱的天宇下,静静站立着一个浑身是伤却通体洁白的赤子,静静站立着一个聆听的赤子。

当时间发烫,命运迅速转暗,陆地沉沦,他将为这溃败的世界,保存最后一点儿古典的寒意,和与生俱来的纯真;他固守的高度,使不断下陷的地质学,保留了关于陆地仍在上升的确凿记载。

一再被虚无和荒诞打断思考的哲学家,从概念的废墟里抬起头来,终于从远方白雪的反光,看见了宇宙的隐喻和启示,死去的哲学终于渐渐苏醒,重新开始了对思想的思想,开始了对于"意义"的思辨和认领。

沮丧的神学家,从那固执的身影,从那巍峨于神学之外的圣山上,看到了神的光辉和暗示,找到了摇摇欲坠的教堂将要倒塌却一直没有倒塌的原因,从而加固了一度动摇的心灵,加固了对信仰的确信。

不断惨遭虚无和颓废打击的诗人,从他不朽的意象,从他高洁的襟怀,获得了心灵的深刻安慰。他的存在足以证明:诗不是一种自恋、矫情和修辞,诗是黑暗中的篝火,是在物质的荒原上寻找神走失的踪迹,是速朽的生命里,那被永恒召唤和提炼的战栗的瞬间。

…………

缓缓地,艰难地,我正一点点靠近,那被星光与雪光笼罩着的透明宁静的峰顶。

突然,天空坍塌,庙宇坍塌,命运坍塌。

一阵轰然巨响里,我,骤然消失。

七

远远地,山下的你们久久垂泪注目,一次次为我叹息。

但请不要哀怜我。

被人哀怜,既不是我活着的初衷,也不该是我死后的结果。

一个崇拜白雪的人,被白雪挽留和收藏,他去了最干净的去处。

在雪峰之外、雪线以下,我实在想不起还有哪里没有被践踏和污染;我实在想不起还有哪里比这里干净。

也请不要挖掘我的遗体,就让我留在海拔高处,成为雪山的一部分。

当世界向欲望的深海、向黑暗的地狱持续下沉, 请回过头来,向这里眺望,它是否看到:那充满寓意的神圣峰顶,那指向天空永不收回的手势, 那足以为一切时代送终, 足以阅尽所有身影,而总是坚持着高举烛火的坚贞身影?

静下来,听听,永恒在低语什么。

八

若干世纪后,当冰雪消融,考古学家在接近峰顶的地方发现了一具一万年前的古尸。

那个遥远时代的一切:王朝、国家、权力、桂冠、财富、功名、庙堂,那曾经显赫的一切,不可一世的一切,芸芸众生趋之若鹜的一切,早已灰飞烟灭,连人的一星磷火都没有留下。只在断简残碑里,在锈蚀的光碟里,在坏死的电脑里,留下令人费解的只言片语和蛛丝马迹。

因此,围着我的完整骸骨,他们如获至宝,我成了他们了解古代社会仅存的化石和证据。

他们考证出我的身高、骨骼、营养、血型、种族、脑容量、基因等生理特征, 猜想我的死因很可能是为了争夺那个年度的登山冠军,尤其是那笔巨额奖金,在即将接近顶峰的时候,突然遭遇雪崩不幸遇难。

他们推论的理由如下——

因为那是一个追名逐利、疯狂拜金、贪得无厌、浅薄嚣张的物质主义时代,此人也未能幸免那个年代共有的人性缺陷,为了名利金钱竟然不惜以命相搏。

不过,那场雪崩深埋了他,保留了那个时代仅有的人体标本和人格化石,这是我们要感谢他的。

——他们这样评价我这个渺小标本的巨大考古价值, 算是给了我一点儿体面。

九

我想站起来反驳:是的,你们说的大致不错,但在一万年前那个古老的躁动的蒙昧时代,在渺小的名利之外,在物质的囚笼之外,难道就没有别的东西存在吗?

我希望你们不要仅仅用物质主义眼光打量我,是的,极度的物质主义,这恰恰是被你们——我的亲爱的后人,所诟病的我所生活的那个古老蒙昧时代的致命病灶。我请求你们,透过冰冷的骨骸,也考证一下我的灵魂。

是的,是灵魂。我的渺小的躯壳里,曾经居住着并不渺小的灵魂。

我生前不只为你们现在正打量着的这一堆注定要寂灭的骨架和碳水化合物而活着,而蝇营狗苟,而争名夺利,而喧哗嚣张。我也为灵魂而活着。那环绕于我的身心内外的无限广袤的宇宙,曾持久地迷醉和召唤我的灵魂;无垠的空间,永恒的时间,深邃的星空,沸腾的人世,曾经潮水一样奔流于我的内心,并灌溉了我的内心。

我的灵魂是那么渴望与永恒同在,那么渴望成为永恒的替身,成为永恒的回声。

我曾为那不幸惨遭命运打击的弱小事物和可怜生灵一次次流下同情的泪水,我曾向那呈现出精神之美和诗意之美的众多事物一次次献上发自内心的挚爱和赞美;即使匆忙走在路上,我也会随时停下来,向安静地开在路边的那朵小野花,献上问候并鞠躬致意……

仅仅从那冰冷的骨骸,你们能考证出这些吗?

我把骨骸丢在了这里,埋在了雪山的高处,据此你们得出的结论,却将我的灵魂降在了最低处。

我来到这么高的地方,竟不是为了灵魂的远行和飞翔,而是恰恰相反?

我请求你们,透过冰冷的骨骸,也考证一下我的灵魂。

但是,我站不起来,我无法开口说话。

我只能作为远古那个蒙昧的物质主义时代的愚蠢而可怜的标本,被展览,被围观,被解说,被猜测,接受好奇、误解、叹息和有限的同情。

我悲哀,在我被白雪掩埋一万年之后,这下我才真正死了。

十

但我仍然等待,总有一天,我们更优秀的后人,会用既犀利又宽容的智者的眼光,穿过物质主义迷雾,透过冰冷的骨骸,认识并体谅我所置身的那个时代,指出它的残缺和蒙昧,同时发掘那个冷漠的物质荒滩上沉埋的心灵宝石,这样,他们也许会考证出我那温暖清澈也难免有些孤独的灵魂。

他们会惊奇地发现, 这是一颗一生都在膜拜白雪、向往崇高,一生都在挣脱奴役和锁链,一生都在应答上苍的呼唤,一生都在向永恒靠近的灵魂。

这是一颗一生都在为永恒服役的灵魂。

那时,我将复活,我将开口说话。

我将对他们说出一切……

钟乳石

水滴千年,钟乳石才能长高一厘米。孩子,你知道吗?

在谁也不知道的深山更深处,在古老的溶洞,在幽暗的白昼,在孤寂、潮湿的夜晚,在星子们无言话别的黎明,有一双泪眼,诉说着,依旧诉说着,来自地层深处的渴望。

别打碎了它,孩子,这不是石头,这是一双看不见的眼睛,用亘古的泪水,塑造的一尊浑身是伤的神。

为浇灌这小小的神,那双看不见的眼睛,至少已经流了一万三千年泪水了。

小心捧起它,孩子,最好放回原处,让它在泪光里继续生长。

孩子,你问:这熬过万古寂寞才长成的石头究竟有什么用呢? 是的,有什么用呢? 我真无法回答你的疑问。

孩子,你也许不大可能懂得,世间有某些东西,必须熬过等待的长夜,甚至这长夜长到没有尽头,在没有尽头的长夜里,让内心的激情化作信仰,不为什么,只为那信仰活着,最后,它把自己活成了信仰。

当然,我仍然没有说清什么。

你依旧在问:究竟有什么用呢?

我只能这样说:它至少让我们懂得了,纯真的挚爱,能创造奇迹,连眼泪都变成一种珍贵的营养,浇灌出人世间稀有的形象。

你依旧在问:究竟有什么用呢?

我感到我已无法回答这个问题。

但是,孩子,当你这样发问的时候,内心是否已经被它深深触动?

对了,那触动我们的是什么呢? 是那深邃的眼睛,虽然我们看不见那眼睛,但那眼睛分明在很深的地方注视着,在漫长的时间长夜里,它注视着它所挚爱的,它注视着它的注视,它用目光和泪水浇灌它的神。直到此刻,我们终于看见了,看见一种信仰可以改变石头,可以让流逝的时间停下来,长成一尊神的雕像。

你似乎懂得一点儿什么了。我看见你目光里开始有了沉思和宁静。

你又问,当所有的溶洞都被打开,所有的钟乳石都被搬进广场去展览、出售和暴晒,当所有的眼睛都只注视当下的财富、眼前的桂冠、快速的成功,只注视市场占有率、股票升值率、博客点击率,而不再有天长地久的挚爱和忧伤,并且永远不再为心灵和信仰去凝视或流泪——什么千年万年的泪? 什么天长地久的等待? 三秒钟哭泣都会影响生存效率,三秒钟的泪水都是浪费和奢侈。

那么,钟乳石,这种珍贵的石头还会生长吗?

孩子,这可真是一个问题。很可能再不会生长这样的石头了。

所以,孩子,千万别失手,一失手,千万年的泪水浇铸的这颗小小的素心,这尊可敬的神,就会碎裂。

小心捧起它,孩子,最好放回原处,让它在泪光里继续生长。
…………

回忆初恋

那是多么纯真的感情,回忆它,就像迷失于物质囚笼里的现代人回忆远古的神话……

——题记

没想到会如此强烈地想念一个人。

没想到想念一个人竟是如此幸福又是如此痛苦。

多少次发誓再不想你了,可思念的波涛席卷而来,淹没了我仅存的一点儿克制的陆地,我的整个身心被海水充满,你是法力无穷的海盗,控制了我的每一寸海面和海底,盗窃着我所有的波浪、船队和汹涌的激情。一个浪又一个浪冲击着我,这时候,我知道了海的起源和生平。海是幸福的,每一秒钟都有无数潮头在推动他,都有无数石头、河流皈依他丰富他;海是痛苦的,每一秒钟都有千万吨盐在他心中堆积,都有千万支船队沉没在他的深渊。你不知道被波涛和风暴蹂躏的海底,早已是伤痕累累,你只知道远远欣赏:晴空下的大海,是那么辽阔,那么蓝……

我上山,你也跟着我的心上山。掬一捧泉水,我就掬起了你的眼神;采一朵野花,我就采到了你的微笑。登上山顶,我看云,看见的都是你向我挥动的白手绢、蓝纱巾;我望鸟,望见的都是远去的你,你飞得那么高那么快,你头也不回地飞着,将我的灵魂也驭向那不知名的远方。走下山来,回首四望,那满山石头都是我的化石,那缭绕的云雾都是我化解不开的惆怅。也许你根本不知道世上还有这座山,你根本不知道我会把你带到如此高的海拔,你根本不知道,那逐渐加深的山色,已储满我记忆的峰峦。

　　下雪了。我行走在风中,雪在降临,你在降临,这么多的飞吻,这么多的手指,这么多温柔的眼波!全宇宙的天鹅,都在向我抛撒美丽的羽毛。哦,这是你给我的信。多少个世纪没有读到你的信了,仿佛从震旦纪开始,我就等你的消息,我的目光苍老了,你只回复我以孤寂和荒原;仿佛从银河刚刚起源的时刻,我就站在岸边等你的渡船,我的目光风化了,你只回复我以苍茫和静默。此刻,你在给我写信,这么多纷飞的情思,这么多洁白的信笺,这么多柔软的承诺。你把山写白了,把水写白了,你把天写白了,把地写白了,你把我塑造成一个干干净净的雪人了。你把亘古以来没有发出的信都寄给我了。想念你,我是多么幸福,每一阵风都是你的快件,每一片雪都是你的素笺,无边苍穹就是供你一人使用的邮局,白茫茫的大地就是你寄给我的一封封长信。想念你,我是多么痛苦,雪化了,山脉暴露出嶙峋的石头,衰草守着荒凉的墓碑,世界又变成空荡荡的废墟。

静夜,我望着星空出神,失眠的夜晚,我才发现每一颗星星都是失眠的恋人,宇宙的大梦里隐藏着多少痛苦而苍凉的故事,银河的波涛里沉浮着多少孤独的帆影。呀,远在无数光年之外的星座,我一抬头就能看见它们,我低下头来,就能在水中打捞它们的眼神。你时时刻刻向我吹送纯真迷人的气息,你离我这样近,却又那么遥远,你仿佛在世界之外,在银河系的远方。于是,我在高高的星座上刻写你的名字,用泪水打磨那些闪光的记号,直到整个星空到处都是你温暖的地址。此刻你对着哪一盏小灯出神呢? 你知不知道,在无边无际的宇宙长夜里,有一双忧伤的眼睛,正对着星空为你命名? 呀,千年万年后,又有谁知道,那闪烁的星空,那无尽的天上的篝火,都是我初恋的遗址。

　　想你,想你,想你。一颗颗爱的陨石砸落在我心上,我的心已布满环形山,堆积着无用的大理石、痛苦的金属、沉闷的花岗岩;远远地看, 我的心已是一颗无家可归的月亮, 追随着遥远的太阳,沉沦于苍凉的海底。

　　想你,想你。在雨中想你,想变成一滴泪打湿你的睫毛;在雾中想你,想变成一只迷途的鸟撞进你的怀里;在闪电中想你,想变成一束光被你夹进正在读的一本书里;在墓地想你,想变成一副棺材,深深地收藏你,想变成一块墓碑,长久地记载你叙述你……

　　想你的时候,才发现我的渺小,过于浩大的爱把我衬托得如此渺小。我发现我在嫉妒,那些与你有关的事物,它们缭绕着你也占有着你。我嫉妒你的头发,为什么是它,那黑色的云,覆盖着你的头顶,而不是我,在你生命的高地,以松涛、以风的手指,策动你青春的波浪?我嫉妒你胸前的纽扣,为什么是它,那金属的、冰冷的耳朵,倾听你不息的心潮?我嫉妒你正在服用的药,它们果真能治疗你的疾病?它们果真以其涩苦和辛辣,能征服侵入你骨髓的病毒?我嫉妒那为你号脉的无动于衷的大夫,他真能透过你的脉冲,诊断你血液里隐秘的潮汐?

想你,想你,想得绝望的时候,我发誓再不想你了。于是我开始冥想:宇宙是什么时候创生的?大海是什么时候起源的?盐是什么时候形成的?我听见一个声音说:她诞生的那一刻宇宙就创生了,你为她流泪的那一刻大海就起源了,你绝望的那一刻盐就形成了。

想你,想你,我无法不想你。我周身的血脉,时刻为你涨潮和落潮,千万吨盐堆积在海底,千万个太阳沉没在心底。

我此生的命,莫非就是为你受苦?我这颗心,莫非就是为等待你的降临,而无限期地为你痛苦燃烧和跳动?

想你,想你,想得太苦了,我发誓不再想你!不再想你的时候,我竟然想——死……

想你,想你,我此生的命,就是为你受苦?我这颗心,注定是供奉你的教堂,生命的烛光,一点点燃成洁白的灰烬。

你是谁?你在哪里?你很近,你就在我的手相里,在我梦中的潮汐里。你很远,你仿佛在世界之外,你在另一个遥远星系。

你是谁？你让我痴迷又让我受难，你给我希望又令我绝望，你许给我幻美的天国又置我于真实的地狱。你是谁？你好像是温柔的信仰又仿佛是冷酷的法律，让我一千次复活又让我九百九十九次死去。你是谁？如雪一样净化我又如火一样焚烧我，像风一样追不上你又像雾一样摆不脱你。我活着，只为了追寻你的幻影；我死去，就为了接受你黑夜的永恒覆盖……

那引领我们上升的,总在朦胧的远方向我微笑的,那年轻的神,莫非就是你?

箴言

在考古博物馆里,我久久端详一具恐龙骨架。我看见远古的夕阳,擦着猛兽的脊背,平静沉落时的弧线。

午夜,贝壳贴紧我的耳朵,悄悄地说着海的惊涛往事。

那只风筝到高高的天上翱翔了很远, 俯瞰了很多我们一生都未看见的大世面,而当它回到地面后, 它好像哪里也没去过,仍安安静静地、谦卑地紧贴土地,仍是那只平常的、宠辱不惊的风筝。从它,我看见了事物自性圆满的神性。

走了漫长的路,返回家,才发现我带回的唯一行李,是自己疲惫的影子。

在两次心跳之间,是片刻的静默。你知道需要多少鸟鸣、多少海水、多少星河、多少烟云,才能填满这片刻静默?

　　一只狗悄悄地跟随我走了好远的路,当我转身看它,它迟疑片刻离我而去。我究竟引起它怎样的好奇和记忆?它究竟想告诉和请求我什么? 它究竟希望得到我的什么忠告和救援? 或者,也许是它主动想为我提供忠告和救援?它究竟希望我领它去哪里? 或者它想把我领到什么地方,那地方只有它去过,而那地方刚刚发生了一件在它看来是很重大的事情,它请求我协助它处理?或者,它从笼罩我身影里的某种氛围和气息里,直觉到我正赶往的远方有不祥事件将要发生, 它要劝阻我立即改变方向或改变日程? ……

　　这个中午,一只狗和我,构成了一个未知之谜,加重了我对命运的不确定感,加深了世界的不可知。

　　我同情那些高高低低的烟囱,它们吞吐着世间无穷的苦闷,却无人知道它们的苦闷。

　　同样是大理石,砌在卫生间的大理石, 和砌在庙堂的大理石,它们的命运是多么不同,然而,它们的命运又是多么的相同:它们都被人践踏着。

树枝仍在轻颤,歇息的鸟儿已不见踪影;秋千仍在晃动,打秋千的孩子已不知去向;顶针上仍有依稀手温,缝衣的母亲已转身去远;马蹄窝里仍有雨水荡漾,骑马的旅人已不知所终……

发黄的情书纸页上,折叠着初恋的泪痕。小心地保存它,这是远古的矿藏,深埋着生命里无价的钻石。

人生是一座不断隆起的山脉。我们的早年,进行了一系列有着创世意义的生命造山运动,童话、幻想、诗意、理想、爱情……使最初的山脉成为有着丰富精神蕴藏的神山,充满了心灵的宝石和情感的贵金属。但是,越到后来,我们制造的已不是崇高的精神的山脉,而是瓦砾遍布的荒山和垃圾山。

我在一座坟前长跪不起,天亮了,才发现我祭拜的,不是我的祖先,却是一座无主荒坟。

在当年为爱情流泪的地方,你看见了沉积的盐。过路人却说:这是古时候的大海漫过的地方。过路人说的,也许不正确,但也许更正确——远古的大海,就从你的泪眼里发源。

从一瓶百年窖藏老酒,我看见先人们仍忙碌在百年前的庄稼地里,挥汗如雨,麦苗青青。

拾起一块瓷的碎片,你说那是"宋瓷",我却听成"宋词"。瓷,还将继续碎下去;词,是不会碎的。

嫦娥的家门前,插满了多国国旗,月亮上的环形山,即将被机器人解剖、开发。我从技术凯旋门的那边,看见的却是不祥的征兆:孩子们将失去最后一座童话中的神山。

大片大片土地,被钢筋水泥浇铸、封死,土地不再呼吸,土地母亲不再有乳腺和泪腺,不再分泌乳汁和泪水。土地死了,林立的高楼,是为死去的土地立起的墓碑吗? 我们搬进城市,其实是为死去的土地守灵。

秤杆指向繁星密布的苍穹,它追随星象和天理;秤砣垂向浑厚的大地,它服从地心的磁场和引力;秤盘里盛着我们卑微的期待和日子——记忆里厚道的"老秤",仍在称量着人世的情感和良心。我在梦里看见它那古铜的准星。

一根牛皮带,环绕、拱卫在我的裤腰,使我的裤子免于在风中和疾步行走中掉落,使我免于不小心出现类似裸奔皇帝的丑态,使我即使迈开不适当的步子时仍能保持身体的适当体面——死去多年的牛,仍忠实地维护着我身体的自尊。我无法不对一头牛心存持久的缅怀。

我们坐在高高的山顶,找到了多年前丢失的星星,我们用目光反复打磨、擦拭它们,然后,将它们放回原处。希望在来生,我一眼就能认出它们,那是我们寄存在天上的初恋的记号,永不风化的记号。

寒冬之夜,我们围坐在炉边交谈,煤在炉子里燃烧,火光,映衬出不断加深的夜色,也使我们的话题渐渐变得开阔而深刻。透过鲜红的火焰,我看见远古的森林里,一群群奔跑着的梅花鹿、兔子、锦鸡和山羊惊慌的身影。它们荒凉的命运、恐惧的眼神,此刻,正映照着我们温暖的脸。

永恒的海,永恒地沉沦在苦涩的盐里。在辽阔的苦涩里,永恒的海,坚持着辽阔的希望。

你站立的岸,是我眺望着的彼岸;我站立的岸,是你要抵达的彼岸。当我们终于站在一起,哪里又是我们的彼岸呢?

伟大的经典和世俗的菜谱并不矛盾,它们完全可以并列在同一个书架上。有着高深思辨力的思想大师,也可以穿上围裙做一手好菜;我们也可以一边进餐,一边读经典。

身体不太喜欢听灵魂讲课。灵魂是身体的严师，身体是灵魂的学生，它有时旷课，有时走神，有时逃学，有时因为不及格而被灵魂反复训诫并责其留级。

灵魂被身体支持和供养，身体被灵魂教诲和引导——我们的身体和灵魂的关系，有点儿像俗世和教会的关系：教会神职人员经由信众给予必要的物质供养而得以存在和运转，信众则接受教会神职人员的传道和精神洗礼。这样看来，灵魂就是我们身体里的宗教机构，它负责将我们速朽的生命，与永恒的星空和绵延数千载的精神传统连接起来，使我们有了趋向永恒和无限的高贵胸臆，从而获得深刻的精神抚慰和价值引领。

古老的动作

一

人在匆忙的一生中，会做出多少动作？

行走、奔跑、坐卧、弯腰、垂首、仰望、俯视、倾听、攀爬、跌倒、抚摸、抱头痛哭或掩面饮泣、闭目沉思、盘膝入定、险径上一个危险的趔趄、风雪中的颤抖、病痛中的痉挛、默契时的颔首、因惊讶引起的面部表情的抽动，以及久别重逢的友人或亲人，久久相握或紧紧相拥……

世世代代的人们，都用相似的身体，做着相似的动作。

每一个动作都伴随着一种心情,或者说,每一种心情都带出一个动作。

沧海桑田,星移斗转,人的身体却少有变化,人们做的动作,也都是重复着前人、古人的动作。

在现代的天空下,人们依然做着古老的动作。动作与古人相同或相似,心情是否也相同或相似?

二

我想,一种动作的后面,古人和今人的心情,有的相同,有的截然不同。

比如挥手,这个告别的动作,古今是相同的,心境却完全不同。李白与友人告别,"挥手自兹去,萧萧班马鸣";杜甫与故人话别,"明日隔山岳,生死两茫茫"。离别时刻,他们都心情沉重而忧伤,古代交通不便,自然环境也是山水遥遥神秘莫测,友人一别,便山重水阻云烟万重,甚至是"生死两茫茫",所以古人告别的场面,一定是肃穆而苍凉,有一点儿像宗教仪式,虽是生离,却笼罩着死别的凄怆氛围。

今人告别,却很是轻松,甚至显得潦草,点点头握握手就了事,即使去国万里,也是如此。大家心里都明白,要不了多时,他(她)就乘飞机坐火车返回来了。

现代人生活得太方便,天涯变为咫尺,地理空间缩小,心理空间也缩小了。

我们无法体会古人那种丰富复杂的离情别愁。

"执手相看泪眼,竟无语凝噎",天高地阔,前路苍茫,于今一别,离别之情和相思之苦,便笼罩烟波浩渺的内心。

告别,挥手,或执手,相同的动作,而动作背后的心情和感受,古今不同,相去何止天壤?

所以,我有时候就想:对友情和爱情,现代人比起古人,要淡薄得多,草率得多,也浮浅得多。

三

许多动作,在古人那里,是含着虔诚、敬畏、仰慕的心情,甚至表达着崇高的、带着宗教感的庄重情怀。

比如仰望,仰望一座山,仰望一座塔,仰望一朵云,仰望一棵大树,仰望一片天空,仰望一颗星星,在仰望里,古人表达着对崇高庄严事物发自肺腑的敬畏、崇仰的感情,仰望的时刻,是表达这种感情的时刻,也是被仰望的事物进入内心,丰富、净化、拓展和提升生命境界的时刻。

俯仰之间,人被天地万物的浩瀚所震撼,思接千载视通万里,襟怀为之开阔,心胸为之浩然。孟子说,"吾善养我浩然之气",古代圣哲,总是喜欢仰望崇高的事物,对高山久久凝目,望苍天深深浩叹,天,何其高哉大哉。多少圣哲,在对天穹的长久仰望里,冥想宇宙究竟和生命奥秘,天穹的浩大之气、清正之气、肃穆之气,源源灌注进他们的内心,一种与天地之气相通相融的浩然之气，便磅礴于胸。

古人多居于旷野之中或大泽之畔，随时都和崇高的事物相遇，古树、古河、古庙、古桥、古塔，高山、高天，面对这天地盛景和壮丽事物，他们生起的多是崇仰、尊敬的感情，而不是消费的冲动和征服的野心。古人心目中的宇宙，其实是一座神秘庄严的伟大教堂。古人面对天地万物，总有一种崇高而谦卑的宗教感情。

我想象中的古代圣贤、智者或诗人，经常做的一个动作是仰望，他们的视野里，充满了只有通过仰望才能看见、才能感受的崇高意象和神圣境界。

古人面对的天地不是一个实用的，等待加工、开发、消费的材料的库房和资源的货场，而是一个神性的、诗意的、不容亵玩和侵扰的庄重世界。这样的世界，只能仰望和凝视，只能用静穆尊敬的心灵去沉思、感悟和认领。

深情的一瞥，或长久的注目，他们的心就融入天地苍茫的永恒意境里了。

四

仰望，这个古老的动作，如今我们也做，动作或许与古人相同，仰望的幅度甚至更大，但心情已全然不同。

比如，仰望一座高楼，不是尊敬它，它那钢筋水泥的身世也不怎么值得尊敬，我们仰望它，很可能是想占有它，搬上去住一个好的套间。

比如,仰望一座金融大楼或证券大厦,我们想的是与它的利益联系,想的是存款的数字和股市起落的行情。

比如,仰望一座山,我们或许也对它的气象和高度产生片刻的激动,但很快我们就开始盘算旅游线路,并向同伴打听门票价格。一座山不过是一个旅游景点,一个娱乐卖场,一个商业门面。高山流水、高山仰止的崇高感和诗意没有了,金钱的铁鞋践踏着每一块古老石头。

即便是仰望月亮,也不会有古人望月时那种皎洁、神秘的心情,那种地老天荒般的旷远心情。古人望月,望见了光明之神,爱之神,诗之神,望见了灵魂的水晶,望见了神秘宇宙向他们敞开的一颗温润芳心,今人望见的只是一块悬空的石头,一座等待开发的矿山。

仰望,一个古老的动作,古人对崇高事物、不朽事物表达景仰、尊敬情感的动作。

今天,我们仍然做着这个动作,头仰起来——我们或许看见了一些实用的东西,一些可以占有和消费的东西,在实用、占有和消费之外,我们看不见别的更丰富、崇高的意味,我们只看见了虚无。

古人的目光,常常在高处逗留,仰望的时候,他们看见了神秘、神圣和崇高,看见了天地万物的诗意幻象。

此刻,我也仰望着,在被古人无数次凝望过的大地和天空,我想找回他们那虔诚、静穆的目光。

似乎没有多少值得仰望和感动的事物了,除了对所谓更高、更快、更强的功利目标的追逐和争夺,今天的人似乎强大和势利到不屑于仰望和感动,这正是人类心灵的贫乏和荒凉。

五

一些动作从古传到今,它传达的情绪和带给人的感受也基本没有变化。

比如,乞丐伸手讨要的动作,古今相似,它带出的那种悲凉、辛酸和尊严的沦落,也是古今相似。伸出的手仿佛不打算收回,文明羞辱了它们,它们也以这种方式羞辱文明,让文明尴尬。

比如,以手拭泪的动作,几千年来没有变化。泪的苦涩,它释放出的海的气息没有变化,我为人类依然保持着流泪的本能而庆幸,当丧失了悲剧精神和心灵深度的现代工商文化、消费文化不再能净化和提升人性的时候,泪水也许让我们在某个时候返回到内心的古海,看到泡沫后面的古老深渊,看到被泥沙遮蔽的不朽星辰。当泪水打湿手心手背,我们的手也被洗得干净了,而一双干净的手,才配触摸那些干净的事物,干净的诗句。

除了泪水,好像已找不到一条干净的河流,把我们不干净的手、不干净的目光,洗得干净一些、深邃一些、仁慈一些。

六

比如,以手扪心的动作,今天的人们做这个动作没有古人那么诚恳和痛切,当我们偶尔做这个动作的时候,才忽然意识到一个久违了的东西:心。古人没有脑的概念,只崇拜心,良心、善心、本心、真心、诗心、芳心、童心、赤子之心;今人似乎只有脑的概念,只有功利盘算和实用理性,心被废置,心不再是一个精神实体,而成了一个纯生理器官,心,失去了在人性中的中心位置,实用的,过于实用的、充满算计和博弈的生存,使我们很少动情动心,很少有深刻的、真挚的心灵战栗。当我们偶尔为一个悲哀的或美好的情景感动或感伤,我们情不自禁地把手贴紧胸口,这古老的动作,终于难得地让我们与自己久已荒废的心相遇。

我对人性的改善仍抱有信心。

只要我们时常扪心自问,我们就不会忘记自己有一颗良心。

如果发现它不在了,那就赶快去找。

七

深秋田野里,母亲弯腰拾穗的动作,令我想起世世代代在秋风里走远的母亲,是她们把那些险些丢失的种子和歌谣,一点点收藏起来流传至今。

灯光下我轻轻翻动古书如翻动时间,在语言的深水里,我打捞祖先的心跳。

我对那些喜欢在静夜里仰视星空的少女有一种特别的敬意,从她们身上我看见了古代女神的影子。一个经常与无限星空交换目光的人,她(他)的内心肯定比较高远明净,而且保持着古典的情怀和浪漫的诗意。

八

有一次，我一个人在半夜里走着路，在山野的空旷处，我停下来，抬起头，我看见了头顶那苍凉高悬、显得无比孤独的北斗，此刻正和我垂直成一条线，我心潮汹涌，禁不住泪流满面。无尽的时间要流逝多少亿年，无边的星空要旋转多少亿年，才让这壮丽的北斗和小小的我，构成这垂直的、意味无穷的一刻？我久久地站着，仰望着，固执地要把自己站成北斗的第八颗星，让自己的心变得星空一样浩瀚和澄明。我谦卑地静止在这个具有无限价值的时刻，我接受着宇宙之神对我的洗礼和浇铸——

这样的动作，这样的时刻，人，既立足于生存的大地，又融入了无限的星空。脚下的虫鸣身边的流水，令他感到生命的美好和喜悦，而浩瀚的宇宙又把他带入无穷无尽的壮阔意境。没有生的烦恼和死的恐惧，此时的他，正在眺望无限，与无限合一……

人是行走的庙宇

宇宙是一座巨大的庙宇，供着一颗无限浩瀚神秘的灵魂。

我们的身体是一座小的庙宇，供着一颗呼应着宇宙之魂的、小小的灵魂。

我们活着，我们的许多努力，似乎都在忙着搭建和装饰身体这座庙宇——

我们劳作，我们吃饭，并尽可能吃好一些，我们是在尽力加固庙宇的根基，砌好它的墙壁。

我们穿各种颜色和款式的衣服，为庙宇披上华彩，镶上飞檐和门楣。

我们戴上各种首饰(耳坠、戒指、手镯之类)，让庙宇摇响风铃，缭绕晨钟暮鼓的清音。

我们修养风度和仪表，让庙宇透出庄严、肃穆、贤淑或华贵的气象。

我们是一座移动的庙宇，行走在阴晴雨雪的旅途，呼吸大地和宇宙的浩然之气、清灵之气，也被迫接受来历不明的雾霾之气。

一边奔波劳碌，忙着加固庙宇，一边怀朴抱素，或披金戴银，敬香献供——时时刻刻，我们都在供养庙宇里那小小的灵魂。

我们读书、念诗、诵经、讲述天地间好的故事，都是为了让那灵魂喜悦。

我们默坐、冥思、入定、深呼吸，都是为了让那不安的灵魂平静、休息。

我们内省、祈祷、忏悔、洗礼、修持，都是为了让那灵魂保持清洁，每一个高尚的人，其实都是自己灵魂的保洁员。

我们沉思、玄览、心斋、冥想、神游，都是为了让那灵魂于无边空寂中辨认自己的虚幻本体，并在灵性的内宇宙里安顿自己。

一生一世，我们都在加固身体这座庙宇，明知道它会坍塌，我们仍然耐心地修缮它,不让它腐蚀和倾斜。

终于有一天,庙塌了,昔日香火缭绕的圣地变成废墟。

我们的身体遂回到尘土。

被我们供养了一生的,我们那小小的、温暖的灵魂呢?

我们亲爱的灵魂已升上了天空。

我们小小的灵魂,与宇宙那无限浩渺的灵魂合而为一了。

灵魂自天而来,最后又回到天上,回到亘古笼罩的苍穹和永恒奔流的时间。

是的,灵魂自天而来,笼罩于我们头顶的天空和苍穹,是我们灵魂的故乡和源泉。因为,构成我们灵魂的意识、潜意识、宗教感和道德感,几乎全来自无限苍穹的震撼、映照和暗示。

现在,这来自天空的灵魂又重返天空。

那曾经为灵魂活着、为灵魂受苦、为灵魂喜悦的人,他的灵魂将随着永恒的苍穹和奔流的时间而循环不息,从而得以不朽。

是的,我们的身体是一座移动的庙宇。

我们的一生乃是修庙的一生,我们苦心经营着一座注定会坍塌的庙宇。

庙宇注定坍塌,而被我们供奉的我们那小小的灵魂,则不会随着身体之庙的殒殁而轻易消失。

因为,我们的灵魂,总是膜拜着永恒。

总是膜拜着永恒,我们的灵魂因此有了永恒的属性和品质。

也因此,我们的灵魂,其实就是永恒的替身。

而永恒,正是灵魂的替身。

如此虔诚地为一个神圣而指向永恒的工程服役,谁说我们不是圣徒?

一个追寻永恒的人,即使他不信教,他仍然有着圣徒的情怀。

在所有物种中,人是唯一懂得崇拜永恒、尊敬灵魂的生灵。

人是行走的庙宇——

一生一世,我们携带着一颗渴望永生的灵魂,奔赴永恒。

童年的星空

一

那时,乡村的生活是清贫的,不过,我们这些乡村孩子,也有很多单纯的快乐和幸福。在今天看来简直是奢侈、豪华的幸福。

那时,在乡村,在我们的头顶,悬挂着密集的星星;那时的银河,水面辽阔,水势浩大,一到天黑就准时开闸放水,那明晃晃的波浪,浇灌着广阔乡村的夜晚和梦境。

天黑了,那是指大人们的天黑了,而孩子们的天呢,这时候却正好亮了。

大人们踏着夜色回家,回到生活的屋子,回到他们卑微的满足和琐碎的烦恼中,他们把大地交还给了孩子们,同时也把他们不怎么感兴趣的天空,完整地奉送给了孩子们。

天上的星星多密啊,是谁传了一声暗语,先是几粒急性子星星带头跑出来,站住,紧接着,哗——哗——哗——,更多的、所有的星星全都出齐了,天上,该亮的灯全都亮了,全都挂出来了。

是谁在管着天上的事情呢,谁在管理这么多星星呢?这时我的小脑袋就要闪出几个问号,我们这小小的简单的家,都有爹妈管着;这小小生产队,都有个队长管着;天上那么大的家当,是谁在管着呢?望着星空,我无知的脑子里泛起了远古人类祖先们最初的天问。

每每是问号快速闪过, 一转身就投入了孩子们的主业——玩。我们开始在村庄和原野疯跑,在稻草垛下捉迷藏,在夏夜的草地上捉萤火虫,在村口学狗叫,学猫叫,有时还学鬼叫,吓唬那些胆小的女孩子……星空下的村庄,奔跑着孩子们喜悦的身影。

星星们一定还记得我们夜晚的节目——因为是星星们眼睁睁看着我们一次次进行的下列节目——

二

寻找牛郎:那时生产队里有牛,家里有牛,有的小伙伴还放牛,我就放过两个月牛,对牛自然有一种感情,牛是我们的兄弟和朋友。而远在我们之前,牛在天上已经生活很久很久了,有一位放牛的大哥就在银河岸边的草滩放牛, 他叫牛郎。放牛娃命苦,即使到了天上命还是苦,他一边放牛,还要追赶他喜欢的那个叫织女的女孩子,他就更苦了。我们想帮助他,也想劝说他,如果实在太苦,就先回到地上,和我们一起玩,一起放牛,在村里找个好姐姐成个家。那时,所有的神话、传说,对于我们都像真的一样,甚至比真实的故事更真实,更能打动我们纯真的心灵,我们活在现在,活在地上,却由衷地为远古、为天上那些可爱可怜的人担忧和祝福,那时,我们把多少纯真的泪水洒给了他们,他们是我们居住在天上的有情有义的亲人。在夏夜,我们一次次在天上寻找牛郎,我们的小手频频举过头顶,伸进星空,在密集的星星的森林里,在银河的沙滩上,仔细寻找和辨认我们亲爱的牛郎哥哥。有时,刚刚找到,几片云又遮住了;等到云散去,缭乱的星光晃花了眼,牛郎哥又不见了,于是又继续找,非找到不可,否则晚上睡觉是睡不踏实的,一个可爱的人丢失在了天上,没被我们找到,这是多大的事啊,我们怎能撂下他不管呢。好不容易找到了,就赶紧打上记号,村头田埂上那根木头电线杆,喜娃家门前那棵高高的香椿树,我家后门靠近水渠边上的那棵老槐树,小河对岸柏林寺那弯弯翘起的屋顶,都为天上的牛郎做过记号,它们的标记不是很准确,因为天空实在太大了,闪光的地址太多了,流泪的眼睛太多了,它们如何能被我们标示清楚呢? 但是,在我们标示它们的时候,它们却更准确地标示出了——我们纯洁的情感,曾经一次次到达了天上,感动过神灵。

三

　　辨认月宫:那时的月亮特别大,特别亮,特别清晰,尤其是在深秋季节,天黑不久,月亮从对面山上出来,笑嘻嘻地、满面喜气

302

地向我们点头、致意,一步步向我们走来;月亮很像个大铜锣,要是谁站在山顶上用一根木棍轻轻敲一下, 满天下的人一定能听见清脆悠扬的铜锣的声音。当月亮在露珠闪闪的麦地上空走过,她简直是踮着脚步、贴着麦苗的叶子在轻轻移动,露珠打湿了她的脸,一会儿又被几片云轻轻擦拭过,月亮就更亮、更清晰了。她来到我们头顶了,现在,她就端端正正地坐在我们头顶,面对面地,我们看着她,她看着我们。我们看见了那里的山,看见了山下的河,看见了桂花树,看见了捣药的兔子,看见了憨厚的吴刚,我们甚至看见了他手中挥动的斧头,看见了他脸上、脖子上亮晶晶的汗水,他也是个劳动人民,像我们的父亲一样,他在天上辛苦地劳动。遗憾的是他的劳动是如此没完没了,又毫无成果,我们清楚地看见被他砍过的桂树很快合上了刀痕,又完好如初,于是他又砍,继续砍,桂树上那闪动着的光斑,是他不停挥动的斧头,是他飞溅的汗珠,于是我们知道了,那桂树是喝着他的汗水在生长呀。那位嫦娥姨姨我们始终没有看见,据说她住在月宫里,她为什么不出来见见我们呢? 世世代代的人们念叨着她,世世代代的孩子们念叨着她, 她为什么就不看看守在地上的这些好心的亲戚呢? 那时,月亮上没有一丝尘埃,人类的脚印还没有到达那里,那时候,还没有任何力量将月亮从我们心中摘下,放在冰冷的盘子里,指着它斩钉截铁地说:它是一块石头。不,那时,我们眼里的月亮是神仙的故乡,是我们存放在天上的一本画册,是等待我们慢慢打开的祖先寄来的一封家书, 是收藏着世世代代孩子们纯真梦境的宝盒，是等待我们用干净的小手去轻轻敲响的宇宙的大铜锣。那时，我们不知道高科技，没有望远镜，但童心的眼睛望得最远，看得最真，我们在冷冰冰的物质的宇宙里看见了温暖的感情，看见了永生的灵魂，那时，在现代的烟尘还没有遮蔽眼睛的时候，我们看见了最美好的月亮。

四

追赶流星：那时，夜晚的星星特别密，流星也特别多，大人们说，那是以前上了天的先人又想回家，成了仙的游魂又想变人，于是他们连夜下凡、试探。我们是深信大人的话的。就是现在，我早已经是大人了，仍然觉得那时不识字的乡亲们说的许多话天真得像童话，美好得像诗，深沉得像寓言，那是朴素的信仰、亲切的哲学、深情的美学、象征的天文学。今天，我们这些做大人的，再也说不出那样有意思、有情义的话，我们有了一颗被实用主义、技术主义和消费主义层层包裹牢牢捆绑的心，却永远失去了那颗充满温情和诗意的天真的心，神秘的心，在永恒和无限里遨游的心。还记得那个晚上，我和小明、喜娃、云娃、润娃在田野里游荡，忽然，嚓，一颗流星划过漾河湾，坠落在对岸芦苇滩上，我们就赶紧追过去，过了河上的柳木桥，走了好远，到达那片芦苇滩，并没有找到流星的踪迹，结果却发现一对青年男女，紧挨着坐在大石头上，那男的时不时指着天空说着什么，我对他们说我们看见流星落在了这里，我们是来找流星的，那男的说流星落在更远的前面，你们跑过去也不会找到，它永远都在最远的前面，索性就坐下来看流星吧，到哪里看见的流星都是同样的流星。孩子们怎么坐得住呢？他们必须找到他们想要的东西，相信梦想胜过相信生活，相信心灵胜过相信眼睛，总是被梦牵引，相信这个世界的深处和世界的远方存在着一个神奇的原因，存在着一个绝对美好的目的，存在着奇迹——这才是孩子。是孩子延续着这个世界的梦想，是孩子不断重演这个世界的创世纪，是孩子不断让这个被大人们住老了、用旧了的老世界返老还童，重现它本来的神圣、神奇和神秘。我们告别了那对男女，转过身，忽然，嚓，嚓，有两颗流星，画着并行的弧线，舞蹈着降落在前面那座叫定军山的山脊上。于是我们爬上山顶，在那里，我们同样没有找到流星的踪影，却走进了一个守山护林人的窝棚，看见了那个可敬的守山老人，他给我们讲天上的传说、地上的故事，讲猴子掰苞谷的笑话，讲黑熊望月的憨态，他指着窝棚不远的黑红色的石头说，这是曹操拴过马的石头，是诸葛亮站立过的石头，你们听，三国的英雄们还没有走远，林子里的风还响着他们的回声……那夜，我们没有找到流星的踪迹，却隐隐约约发现了古人的踪迹，追着天上的线索，我们却不小心来到历史的纵深，听见了时间深处的回声……

五.

　　为星星起名字：那时，我们无知，我们蒙昧，我们没文化，我

305

们不懂得半点儿天文学,对天空宇宙,我们只有父辈口传的那些神话和传说,还有就是我们内心里无止境的想象。博大的星空原谅了我们的无知,他敞开怀抱一夜夜接纳了我们,我们在他怀里纵情地做梦,纵情地畅想,纵情地飞翔。面对无边无际的星空,我们能叫出名字的只有十几颗,就像在人山人海里只能叫出几个亲戚朋友的名字。偏偏那时星空特别亮,星星特别密,我们纯真的眼睛也许还看不清也看不懂地上的事情,而对天上的事物,我们比大人看得更清楚,我们在天上结识了很多朋友,亲爱的星星朋友。但是我们却叫不出他们的名字,朋友怎么能没有名字呢?于是我们开始给星星们起名字。每天晚上准时出现在村头水井里的那颗星叫什么名字呢?大人们都不知道。黄昏提水的时候,他在井里眨着眼睛,清晨打水的时候,他在井里揉着眼睛。他在这井里守了几百上千年了,据说这是个千年古井,大人们说,有他守护,这井水就清,就甜,就好喝。他从高高的天上,来到深深的井底,他是多好的朋友呀,于是我和喜娃、云娃、润娃一致决定,给他取名叫"水井星"。我们觉得有点儿对得起这位好朋友了,抬头看他,他真的也变得水淋淋了,他好像接受了我们给他的命名。那总是出现在柏林寺上空,正对着高高翘起的屋脊,当寺庙的钟声响起,他也随着微微战来,好像被什么打动了,就像我外婆总是容易被庙里的钟声和诵经的声音打动,这么有灵性的星星,就叫他"大佛星"吧。在我们经常去采猪草的那个坡地,好几次黄昏我们抬眼就看见了他,他好像觉得我们太贪玩了,天快黑了猪草篮子还是空的，于是他就打出手电警告我们：天黑了,猪饿了,快采猪草吧。看见他,我们果然发现真的天快黑了,于是赶紧停止了游戏,赶紧采猪草。那时,我们采猪草回家,大人是要给猪草篮子称秤的,分量不够是要被打屁股的,感谢天上朋友的提醒和照明,我们采够了分量,猪没有挨饿,我们也保住了屁股的完好无损。你好,天上的朋友,今后我们就管你叫"猪草星"了……这些都是属于我们自己的秘密星座,它们不会被任何天文学家认同,也不被我们之外的任何人所知,但是曾经他们就是离我们心灵最近的星星,我们招一下手,他就陪伴我们回家;我们对着天空喊一声,他就在很远的地方应答。在这无限的宇宙里,谁拥有只属于自己的秘密星座呢? 但是我们拥有,那是在童年,在现实世界里我们一无所有,但我们是宇宙的主人,整个星空都是我们的,全部星座都是我们的,所有星座都是我们的幸运星座。在我们的星空里,没有帝王将相的位置,没有富翁权贵的位置,没有升官发财的位置,没有赢者通吃的位置,连村长的位置都没有。我们不知道这个世界还有谁是比我们更权威的帝王和更富有的富翁。是的,在童年,整个星空都是我们的……

六

　　数星星:这是一个普及了的项目,天下的孩子都数过星星,都清点过自己童年的家产,他们在地上还一无所有,孩子的家产全在天上,因此都很认真地守护,几乎是夜夜清点,月月盘点。我们就经常坐在场院里，或躺在草地上，或站在田野上，仔细地数啊数啊，你想想那是多么伟大的数学，孩子们在丈量天河，在审计上帝，在管理宇宙，在指点神灵，在统计星空，孩子们在认真清点他们心灵的家产！我们总是如醉如痴地数着，可是谁也没有数清过，因为这家产实在太大了，可归结为一个简洁的数据：无限。无限是无法清点的，盛满纯真梦想的心灵是无法清点的。后来我们长大了，据说懂事了成熟了，就渐渐放弃了天上的家产，只认极少的几个星座为自己的"关系户"，比如情色座、财富座、权力座、寿命座。目的越来越实用，账目越来越琐碎，口诀越来越庸俗，公式越来越势利。我们对自己曾经存放了无限家产的星空，渐渐放弃了，懒得望上一眼，生怕耽误了发财升官的伟大事业。最后，我们的手基本交给了钱，交给了市场，我们的心也交给了成功口诀、财富方程、得失算计。数星星成为远古的神话传说，数钱成为唯此为大之事。曾经，属于我们的无限星空，被我们清点过的那些美好的星星，我们已经完全丢失。现在，我们的手里，只剩下几沓钱；我们的心里，经过加减乘除混合运算，只剩下一堆焦虑，一串负数，一片虚无……

当然，也并非、绝非全然如此。我不应该以童话和天文学视角评说充满艰辛和焦虑的现实人生，先哲曾说："怜我世人，忧患实多。"星空下，多的是负重跋涉的劳碌身影，也不乏仰望星空而思接千秋的诗人之心。总有那些心灵高洁、精神宽阔的人，他既要为沉重的现世人生服役，担当起那些无法逃避的琐碎和劳碌，同时,他也有着超越的情怀和诗性的向往,他内心的河流经常向过去倒流,向清澈倒流,向童年倒流,他渴望看见童年的星空,并融入那永恒星空……

峰顶

星光密集,宇宙的花篮夜夜悬垂,仿佛伸手可触,面对时光的邀约,我有着无法治愈的饥渴。

再走几步,我就到达峰顶,繁星如纷飞的蜜蜂,簇拥和围困着我,仿佛要把我领走,仿佛要从我的生命里,采集珍贵的花粉,酿造一点儿来自人世的甜,以慰藉宇宙辽阔而孤寂的心。

而银河仍在涨潮,它的无边河床里,沉落着无数仰望的眼睛。

我仰躺在绝顶之上,听任天河的波浪拍打我的心胸。

我久久地不说一句话,就像此前,宇宙久久地从来不说一句话。

我偎依着星空长久出神,我和永恒面对面。

我泪流满面,这真挚的眼泪,却与尘世无关,与人间悲喜无关。

我泪流满面,只因我和永恒面对面。

在我的头顶之上,某种无限性,仍在宇宙中永无止境地延展和奔腾。

先知说:在星空下不会出现狂妄的人!

银河涤荡了沉积在我体内的自以为是的尘埃和野心。

宇宙无限的星云清空了虚幻的自我存在感。

流星飞驰,而我很快就会被时间的激流带走。

今夜,我在人世失踪,我在峰顶之上,我与永恒面对面。

一种辽阔的谦卑和苍茫,正在我体内静静发育,延展至无穷……

凝视一朵野花

在这荒远的山野,在这呈 45 度倾斜的斜坡,一朵花,静静地开了。

我发现你时,你正在绽开。像一位幽居的诗人,向唯一的读者,慢慢打开珍藏的手稿。

我看见的,竟是如此精美的情思。

如果我没看见你,我怎么能想象,一棵朴素的草身上,存放着如此动人的灵魂。

可惜你不说话。如果你能向我说出你内心的秘密,我就不必在毫无美感的大学里研究什么美学,你已经向我透露了最古老的美学原理。

虹的构造、美德的构造、爱的构造、心的构造,都能在你这里找到原型。

甚至一个星系的构造,都遵循了你单纯而深奥的美学。

那么天真、纯洁、诚恳,思无邪,你是一首完美的纯诗。

一缕淡淡的香漫进我的身体。

可惜我不能与你交换相似的体香。此时,我忽然觉得自己十分污秽。

令我略觉欣慰的是,在你的纯真面前,我发现了我的混浊,并为此深感惭愧。

这说明我正在把一朵花的灵魂,悄悄移植进我的体内,以改变我的身心结构里灵与肉的比例,改变美学与社会学的比例,改变神圣与庸俗的比例,从而使我的品质稍稍高出尘世,不辜负造物派遣我来人世走一趟的苦心和构思。

就这样,一朵不知名的野花,正在从内部修改我,使我能以比较优秀,至少不太丑陋的生命历程,展开和完成自己。

我就这样静静地、目不转睛地凝视着这朵野花,然后,我转过身来,慢慢离你而去。

我不愿看见你凋零的时刻。

我将永远记住你向我微笑的神情。

那一刻,整个宇宙也变成了一朵绽开的花,那无限展开的时间和空间,都是精美的情思,神的情思。

别了,一万年后,也许你还会在这里,或在别处开放,那时,是否会有一个人凝视你? 当他凝视你的时候,是否会想起:曾经有一个古人,和他那真挚的凝视?

我确信我的目光,那被你点燃也被你净化的目光,最终也被你收藏于内心,并多多少少感染了你。

遥想，一万年后的某个早晨，你又一次悄悄绽开了，你绽开的时候，也透露了收藏在你心里的我的一部分眼神。

一万年后的那个早晨，遇见并凝视这朵野花的那个人，他知道吗？在一朵花上，有我——一个古人寄存的目光？

此刻，我和他的目光，在同一朵花上，相遇了……

雪界

一夜大雪重新创造了天地万物。世界变成了一座洁白的宫殿。乌鸦是白色的，狗是白色的，乌黑的煤也变成白色的。坟墓也变成白色的，那隆起的一堆不再让人感到苍凉，倒是显得美丽而别具深意。那宁静的弧线，那微微仰起的姿势，让人感到土地有一种随时站起来的欲望。不断降临和加厚的积雪，使它远远看上去像一只盘卧的鸟，它正在梳理和壮大自己白色的翅膀，它随时会向某个神秘的方向飞去。

雪落在地上，落在石头上，落在树枝上，落在屋顶上，雪落在一切期待着的地方。雪在照料干燥的大地和我们干燥的生活。雪落遍了我们的视野。最后，雪落在雪上，雪仍在落，雪被它自己的白感动着陶醉着，雪落在自己的怀里，雪躺在自己的怀里睡着了。

走在雪里，我们不再说话，雪纷扬着天上的语言，传述着远古的语言。天上的雪也是地上的雪，天上地上已经没有了界限，我们是地上的人也是天上的神。唐朝的雪至今没有化，也永远都不会化,最厚的积雪在诗歌里保存着。落在手心里的雪化了,这使我想起了那世世代代流逝的爱情。真想到云端去看一看,这六角形的花是怎样被严寒催开的?它绽开的那一瞬是怎样的神态?它坠落的过程是垂直的还是倾斜的?从那么陡那么高的天空走下来,它眩晕吗,它恐惧吗?由水变成雾,由雾开成花,这死去活来的过程,这感人的奇迹!柔弱而伟大的精灵,走过漫漫天路,又来到滚滚红尘。落在我睫毛上的这一朵和另一朵以及许多,你们的前生是我的泪水吗?你们找到了我的眼睛,你们想返回我的眼睛。你们化了,变成了我的泪水,仍是我的泪水。除了诞生,没有什么曾经死去。精卫的海仍在为我们酿造盐,杯子里仍是李白的酒李白的月亮。河流一如既往地推动着古老的石头,在任何一个石头上都能找到和我们一样的手纹,去年或很早以前,收藏了你身影的那泓井水,又收藏了我的身影。抬起头来,每一朵雪都在向我空投你的消息,你在远方旷野上塑造的那个无名无姓的雪人,正是来世的我……我不敢望雪了,我望见的都是无家可归的纯洁灵魂。我闭起眼睛,坐在雪上,静静地听雪,静静地听我自己,雪围着我飘落,雪抬着我上升,我变成雪了,除了雪,再没有别的什么,宇宙变成了一朵白雪……

唯一不需要上帝的日子,是下雪的日子。天地是一座白色的教堂,白色供奉着白色,白色礼赞着白色。可以不需要拯救者,白色解放了所有沉沦的颜色。也不需要启示者,白色已启示和解答了一切,白色的语言叙述着心灵最庄严的感动。最高的山顶一律举着明亮的蜡烛,我隐隐看到山顶的远方还有更高的山顶,更高的山顶仍是雪,仍是我们攀援不尽的伟大雪峰。没有上帝的日子,我看到了更多上帝的迹象。精神的眼睛看见的所有远方,都是神性的远方,它等待我们抵达,当我们抵达,才真正发现我们自己,于是我们再一次出发。

唯一不需要爱情的日子,是下雪的日子。有这么多白色的纱巾在向你飘,你不知道该珍藏哪一朵凌空而来的祝福。那么空灵的手势,那么柔软的语言,那么纯真的承诺。不顾天高路远飞来的爱,这使我想起古往今来那些水做的女儿,全都是为了爱,从冥冥中走来又往冥冥中归去。她们来了,把低矮的茅屋改造成朴素的天堂,冷风飕飕的峡谷被柔情填满,变成宁静的走廊。她们走了,她们行走在海上,在波浪里叫着我们的名字和村庄的名字,她们漫游在云中,在高高的天空照看着我们的生活,她们是我们的大气层、雨水和雪。

唯一不需要写诗的日子,是下雪的日子。空中飘着的、地上铺展的全是纯粹的诗。树木的笔寂然举着,它想写诗,却被诗感动得不知诗为何物。于是静静站在雪里,站在诗里,好像在说:笔是多余的,在宇宙的纯诗面前,没有诗人,只有读诗的人;也没有读诗的人,只有诗;其实也没有诗,只有雪,只有无边无际的宁静,无边无际的纯真……

后记 | 云深不知处

松下问童子,言师采药去。只在此山中,云深不知处。

——贾岛

刚才是几片淡白,像是离群的几只小羊羔,在追逐天空无尽的鲜嫩,那无尽的蓝幽幽的草色。

一会儿就有了大动静,棉花一车车拉过来,棉花垛一座座堆起来,仍有许多白的毛驴、白的马、白的车,驮着白的棉花,小跑着向这里集合。

一会儿,整个天空变成了洁白的棉花的街市。

山顶上的那个小屋,已被白云淹没。小屋的门窗是敞开的吗?屋子里有纺车吗?

我猜想,那屋子里一定飘进去许多白云。纺车一摇,就能纺出纯真的歌谣。

那就是仙境了。

其实，仙境就是诗境，就是物我两忘、魂天归一的意境。

人有时候需要生活在云端之中。白云擦洗着你的锅碗瓢勺，也擦洗了你的灵性。如果你在云端写作，天空和白云会提炼你的心魂，澡雪你的情操，净化你的语言。

在日常之外的高度，在人迹罕至的白云漫卷的山巅，人会被白云再造和重新分娩，并重新获得"第一次睁开眼睛看世界的第一瞥"的那种天真目光，他不仅看见了白云，也通过远眺和俯瞰，惊奇地发现了被忽略了的生命的细节和日常的意味。

而如果完全沦入日常，他不仅丧失了"白云"，也丧失了日常。

白云中的山巅与烟火里的日常，构成了生活的两极：恰如阴与阳、凡与仙、色界与净界、入世与出世，彼此互为彼岸、归途和远方。

云端出现的屋宇和人影，也使山下的人、红尘里的人，有了眺望的方向，并生起超尘拔俗的念想。

我想在云中筑一间小屋，时常去住一段，过一种彻底宁静澄明的纯心灵生活，体会古人冲淡、纯粹、虚静、高古的心境，让生活中、性情中、胸襟中多一些白云。

也让语言中多一些白云。

李汉荣